나 혼자만 레벨업

파피루스

나 혼자만 레벨업

Only I level up

추공 장편소설

III

파피루스

목 차

1. 등급 심사 ······················· 7

2. 헌터협회장의 제안 ········· 65

3. 채굴팀의 신성 ·············· 105

4. S급 짐꾼 ····················· 147

5. 하이오크의 습격 ··········· 163

6. 어금니 ························ 227

7. 10번째 S급 헌터 ··········· 277

8. 악마성, 두 번째 도전 ······ 331

9. 동행 ·························· 385

10. 다가오는 위협 ············ 411

1. 등급 심사

1. 등급 심사

이전에 한번 갈림길에 섰을 때 진우는 '저주받은 랜덤 박스' 대신 '축복받은 랜덤 박스'를 골랐다.

선택의 결과는 악마성의 열쇠.

덕분에 악마성 던전에 들어와 많은 것을 얻었다. 레벨도 많이 올랐고, 아이템도 늘었고, 골드는…… 이제 조금은 써 줘야 하는 게 아닐까 걱정될 정도로 벌었다.

'다시 기회를 준다고 해도 주저 없이 같은 선택을 하겠지.'

하지만.

그렇다고 해서 선택하지 않은 결과가 궁금하지 않은 것은 아니었다.

원하는 것을 준다고 했던 '축복받은 랜덤 박스'와 필요한 것을 준다고 했던 '저주받은 랜덤 박스'.

다른 한쪽엔 뭐가 들어 있었을까?

'축복받은 랜덤 박스에는 확실히 내가 원하던 게 있었는데 말이야.'

지금 그 궁금증을 해소할 수 있는 절호의 찬스가 찾아왔다.

'…….'

진우는 조마조마하게 시스템의 대답을 기다렸다. 평소와 달리 시스템의 대답이 느려진 것 같았다.

띠링!

걱정은 기우에 불과했는지 잠시 뒤 시스템이 응답해 왔다.

[아이템 : '저주받은 랜덤 박스'를 선택했습니다.]

[선택한 아이템이 제공됩니다.]

스르르.

발 앞에 작은 상자가 나타났다.

'좋았어!'

진우는 떨리는 심정으로 상자를 주워 들었다. 그런데 상자의 무게가 익숙하다는 느낌을 강하게 받았다.

설마?

급히 상자를 열고 안을 확인한 진우가 눈을 크게 떴다.

"……이건?"

* * *

악마성을 나온 진우는 곧장 집으로 향했다.

일단 좀 씻고 싶었다.

던전 안에 있는 동안 한 번도 씻지를 못했다. 물이야 상점에서 구하면 되지만 씻을 만한 공간이나 시간이 없었다.

'사방에 몬스터가 가득한데 한가롭게 샤워나 하고 있을 여유가…….'

쏴아악—

집에 도착해 온수에 몸을 맡기니 이제야 진짜 던전을 벗어난 기분이 들었다.

'역시 집이 좋구나.'

옷까지 새로 다 갈아입은 진우가 젖은 머리 위에 수건을 얹고 나와 침대에 걸터앉았다.

이제 정리를 좀 해야 할 시간이었다.

먼저 상태 창을 불러냈다.

'상태 창.'

띠링.

눈앞이 어지러울 정도로 긴 문자열이 떠올랐다.

진우의 시선이 스탯 창에서 멈췄다.

[분배 가능 능력치 포인트 : 20]

퀘스트 완료 보상으로 받은 능력치 포인트가 고스란히 남아 있었다.

당연히 전부 지능을 찍었다.

띠링.

[스탯]

근력 : 178	체력 : 137	민첩 : 147
지능 : 149	감각 : 119	

이제야 간신히 지능이 다른 스탯을 앞서게 됐다.

아직 근력에는 못 미치지만 그래도 지능을 거들떠보지도 않았던 얼마 전까지의 상황을 떠올리면 장족의 발전이라 할 수 있었다.

근력, 체력, 민첩, 지능, 감각.

균형이 잡혀 가고 있었다.

'무엇 하나 버릴 스탯이 없었지.'

어쩌다 보니 각 스탯마다 집중적으로 투자해 본 기간이 있었고, 모든 스탯이 각자의 영역과 장점을 가지고 있다는 걸 알게 됐다.

'잠깐…….'

기왕 이렇게 된 거 어떤 스탯 하나에 집중할 게 아니라 모든 스탯을 고루 올리는 것이 어떨까?

올 스탯 플레이어.

문득 그런 욕심이 생겼다.

어느 하나 부족하다고 느껴지는 스탯이 없는 진우이기에 할 수 있는 행복한 고민이었다.

'지능이 근력보다 높아지면 다른 스탯들도 조금씩 맞춰 가자.'

결론을 내린 진우는 스킬 창으로 눈을 돌렸다.

거기에 세 번째 보상이 있었다.

[보상 3. 공개되지 않는 보상]

첫 번째 보상인 '원하는 아이템'과 두 번째 보상인 '보너스 스탯'만으로도 충분하다고 생각했기 때문에 사실 세 번째 보상에는 크게 관심을 가지지 않았다.

그냥 호기심 정도?

하지만 막상 보상을 받고 나서는 입을 다물 수가 없었다.

[보상 3이 지급됩니다.]

메시지와 함께 손안에 나타난 것은 '진입 허가서'와 비슷한 크기의 두루마리 문서였다.

'뭐지?'

생각지도 못했던 보상 방식에 진우는 놀란 눈으로 두루마리를 펼쳤다.

[도안 : 생명의 신수]

아이템 '생명의 신수'의 제작 방법을 배울 수 있습니다.

진우의 눈이 커졌다.

'아이템을 직접 만들 수 있다고?'

마력이 담긴 무기는 마법 계열 각성자들만 만들 수 있는 줄 알았는데…… 생각해 보니 자신도 마법 계열이긴 했다.

'그래도 도안만 있으면 아이템을 만드는 방법을 배울 수 있다니…….'

진우의 가슴이 뛰기 시작했다.

동시에 의문이 떠올랐다.

무엇을 만들 수 있게 된다는 걸까?

'생명의 신수가 뭐지?'

진우는 도안에 적힌 '생명의 신수' 아이템에 대한 정보를 읽어 내려갔다.

[아이템 : 생명의 신수]

입수 난이도 : S

종류 : 소모품

강한 마법의 힘으로 모든 병을 낫게 하는 신비로운 물약입니다. 한 병을 모두 사용했을 때만 온전한 효과가 나타납니다.

'모든 병을…… 치료할 수 있다?'

진우는 설명을 읽자마자 병원에 계신 어머니를 떠올렸다.

아이템의 효과가 타인에게도 적용된다는 사실은 이미 유진호를 통해 몇 번 확인을 끝냈다.

정말 '생명의 신수'를 만들 수 있다면 어머니를 구할 수 있다는 말.

두루마리를 쥐고 있는 손끝이 흥분으로 가볍게 떨렸다.

재료도 간단한 편이었다.

'세계수의 파편.'

50층에서 볼칸을 죽이고 얻었다.

'메아리 숲의 샘물.'

이건 75층의 네크로맨서 메투스를 잡고 획득했다.

그리고 마지막 하나.

'……정화된 악마왕의 피.'

아직 나오지 않은 템이다.

하지만 앞선 두 개의 재료템들이 보스들에게서 나왔음을 생각하면 '악마왕의 혈액' 또한 어디서 구할지 쉽게 짐작해 볼 수 있었다.

위쪽.

'아마도 꼭대기에 있을 악마성의 최종 보스를 말하는 거겠지.'

즉 악마성 던전을 클리어해 나가면 '생명의 신수'를 제작할 수 있는 재료가 순서대로 하나씩 모인다.

그때.

"아."

저도 모르게 입 밖으로 흘러 나간 침음성.

그만큼 진우는 놀랐다.

어쩌면…… 축복받은 랜덤 박스에서 말하던, 내가 원하는 아이템이란 이 생명의 신수가 아니었을까?

'어머니…….'

건강해진 어머니를 다시 만날 수 있을지도 모른다는 생각에 진우의 눈시울이 붉어졌다.

그때 메시지가 떠올랐다.

띠링.

['도안 : 생명의 신수'를 통해 제작 스킬을 배울 수 있습니다.]

[제작 스킬을 습득하시겠습니까?]

기계음에 정신이 번쩍 들었다.

생명의 신수를 제작하기 위해선 악마성 던전 공략에 성공해야 했다. 그러려면 한시라도 빨리 공략 장비를 갖추고서 다시 돌아와야 한다.

감상에 젖어 있을 시간은 없었다.

"……배운다."

['아이템 : 생명의 신수' 제작 스킬을 습득하였습니다.]

'이게 꿈은 아니겠지?'

하지만 기억이 잘못되지 않았다고 말해 주고 있는 것처럼, 스킬 창 맨 끝에는 [제작 스킬] 칸이 생겨나 있었다.

[제작 스킬]

소모품 : 생명의 신수 (2/3)

뒤에 있는 숫자는 아마도 세 개의 재료 아이템 중 두 개, '세계수의 파편'과 '메아리 숲의 샘물'이 있다는 뜻이겠지.

'참.'

진우는 창고를 열어 샘물 옆에 있는 아이템 하나를 꺼냈다. 작은 동물의 머리뼈들을 엮어서 만든 것 같은 목걸이였다.

[아이템 : 악마 군주의 목걸이]

입수 난이도 : S

종류 : 장신구

민첩 +20, 지능 +20

악마 군주의 귀고리, 악마 군주의 반지와 함께 착용하면 세트 효과가 개방됩니다.

세트 효과 1. (개방 안 됨)
세트 효과 2. (개방 안 됨)

망령의 인도자 메투스에게서 얻은 아이템은 '메아리 숲의 샘물' 하나만이 아니었다.

악취미가 느껴지는 이 혐오스러운 디자인의 목걸이도 같이 나왔다.

'어째 목걸이들은 하나같이…….'

현재 착용 중인 개 목걸이를 떠올리며 인상을 찌푸리던 진우가 '악마 군주의 목걸이'를 목에 가져다 댔다.

띠링.

['파수꾼의 목걸이'를 '악마 군주의 목걸이'로 교체하시겠습니까?]

파수꾼이나 악마 군주나 옵션은 비슷하다. 스탯 두 개를 +20씩. 하지만 악마 군주에는 세트 옵션이 있었다.

'교체.'

스르륵.

['아이템 : 악마 군주의 목걸이'를 착용하였습니다.]

해골 목걸이가 사라지고 대신 그 자리에 개 목걸이가 나타났다.

개 목걸이를 창고에 쑤셔 넣은 진우가 악마 군주 장신구 시리즈의 옵션을 확인했다.

[아이템 : 악마 군주의 목걸이]
세트 효과 1. 모든 스탯 +5
세트 효과 2. (개방 안 됨)

'스탯이 전부 5씩 올라갔다.'

세트 효과 하나만 개방됐을 뿐인데도 무려 5레벨을 올린 효과가 났다.

거기다 아직 시리즈 전부를 모았을 때의 효과가 남아 있었다.

'악마 군주의 반지…….'

보통 세트 옵션은 부분을 모았을 때보다 전부를 모았을 때가 더 크다는 사실을 감안하면 엄청난 성능이었다.

하지만 S급 장신구들은 악마성에 들어가 얻은 성과 중 일부에 불과했다.

진짜 소득은 껑충 뛰어 버린 레벨.

진우는 어느덧 77까지 올라 있는 자신의 레벨을 보면서 뿌듯한 미소를 지었다.

'일주일 만에 16레벨을 올렸다.'

C급 던전에서는 꿈도 꾸지 못할 속도의 레벨업이었다.

7일 동안 오지(?)에서 고생한 대가를 톡톡히 챙겨 나온 것이다.

아직 볼일이 남아 있긴 했지만 이번 악마성 던전 공략은 어떻게 봐도 성공적이었다.

다만 한 가지 이해가 가지 않는 것이 있을 뿐.

진우는 저주받은 랜덤 박스에서 나온 아이템을 형광등 불빛에 비춰 보았다.

'이건 대체 뭐지?'

빛을 전부 흡수해 버리는 것같이 검은 열쇠.

어떤 정보도 뜨지 않았다.

'정보가 아예 안 뜨는 아이템은 한 번도 본 적이 없는데…….'

인던 열쇠 아이템 종류야 랜덤 박스에서도 가끔 튀어나올 정도로 흔하지만 이런 녀석은 처음이었다.

'어디에 쓰는 걸까?'

저주받은 랜덤 박스에서 나온 아이템이어서 그런지 불길한 기운도 살짝 맴도는 듯했다.

그래도 힘들게 얻은 건데 버릴 수야 없는 노릇이고.

'언젠가 필요한 때가 생기겠지.'

저주받은 랜덤 박스는 필요한 아이템을 제공해 준다고 했으니까.

열쇠까지 창고로 보낸 진우가 몸을 일으켰다.

악마성을 완벽히 공략하기 위해서 구해야 할 아티팩트들이 있었다.

'팔 것도 좀 있고.'

그런데 문제는 E급 헌터가 상위급 아티팩트들을 사고팔기가 현실적으로 힘들다는 거다.

상급 헌터들도 구하기 힘든 귀한 물건들을 하급 헌터, 그것도 가장 밑바닥의 헌터가 가져온다면 누군들 의심을 안 할까?

사는 것도 마찬가지.

E급이라는 꼬리표를 달고 있는 이상 돈의 출처를 밝히기가 곤란해진다.

'고가의 아티팩트를 어디에다 쓸 거냐는 질문에도 답하기가 힘들겠군.'

여러모로 난처한 상황이 벌어질 수밖에 없었다.

"그러면 이제……."

E급 흉내는 그만두자.

등급 재심사.

이제 진짜 실력에 맞는 등급을 받아야 할 때가 왔다.

진우의 표정이 진지해졌다.

'이 정도까지 레벨을 끌어올렸으면 타의에 휘둘리지는 않겠지.'

애초의 목적은 그것.

더 큰 힘에 좌지우지되는 상황을 피하려고 다소 불편함을 무릅쓰고 여태 E급으로 지내 왔다.

그런데 지금은?

백호 길드의 마스터 백윤호를 앞에 두고도 흔들리지 않았다. 아니, 백윤호가 아니라 다른 누가 오더라도 당당할 자신이 있었다.

더 이상 실력을 숨겨야 할 이유가 없는 것이다.

두근, 두근, 두근.

지긋지긋하게 뒤를 따라다녔던 E급 꼬리표를 뗄 생각에 심장박동이 조금씩 커져 가기 시작했다.

하지만 그 전에 먼저 확인할 게 하나 있었다.

진우는 헌터폰의 전원을 켰다. 일주일 만에 켜 본 거라 연락이 여기저기서 많이도 와 있었다.

대부분이 모르는 번호.

당사자들에게는 안타깝지만 하나하나 확인하고 있을 만큼 한가하지가 않았다.

'급하면 알아서 다시 연락하겠지.'

그런 쿨한 마인드로 통화 목록을 쭉쭉 내리던 진우는 그 속에서 원하던 번호를 찾아내 통화를 눌렀다.

[따라라~♩♪]

경쾌한 노랫소리가 채 두 마디도 나오기 전에 상대가 칼같이 전화를 받았다.

-형님!

던전에 너무 오래 있었나?

이 녀석 목소리가 반가울 때도 있네.

진우는 미소를 지으며 입술을 뗐다.

"아버지와는 이야기 잘됐냐?"

-네! 잘됐습니다, 형님!

'오호?'

듣던 중 반가운 소리였다.

유진호와 아버지의 거래가 끝나지 않은 상태에서 등급 재심사를 받을 순 없으니 전화를 걸었던 거다.

그런데 그쪽 문제가 끝났다면 정말 거리낄 것이 없었다.

수화기 너머의 목소리가 들떠 있을 때부터 짐작하긴 했지만 그래도 본인에게 직접 확인을 받으니 진우도 기분이 좋아졌다.

-형님! 안 그래도 제가 그 일 때문에 형님을 찾아 뵙.

뚝.

'뭐지?'

전화가 이상하게 끊긴다 했더니 배터리가 다 닳아 있었다.

'하긴…… 악마성에 들어가기 전부터 배터리가 간당간당하긴 했었지.'

그나마 용건을 모두 확인한 것이 다행이었다.

진우는 옷을 챙겼다.

헌터협회 본부는 여기서 멀지 않다. 금방 재심사 과정을 끝낼 수 있었다.

"아차차."

문을 나서려던 진우가 급히 안으로 되돌아왔다.

동생 때문이었다.

일주일 만에 돌아온 오빠가 또 말없이 집을 나가면 걱정을 할지도 모르니까 동생을 위해 식탁 위에 간단한 메모를 남겼다.

오빠 왔다 간다.

진우는 만족스러운 미소를 짓고서 돌아섰다.

* * *

각성자 등급 심사 접수처는 진짜 오랜만이었다.

'그게 벌써 4년 전인가?'

아니면 5년 전?

진우는 감회에 젖은 얼굴로 접수처를 담당하고 있는 직원 앞에 섰다.

직원은 얼굴도 들지 않고서 말했다.

"신분증하고 연락처 적어서 주세요."

대략적인 절차를 기억하고 있었던 진우는 능숙하게 미리 준비해 놨던 신분증과 연락처를 내밀었다.

'응?'

직원이 진우의 신분증을 보고는 고개를 갸웃거렸다.

"이거 헌터 자격증인데요?"

"예."

직원이 영문을 모르겠다는 표정을 지었다.

"등급 판정에 불만이 있으시면 저희 부서가 아니라……."

"아니요. 재심사를 받고 싶습니다."

"예에?"

진우의 얼굴과 헌터증의 사진을 번갈아 보던 직원이 손가락을 들어 올렸다.

"자, 잠시만요."

직원은 뒷자리에 앉아 있는, 신경질적인 인상의 중년 남성에게 달려갔다.

"대리님, 웬 헌터분이 재심사를 받고 싶다고 찾아오셨는데요?"

"재심사? 지금 등급이 어디길래?"

"E급입니다."

대리는 고개를 슥 내밀고 접수처에서 기다리고 있는 진우의 얼굴을 보더니 다시 자세를 바로 했다.

"가끔 있어. 자기 현실에 만족하지 못하고 망상에 빠져 있다가 혹시 하면서 찾아오는 헌터들."

"그럼 저 남자도?"

대리가 고개를 끄덕였다.

"재각성은 무슨…… 남들은 헌터 하면서 돈도 많이 벌고 이름도 알리는데, 자기는 그게 아니니까 현실도피를 하는 거지."

"아하."

"저런 사람 오래 상대하면 피곤해지니까 재심사 비용은 본인한테 청구된다는 거 알려 주고 대충 측정실로 보내."

"옙."

직원은 복통이 말끔히 사라진 것 같은 얼굴을 하고서 제자리로 돌아갔다.

대리는 직원과 진우를 바라보면서 혀를 끌끌 차더니 다시 모니터로 눈을 돌렸다.

그런데.

대리의 손가락이 멈췄다.

아까 헌터증에 적힌 이름…… 어디선가 들은 적이 있는 것 같은 기분이 들었다.

'어디서 들었더라?'

대리는 남자가 측정실 건물로 사라지고 나서 직원에게 슬며시 다가가 물었다.

"방금 그 E급 헌터, 이름이 뭐라고?"

"성진우라고 하던데요. 혹시 아는 사람이세요?"

"아니, 그런 건 아닌데……."

자꾸만 어디서 본 것 같은 이름이란 말이지.

기억을 떠올리려고 애쓰던 대리가 문득 뇌리를 스친 생각에 눈을 크게 떴다.

'아!'

그 양반이 부탁했었지!

혹시 성진우라는 헌터가 이리로 오게 되면 연락 좀 해 달라고.

왜 그게 기억이 안 났을까?

대리는 한적한 곳으로 자리를 옮긴 뒤 부랴부랴 폰을 들었다.

뚜르르, 뚜르르.

–예, 백윤흡니다.

"아, 백 사장님. 다름이 아니고 저번에 말씀하셨던 헌터 말입니다. 그 성진우라는 헌터요. 진짜 왔습니다. 아니, 그런데 그 사람이 여기 올지 어떻게 아셨어요?"

–성진우 씨가 거기 왔다고요?

"네. 방금 와서 재심사 신청했습니다."

–…….

갑자기 대화가 끊기며 정적이 감돌았다. 하지만 얼마 가지 않아 수화기 너머에서 다급한 목소리가 흘러나왔다.

–잠시만이라도 재측정 시간을 연기해 주시면 안 되겠습니까? 제가 당장 그리로 가겠습니다.

대리는 고개를 갸우뚱거렸다.

착각인가?

천하의 백호 길드 마스터가 초조한 듯한 목소리를 내고 있었다.

'별일도 다 있지.'

그러나 그것과는 별개로 이미 재심사 과정은 자신의 손을 떠나 있었다.

대리는 옆머리를 긁적거리며 대답했다.

"그 사람 벌써 측정실 건물로 갔는데요?"

백윤호와의 통화를 끝낸 대리, 정기수는 고개를 갸우뚱거렸다.

'잠깐만, 이게 대체 어떻게 된 일이지?'

E급 헌터가 재심사를 받겠다고 나선 것만 해도 신기한 일인데, 백호 길드의 대표가 그 헌터의 재심사 결과를 바로 알려 달란다.

'진짜 뭐가 있긴 있는 건가?'

다른 사람도 아닌 백윤호가 심각하게 이야기를 하니 정말로 뭔가 있는 게 아닌가 하는 생각이 들기도 했다.

그러나 곧 고개를 가로저었다.

'에이, 설마.'

각성 후 각성은 그리 쉽게 볼 수 있는 현상이 아니었다.

몇 달 전인가?

재각성 의심자가 나왔다고 협회 전체가 발칵 뒤집힌 일이 있었다. 물론 그것도 해프닝으로 끝났다.

그만큼 실제 사례는 손에 꼽히고, 오해는 빈번한 게 재각성이었다.

'자기가 재각성자가 됐다고 착각해서 왔다가 재심사 비용만 물고 가는 애들이 한둘도 아니고…….'

백호 길드에서 뭘 단단히 착각한 모양이겠지.

그래도 백호 길드와의 관계를 생각해서 백윤호 사장의 부탁을 거절할 수는 없었다.

"나 어디 좀 갔다 올게."

"예? 어디 가시게요, 대리님?"

"B동에 볼일이 있었던 게 이제 생각나서 말이야."

B동은 협회 직원들 사이에서 마력측정실이 있는 건물을 가리키

는 일종의 은어였다.

"네, 알겠습니다."

"무슨 일 생기면 바로 연락하고."

"네."

정기수는 속으로 '재각성은 무슨.' 하고 단정 지으면서도, 지금쯤 출발했을 백윤호의 얼굴을 떠올리며 B동으로 향했다.

* * *

진우는 대기자 좌석의 끝 쪽에 엉덩이를 붙였다.

현재 대기자는 세 명.

모두 긴장한 기색이 역력한 얼굴들이었다.

진우는 그들의 심정을 충분히 이해할 수 있었다.

'심사 결과에 따라 앞으로의 인생이 결정되는 거니까.'

처음 협회를 찾았을 때의 진우도 이들과 같은 생각을 하고 있었다.

내가 A급이 되면, 아니 B급만 돼도, 이러다 혹시 S급이 뜨는 거 아니야?

행복한 단꿈에 젖어 있다 E급으로 판정 났을 때의 충격이란.

문득 4년 전을 떠올리며 진우는 피식 웃었다.

'뭘 보고 웃는 거지?'

'것보다 지금 웃음이 나오나?'

옆의 대기자들이 이상하다는 눈빛을 보내왔지만 진우는 여전히 담담했다.

'타고난 강심장인가?'

'긴장도 안 되나 보네.'

하도 의연한 반응에 머쓱해진 대기자들은 고개를 갸웃거리며 각자의 방향으로 시선을 돌렸다.

'그때와 별로 달라진 게 없구나.'

이것도 진우의 기억에 있었다.

괜히 옆자리에 앉은 사람들이 신경 쓰이고, 나 말고 다른 사람의 등급은 어떻게 나올지 궁금했었다.

미소 짓던 진우가 찬찬히 건물 내부를 둘러보았다.

사람들과 마찬가지로 건물도 별반 달라진 것이 없었다.

헌터협회 자체가 생긴 지 10년이 안 되다 보니 건물도 새것처럼 깔끔했다.

내부는 기억과 거의 같았다.

다만 한 가지 다른 점이 있다면.

'저 사람들.'

진우가 맞은편에 몰려 있는 깔끔한 복장의 남녀들을 지그시 바라보고 있자, 옆자리의 남자가 말을 건네 왔다.

"다 길드에서 나온 사람들이래요."

"길드에서요?"

"네. 작은 길드는 아무래도 찾아오는 헌터들이 적다 보니까 저렇게 죽치고 앉아 있다가 등급 판정받고 나오는 각성자들을 꼬드겨 가는 거죠."

어쩐지 저들 사이에서 냉랭한 기운이 감돌더라니.

'이쪽을 향한 눈빛도 매섭고.'

그럴 만한 이유가 있었다.

"혹시 몰라서 말씀드리는데, 저런 길드는 안 가는 게 좋아요."

"왜죠?"

"들어 보니까 작은 길드들은 위험한 레이드도 많이 하고 헌터들 사망률도 높다더라고요."

진우는 고개를 끄덕였다.

아무래도 작은 길드들은 포지션이 애매할 수밖에 없다.

개인 공격대들처럼 하급 던전에 들어가기엔 성이 안 찰 것이고, 그렇다고 상급 던전을 공략하기엔 헌터들의 기량이 부족한 편이다.

그래서 사고가 자주 일어난다.

'그러니 헌터들을 충원하는 게 중요한 문제일 테고.'

결국 이렇게 협회 건물까지 따라 들어와 신참들을 노려야 하는 수준까지 이르게 된 듯했다.

"아."

훤히 벗겨진 이마에 맺힌 땀방울을 수건으로 톡톡 찍어 내던 남자가 진우에게 조심스레 손을 내밀었다.

"이렇게 만난 것도 인연인데 서로 인사나 할까요? 저는 윤정훈입니다."

"성진우입니다."

짤막하게 인사가 끝나고 두 사람은 조용히 각자의 차례를 기다렸다.

"다음 분."

측정 장소는 탁 트여 있어서 마력 측정이 끝난 사람의 표정이나 직원들의 반응을 읽을 수 있었다.

방금 측정을 끝낸 각성자의 얼굴은 좋지 않았다.

'D나 E인가 보네.'

길드에서 나온 사람들도 진우와 같은 생각을 했는지, 각성자가 앞을 지나가는데도 전혀 관심을 보이지 않았다.

솔직한 반응이라고 할까?

어쩌면 따로 결과를 알 방법이 있는 건 아닐까, 하는 생각마저 들었다.

"다음 분 오세요."

또 한 명의 결과가 나왔다.

이번에도 역시 좋은 소식은 아닌 듯했다. 밖으로 향하는 각성자의 걸음이 무거웠다.

당연한 일이었다.

'상급 헌터가 그리 자주 나왔다면 그렇게 높은 연봉이 보장되지 않았겠지.'

일반인들에겐 C급만 해도 대박이었다.

개인 공대에 들어가도 큰돈을 쥘 수 있고, 운 좋으면 대형 길드까지 넘볼 수 있었다.

백호 길드의 신입 중에서도 C급이 넷이나 있었으니까.

대형 길드에 들어가는 데 성공하면 어지간한 의사나 변호사 부럽지 않은 수입이 보장되었다.

옆의 아저씨가 다시금 말을 붙여 왔다.

"대형 길드에 들어가면 계약금으로 목돈을 준다죠?"

손수건을 쥔 아저씨의 손끝이 가볍게 떨리고 있었다.

"사실 제가 빚이 좀 있거든요. 그거 때문에 지금 딸이랑도 떨어져서 살고 있고. 그래서 더 떨리네요."

중얼거리던 아저씨가 화들짝 놀라더니 진우에게 급히 고개를 숙였다.

“아이고, 처음 보는 사람을 앞에 두고 무슨 말을…… 참 주책이죠? 제가 긴장하면 괜스레 말이 많아져서.”

“괜찮습니다.”

진우도 웃으며 고개를 숙였다.

아저씨는 긴장된다는 게 빈말이 아니었는지 연신 심호흡을 했다.

또 한 명의 각성자가 나가고.

“다음 분 오시면 됩니다.”

아저씨의 차례가 됐다.

그런데 식은땀을 흘리던 아저씨가 진우의 소매를 조심스럽게 흔들었다.

어디 아픈 걸까?

“아프신 데라도 있으세요?”

진우가 걱정스럽게 물었다.

아저씨는 고개를 저었다.

“아뇨, 그런 건 아닌데…… 먼저 하실래요? 제가 지금 너무 긴장돼서.”

아저씨의 눈빛이 간절했다.

차례를 양보해 준다는데 사양할 이유가 있나?

진우는 흔쾌히 승낙했다.

이 몇 분간의 결과가 남은 평생을 좌우할 수 있다면 누군들 떨리지 않을까.

아저씨 대신 일어난 진우가 직원 앞으로 갔다.

직원은 사무적인 말투로 물었다.

"성함이 어떻게 되세요?"

"성진우입니다."

"성진우 씨……. 네, 저기 검은 판 위에 손을 얹고 기다리시면 됩니다."

진우는 직원의 지시대로 측정기로 걸어가 검은 판 위에 손을 얹었다.

'어라? E급 각성자 판정을 받았던 사람이네?'

서류를 들여다보던 직원은 신기하다는 눈빛을 보냈다.

어째 재심사를 받겠다고 찾아오는 헌터들은 죄다 E급인지 원.

한심한 눈빛을 보내던 직원이 뒤늦게 측정기를 돌렸다.

꾸욱.

우우웅-

잠시 소음을 내며 돌아가던 마력측정기가 곧 작동을 멈추었다.

결과는 모니터에 나타났다.

'어? 이게 왜 이러지?'

직원은 고개를 갸웃거리다가 손을 떼는 진우에게 말했다.

"잠깐만요."

"네?"

"한 번 더 해 볼게요."

"네."

진우는 다시 손을 얹었다.

꾸욱.

'어?'

이게 이런 적이 없는데?

직원의 표정이 점점 굳어 갔다. 왜 하필 이럴 때 측정기가 말썽인지.

직원은 진우에게 한 번 더 양해를 구했다.

"죄송합니다. 한 번만 더 다시요."

"……."

거듭된 재측정 요구에 진우는 아예 손을 떼지 않고 기다리기로 했다.

꾸욱. 꾸욱.

'이게 진짜 왜 이래?'

직원의 이마에 식은땀이 맺혀 갔다.

술렁술렁.

이쯤 되자 다른 사람들도 하나둘 뭔가 이상하다는 사실을 알아차리기 시작했다.

'뭐지? 무슨 일 있는 건가?'

'벌써 몇 번째 측정기를 돌리는 거지?'

'뭔가 문제가 생긴 거 같은데?'

시선이 쏟아지자 직원의 식은땀이 더 흥건해졌다.

꾸욱.

'아, 진짜, 나보고 어쩌라고.'

발을 동동 구르고 있는 그때.

"뭐야? 창식이는 어디 가고 너 혼자 이러고 있어?"

직원이 뒤돌아보았다.

거기엔 접수과의 정기수 대리가 서 있었다.

"정 대리님!"

생각지도 못한 지원군의 등장에 직원의 얼굴에 안도감이 떠올랐다.

"선배는 잠시 화장실 가셨습니다."

"이 자식은 지금 때가 어느 땐데 근무 시간에 자리를 비우고……."

정기수는 말을 맺을 수가 없었다.

'……나도 똑같네.'

흠흠.

어쨌든 시기적절하게 잘 온 듯했다. 지금 상급자가 자리를 비운 사이 신입 직원이 진땀을 흘리고 있지 않은가?

이럴 때 베테랑이 나서야지.

"뭐야? 무슨 일이야?"

정기수가 관심을 보였다.

"측정기가 좀 이상합니다."

"측정기가?"

"보십시오. 자꾸 오류가 뜹니다."

비켜서는 직원 대신 정기수가 측정 결과를 표시하는 모니터 앞에 섰다.

정기수의 얼굴이 경직됐다.

"……너 여기서 일한 지 얼마나 됐냐?"

"반년쯤 됐습니다. 제가 혹시 뭘 잘못 누른 겁니까?"

"아냐. 그냥 창식이한테 전화해서 빨리 오라고 해."

"네?"

"지금 화장실이 중요한 게 아니니까 빨리 불러오라고!"

정기수의 목소리가 높아졌다.

직원이 움찔 놀라며 물었다.

"왜, 왜 그러세요, 대리님?"

"이거 오류가 아니고 측정 불가잖아! 측정 불가가 뭔 뜻인지 몰라?"

"예에? 그거 오류 메시지 아닙니까?"

신입들이란 어떻게 다 하나같이 이리 얼빵한 걸까?

정기수의 시선이 신입을 떠나 측정 대상을 바라보았다.

'어떻게 이런 일이…….'

성진우.

백호 길드 마스터가 결과를 알려 달라고 했던 남자.

정기수는 성진우에게 시선을 떼지 않고서 신입에게 말했다.

"우리 측정기로는 대상의 마력을 잴 수가 없다는 뜻이다, 멍청아."

"예? 그, 그거 설마?"

얘가 일한 지 반년이라고 했나?

근 2년간은 나타난 적이 없었으니 신입 녀석이 모르는 것도 이상한 일은 아니었다.

정기수는 떨리는 목소리로 말을 이었다.

"그래…… S급이다."

스페셜.

널리 쓰이고 있어서 마치 정식 등급인 듯 보이지만 실은 측정을 할 수 없는 등급을 뜻하는 말이었다.

"그러니까 빨리 창식이 불러와."

"바로 전화하겠습니다."

연락을 받고 뛰어온 김창식이 숨을 헐떡이며 엉거주춤 바지를 올렸다.

"헉, 헉. 어디 봐."

모니터를 확인한 김창식의 얼굴이 하얗게 변해 갔다.
곧이어 진우에게로 향한 김창식의 동공에 지진이 일어났다.
'이 사람이 한국의 열 번째…….'
김창식은 진우에게 다가갔다.
그제야 진우의 손이 측정기 위에서 떨어졌다.
"저…… 지금 기기로는 성진우 씨."
곧 김창식은 진우가 자격증을 보유한 헌터라는 사실을 떠올리고 호칭을 바꿔 불렀다.
"아니, 성진우 헌터님의 마력을 측정하는 것이 불가능합니다. 정밀 측정기를 사용하려면 상부의 허가를 받아야 하니 3일 뒤에 다시 협회를 방문해 주시겠습니까?"
김창식은 절차대로 고지를 했다. 이 말을 해 본지가 대체 얼마만인지. 기억도 가물가물한 지경이었다.
헌터로서 경력이 있는 진우는 그 말이 무엇을 뜻하는지 바로 알 수 있었다.
'좋아.'
측정 보류 판정.
다시 말해 3일 뒤에 있을 정밀 측정에서도 측정 불가가 뜨면 S급이 된다는 이야기였다.
'잘됐다.'
지금 A급 판정이 났으면 능력치를 더 올려서 협회를 다시 찾아와야 했을 거다.
하지만 각성 후 각성도 희귀한 마당에, 거기서 각성을 한 번 더 했다고 말한다면?

재각성까지는 운이지만 3차 각성부터는 의심스럽다는 시선을 받게 될지도 몰랐다. 귀찮은 일에 연루되어 시간을 낭비하는 건 사양하고 싶었다.

'후-.'

다행스러운 결과에 진우는 속으로 안도의 한숨을 내쉬었다.

그리고 돌아섰는데.

"어?"

협회 안에 있는 모든 사람들의 시선이 자신을 향하고 있었다.

* * *

"아이고, 바쁘실 텐데 뭘 또 찾아오고 그러십니까."

"에이, 그래도 헌터협회 박 부장님을 뵙는데 전화로 되겠습니까? 직접 얼굴을 맞대고 말씀드려야지."

최종인이 눈웃음을 보내며 살갑게 이야기하자, 불혹을 넘긴 박 부장이 허허하며 웃음 지었다.

눈앞의 사내가 누군가?

한국 최고의 길드인 '헌터스'를 이끄는 남자다.

최종 병기, 최종인.

그가 한마디만 하면 국내 최강의 정예 공격대가 일사불란하게 움직인다.

그런 남자가 이리 비위를 맞춰 주는데 어찌 기분이 나쁠 수 있을까?

최종인이 담배 한 개비를 들고서 물었다.

"담배 한 대 괜찮겠습니까?"

"아, 물론이죠."

"부장님도?"

"아뇨, 전 됐습니다."

불을 붙인 담배를 입에 문 최종인은 젊은 나이에 모든 것을 다 가진 남자다운 여유가 흘러넘쳤다.

'이런 게 카리스마인가?'

홀린 듯 자신을 바라보는 부장에게, 문득 최종인이 물었다.

"그런데 오늘 B동 쪽이 좀 시끄럽네요?"

"B동이요?"

부장이 B동 쪽을 바라보았다.

사실 부장 귀엔 아무 소리도 들리지 않았다.

하지만 최종인은 S급 헌터였다.

오감이 일반인과는 비교가 불가능한 수준이었다.

최종인이 시끄럽다고 하는 걸 보니, 아마 정말로 무슨 일이 일어났을 터.

귀한 손님이 계신데 이게 무슨 망신이란 말인가.

부장은 눈살을 찌푸리고는 말했다.

"제가 한번 보고 오겠습니다."

"아니요."

최종인은 담배를 바닥에 버리고 발로 비벼 껐다.

"무슨 일인지 저도 궁금하네요."

고개를 든 최종인의 눈에 이채가 흘렀다. 동시의 그의 입가에 묘한 미소가 떠올랐다.

"같이 가시죠."

* * *

B동 전체가 일순간 쥐 죽은 듯 고요해졌다.

'방금 분명히 측정 불가라고…….'

'그럼 저 사람이 S급이란 소리인가?'

'말로만 들었지 측정 불가 등급을 실제로 보는 건…….'

꼴깍.

길드에서 나온 영입 담당 직원들은 자신들 방향으로 돌아선 진우를 보며 마른침을 삼켰다.

하지만 아무도 말을 걸려고 하지 않았다.

"……."

"……."

C급만 돼도 어떻게든 길드로 모셔 가기 위해 신경전이 벌어지고, 한마디 말이라도 붙이려고 길게 줄을 선다.

그럼 B급은?

길드 간부 위치 보장, 길드 지분 분배 등등 저마다 파격적인 조건을 내세우며 아주 죽기 살기로 달려든다.

옆에서 보면 전쟁이 따로 없다.

상급 헌터인 B급이 가진 가치와 영입에 성공했을 때 받을 보너스를 생각하면 이상할 것도 없는 일이었다.

간혹 용의 꼬리보다 뱀의 머리가 되고 싶은 B급들이 설득에 넘어오는 경우가 있었으니까.

그러나 A급부터는 이야기가 달라진다.

A급은 중소 길드가 아니라 대형 길드로 가도 특별한 대우를 받는다.

정예 공격대 멤버는 당연하고, 정예들의 주 수입원이 상급 던전인 만큼 보상도 어마어마하다.

어디 그뿐인가?

정 마음에 맞는 길드가 없다면 본인이 직접 마스터가 되는 방법도 있다.

중소 길드쯤이야 자신이 만들어도 되는데 굳이 남의 길드에 들어가려 할까?

A급은 그런 레벨이었다.

그런데.

방금 막 마력 측정을 마친 저 남자는 S급이라고 한다.

A급도 아닌 S급.

말이 쉽지 대한민국에 단 아홉 명만이 존재하는 최상위 각성자들이었다.

'이제 저 남자까지 포함하면 10명인가?'

'10번째 S급 헌터…….'

중소 길드의 영입 담당자들이 어떻게 비벼 볼 수 있는 상대가 아니었다.

꿀꺽.

다들 소리 없이 계속해서 침만 삼켜 댈 뿐.

그야말로 그림의 떡이었다.

하지만 그때.

'잠깐…….'

'이거 혹시 기회 아냐?'

몇몇 소수의 약삭빠른 스카우터들의 머릿속에 기막힌 생각 하나가 번뜩 스치고 지나갔다.

S급 각성자를 대형 길드와 이어 주고 대가를 받는 건 어떨까?

S급은 계약금이 최소 수백억을 능가한다.

그 돈의 1퍼센트만 인센티브로 먹어도 지금 직장을 때려치우는데 아무런 여한이 없을 터.

그러다 운 좋게 저 남자의 눈에 들어 개인 매니저라도 될 수 있다면 그때는 정말로 인생이 펴는 것이다.

어떤 S급 헌터의 개인 매니저는 생일 선물로 포르쉐를 받았다고 하던가?

'……해 볼까?'

'나 정도면 어디서 못 먹힐 말발은 아닌데…….'

'그냥 눈 딱 감고 덤벼 봐?'

짧은 시간, 스카우터들의 머릿속에 많은 생각이 오고 갔다.

실패의 비웃음은 잠시지만, 성공의 달콤함은 평생이다.

스카우터들이 서로 눈치를 살피며 슬금슬금 앞으로 나서려 하는 그때.

어떤 사람이 건물 입구 쪽을 가리켰다.

"어? 저기……!"

다들 긴장하고 있어서일까?

누가 먼저라 할 것도 없이 모두 동시에 처음 입을 연 사람이 가리키는 곳으로 시선을 돌렸다.

스카우터들의 눈이 커졌다.

"헉!"

B동 안으로 들어서고 있는 세련된 정장의 남자.

여기 있는 이들 중 그 남자의 이름을 모르는 사람은 없었다.

"최…… 최종인?"

"헌터스의 대표가 왜 여기에?"

아니나 다를까.

최종인은 시선을 의식한 듯 가볍게 옷매무새를 정리하고는 곧장 진우에게로 걸어갔다.

'연락을 받고 찾아왔다기에는 너무 이른데?'

'설마 저 남자, 이미 헌터스에 들어가기로 예정되어 있었던 건가?'

'헌터스는 알고 있었던 거야? 최고의 길드는 뭐가 달라도 다르네.'

그러면 그렇지.

스카우터들은 당연하다면 당연한 결말을 쉽게 받아들였다.

말을 걸지 않았던 것이 다행이었다.

추파를 던지다가 최종인과 마주치기라도 했으면 꼴이 얼마나 우스웠을까?

이제야 상황이 정리되는 느낌이었다.

'최종인이 나서니 그림이 되네.'

'이야, 멋지다.'

'헌터스 길드의 대표가 직접…… 역시 S급은 대우가 다르구나.'

다들 조금씩 아쉬워하면서도, 대한민국 최고 길드의 대표와 가장 높은 등급을 받은 각성자의 만남을 훈훈한 시선으로 응시했다.

반면.

진우는 최종인의 등장에 안도의 한숨을 내쉬었다.

'다행이다.'

너무 많은 시선이 몰려 어떻게 해야 하나 잠시 고민하고 있었던 차였다.

그런데 고맙게도 알아서 시선을 분산시켜 주는 게 아닌가?

진우는 예상하지 못했던 도움에 감사하며 최종인을 그냥 지나쳐 갔다.

최종인의 눈이 커졌다.

'어? 이게 아닌데?'

최종인은 급히 진우를 불러 세웠다.

"잠시 저 좀 보시죠."

진우가 가던 걸음을 멈추고 돌아보았다.

"……?"

진우의 얼굴을 들여다보던 최종인의 눈이 빛났다.

'이 남자가 열 번째…….'

부장에게는 같이 알아보자니 뭐니 둘러댔지만 실은 여기서 무슨 일이 벌어졌는지 다 알고 찾아왔다.

'그렇게 큰 소리로 측정 불가니 기기 오류니 떠들어 대는데 내가 못 들을 수가 있나?'

덕분에 이렇게 큰 기회를 얻게 되었다.

무려 S급이다, S급.

이 남자를 데려오면 헌터스는 S급을 세 명이나 보유한, 한국은 물론이고 전 세계 최고의 길드들과 어깨를 나란히 할 수 있는 수준이 된다.

어찌 군침이 돌지 않을까?

'측정기를 빌릴 필요도 없겠군.'

눈만 마주쳤는데 상대의 강함을 느낄 수 있었다.

틀림없는 최상급 헌터.

사흘 동안 기다릴 이유는 조금도 없었다.

흠흠.

목소리를 가다듬은 최종인이 특유의 시원스러운 미소와 함께 말을 건넸다.

"저는 헌터스의 대표 최종인이라고 합니다."

진우도 그 정도는 알고 있었다.

TV를 틀면 심심치 않게 볼 수 있는 얼굴이니.

이렇게 유명한 사람이 왜 협회까지 와서 말을 거는지 궁금하긴 했지만 일일이 묻고 있을 만큼 여유가 없었다.

힐끔.

진우의 시선이 벽면에 걸린 시계를 향했다.

'지금이 5시 50분이니까.'

가는 시간까지 생각하면 지금도 빠듯했다.

소개는 됐고 용건이나 빨리 말하라는 얼굴을 하고 있었더니 최종인이 약간 당황하며 말을 이었다.

"아, 다름이 아니고…… 방금 각성자 판정을 받으신 걸로 알고 있는데."

"네."

"혹시 생각해 둔 길드가 있으십니까?"

"아니요."

대답을 듣고 난 최종인의 얼굴에 환한 미소가 떠올랐다.

'됐어, 된 거야.'

세계 3대 길드 중 하나 '헌터스'.

이 얼마나 달콤한 단어인가?

오늘부로는 더 이상 허황된 꿈이 아니었다.

'넌 내 거다.'

최종인은 부푼 가슴을 안고 어쩌면 역사에 기록될지도 모르는 한마디를 꺼냈다.

"그 문제로 대화를 나누고 싶은데 시간 좀 내주실 수 있으십니까?"

"없습니다. 죄송합니다."

진우는 짤막하게 사양하고는 곧바로 협회를 나갔다.

"……."

너무 순식간에 일어난 일이라 최종인은 미처 잡을 생각조차 하지 못했다.

지켜보고 있던 협회 직원들이나 스카우터들도 뒤늦게 상황을 파악하고는 경악했다.

"뭐야?"

"설마 최종인 대표가 까인 거야?"

"암만 봐도 무시당한 거 아닌가?

웅성웅성.

장내가 소란스러워졌다.

최종인은 애써 침착함을 유지하며 옆을 돌아보았다.

"박 부장님."

"예?"

부장이 어색한 얼굴로 대답했다.

"혹시 방금 제가 제 소개를 빼먹었던가요?"

"그…… 글쎄요. 저도 잘."

물론 부장은 옆에서 처음부터 끝까지 다 들었다.

그런데 지금은 곧이곧대로 이야기할 상황이 아니지 않은가?

부장이 입을 다물어 버리자, 무안해진 최종인이 검지로 옆머리를 긁적거렸다.

'내가 너무 거저먹으려고 했나…….'

그래도 실망할 필요는 없었다.

분명 다른 길드들보다는 한발 앞서 있는 상황이니까.

'S급의 등장을 아는 사람은 나뿐이다.'

재측정은 3일 후.

공식 발표까지는 아직 시간이 있었다.

'그 전에 어떻게든 한 번 더 자리를 마련하고 싶은데…….'

좋은 방법이 없을까?

고민하고 있던 최종인의 시선에 협회 쪽으로 헐레벌떡 달려오고 있는 누구가가 들어왔다.

'……저 남자는?'

낯익은 얼굴.

남자가 유리문을 밀고 들어왔을 때 최종인이 놀란 듯 그를 향해 입술을 뗐다.

"백 사장이 어떻게 여길……?"

백윤호도 최종인을 알아보고 눈을 동그랗게 떴다.

"최 대표?"

최종인은 빠르게 백윤호의 표정을 읽었다.

'뭔가를 들켰다는 얼굴…….'

정보원의 연락을 받고 달려온 게 아니다. 그렇다고 보기에는 도착 시간이 맞지 않았다.

'백호 빌딩에서 헌터협회까지 거리가 얼만데…….'

그래.

백윤호는 처음부터 알고 있었던 거다.

여기서 무슨 일이 일어날지.

'방금 그 남자의 존재를 알고 있었나?'

아니, 그랬다면 이렇게 순순히 등급 심사를 받게 하지 않았을 텐데?

'나였다면 계약서에 도장부터 찍게 만들고 나서 등급 심사를 권유했겠지.'

그 순간, 최종인의 머릿속에서 흩어져 있던 퍼즐 조각들이 한꺼번에 맞춰지기 시작했다.

'……설마?'

백호 길드, 훈련 도중 일어난 사고, 레드 게이트, 의문의 조력자, 그리고 새로이 등장한 S급 각성자까지.

—백호 쪽에서 밖으로 알리고 싶지 않은 누군가의 도움을 받은 거군.

—아직 각성자 판정을 받지 않은 신인? 아니면 신분을 드러낼 수 없는 범죄자?

모든 것이 맞아떨어졌다.

……찾았다.

'그 남자였구나.'

얼마나 급하게 달려왔는지 숨을 헐떡이는 백윤호.

백윤호는 그 남자를 내버려 뒀던 게 아니었다. 막을 수 없었던 거다.

최종인은 백윤호를 바라보며 미소를 지었다.

'당신은 놓쳤군.'

나는 당신과 다르니까.

'기회는 고맙게 받지.'

최종인은 백윤호에게 말 한마디 걸지 않고 유유히 옆을 지나쳐 갔다.

백윤호가 주위를 둘러보았다.

진우는 안 보였다.

'너무 늦게 왔나?'

백윤호는 멀어지는 최종인의 뒷모습을 바라보면서 나직이 한숨을 내쉬었다.

"후우-."

하필 헌터협회에 헌터스의 마스터가 와 있었을 줄이야.

백윤호가 뒷머리를 긁적거리며 중얼거렸다.

"일이 꼬이는군."

* * *

서울 일신 병원의 환자 면회 가능 시간은 오후 8시까지였다.

"박경혜 환자분 보호자시죠?"

"네."

"면회 가능합니다. 면회 가능 시간은 아시죠?"

"네, 압니다."

진우는 어머니가 계신 병실로 걸음을 옮겼다. 서두른 덕분에 늦지 않게 도착할 수 있었다.

덜컹.

문을 열고 들어선 진우가 잠자는 듯 누워 있는 어머니 옆에 조용히 앉았다.

'가만히 보고 있으면 아무렇지 않게 눈을 뜨실 것 같은데…….'

깨어날 수 없는 수면.

게이트가 열리고 나서부터 생겨난 병이었다.

'이 병원에만 해도 같은 증상을 보이는 환자가 10여 명이 넘는다던가?'

진우는 살며시 어머니의 손을 잡았다.

"엄마……."

다행히 마정석을 이용한 생명 유지 장치는 수년에 가까운 긴 잠에서도 어머니의 손이 수척해지는 걸 막아 주었다.

그러나 마정석은 비싸다.

한 달 내내 기계를 돌리는 데 드는 마정석 값만 5백을 넘어간다.

협회의 헌터로 일하며 의료비를 지원받지 않았다면 절대 20대 청년이 감당할 수 없는 병원비였다.

그렇게 애를 쓴 덕분에 지금 어머니의 손이라도 잡아 볼 수 있었다.

하지만 이제는 다르다.

그냥 숨이 붙어 있는 것에 만족하는 게 아니라 정말로 어머니를 낫게 해 드릴 수 있다.

생명의 신수.

시스템이 선물해 준 치료제.

믿고 말고는 나중의 일이었다. 지금은 만드는 게 우선이었다.

"내가 구해 줄게."

실종된 아버지 대신 약한 몸을 이끌고 가정을 책임지셨던 어머니.

다시 어머니를 보게 될 시간이 얼마 남지 않았다.

'그때까지 조금만 기다려.'

어머니 곁을 얼마나 지키고 있었을까?

한참 후 진우가 일어섰다.

짧지 않은 면회를 마친 진우는 소리 없이 병실을 걸어 나와 문을 닫았다.

그렇게 조심스럽게 돌아섰더니, 낯익은 얼굴 하나를 마주할 수 있었다.

"역시 그날…… 이중 던전의 마수들을 제거한 건 당신이었습니까?"

낮고 굵은 목소리.

매서운 눈매.

감시과 과장 우진철이었다.

진우는 대답하지 않았다. 대답할 이유도 없고, 대답할 마음도 없었다.

대신 묻고 싶은 걸 물었다.

"제가 여기 있는 건 어떻게 아셨습니까?"

"헌터님이 가실 만한 곳을 몇 군데 예상해 보았습니다. 병원에 연락해 봤더니 여기 계시다고 알려 주더군요."

어머니의 병원비를 내주고 있던 곳이 협회다.

'지금은 아니지만.'

어쩌면 가장 먼저 확인해 본 곳이 병원일지도 몰랐다. 감시과다운 신속함이라고 할까.

진우는 피식 하고 웃음이 새어 나왔다.

"그날 일을 물어보려고 여기까지 찾아오신 겁니까?"

우진철은 고개를 저었다.

"아닙니다."

"그럼 무슨 일로?"

"헌터님을 뵙고 싶어 하시는 분이 계십니다. 잠깐 같이 가 주시겠습니까?"

헌터협회의 감시과.

감시과의 주 업무는 요주의 헌터들을 감시하고 단속하며, 법을 어긴 헌터를 처벌하는 데 있다.

헌터의 입장에선 그다지 달갑지만은 않은 존재들.

진우의 시선도 곱지는 않았다.

"그건 명령입니까?"

"아닙니다."

우진철은 선글라스를 벗었다.

그리고 직각에 가깝게 허리를 숙이며 정중히 말했다.

"부탁을 드리는 겁니다."

"……."

마냥 사납게만 보이던 우진철이란 사내가 이렇게까지 저자세로 나올 줄이야.

조금 고민해 보던 진우는 누군지 알아나 보자고 마음먹었다.

"절 만나고 싶다는 사람이 누구죠?"

그제야 우진철이 고개를 들었다.

"헌터협회 고건희 회장님."

우진철의 손바닥이 자신의 뒤쪽 모퉁이 너머를 가리켰다.

"여기 협회장님이 와 계십니다."

* * *

헌터협회 협회장실.

고건희를 진찰하는 주치의의 표정은 좋지 않았다.

주치의가 가슴에 대고 있던 청진기를 뗐다.

"협회장님."

"아냐. 말 안 해도 돼. 자네 표정만 봐도 알겠군."

고건희는 풀어헤쳤던 와이셔츠의 단추를 하나씩 잠그며 허허 웃었다.

주치의는 입을 떼지 못했다.

'고건희 협회장…… 이 정도면 걸어 다니는 것 자체가 기적이다.'

그럼에도 왕성한 활동을 조금도 줄이지 않는다.

오죽하면 병원에 들를 시간도 없어서 주치의를 직장으로 불러들일까?

"나는 말이야."

고건희 협회장이 정장 웃옷에 팔을 넣었다.

"힐러들이 생기고 치유 마법이란 게 나왔을 때 다시 젊음을 되찾을 수 있겠구나, 이제 이 지긋지긋한 늙은 몸뚱이도 안녕이구나, 이렇게 생각했었지."

고건희는 또 허허 웃었다.

"그런데 그게 아니더군."

"차도가 없었습니까?"

"노환이라는 건 상급 헌터들의 치유 마법으로도 어쩔 수 없다지 뭐야."

치유 계열 헌터들의 마법으로 모든 병을 없앨 수 있었다면, 아마 전국의 병원이 모두 문을 닫고 의사들은 전부 다 깡통을 찼을 거다.

하지만 다행인지, 불행인지 그런 일은 일어나지 않았다.

재생을 돕는 것.

치유 마법의 한계는 외상을 사라지게 만드는 것까지였다.

잘려 나간 팔을 기적처럼 자라게 만들 수는 있어도, 감기에 걸린 아이의 열을 내리게 만들지는 못했다.

'덕분에 실업자 신세는 면했지만…….'

주치의는 벌써부터 나갈 준비를 하는 고건희 협회장을 바라보았다.

'협회장님 같은 분은 마법의 힘을 빌려서라도 완쾌시켜 드려야 할 텐데.'

그러나 치료 마법도, 현대 의학도 지금 단계에선 별반 소용이 없었다.

할 수 있는 거라곤 조언뿐.

"절대 안정을 취하셔야 합니다. 조금이라도 쉬셔야 해요."

"나도 그러고 싶지."

하지만 그러면 헌터협회가 어떻게 될 것 같나?

고건희는 웃음으로 뒷말을 대신했다.

'이 고건희가 없는 협회라.'

대형 길드들은 지금 이 순간에도 막대한 자금력을 바탕으로 시시각각 몸집을 불려 나가고 있었다.

그들의 힘은 이미 웬만한 국가의 군사력과 맞먹는다.

그 와중에도 협회가 영향력을 발휘할 수 있는 건, 협회 뒤에 있는 정부가 아니라 협회 위에 있는 고건희 덕분이었다.

협회가 힘을 잃는 순간 헌터들은 고삐 풀린 망아지가 된다.

'아직은…… 아직은 안 돼.'

아직 은퇴는 이르다.

지금 협회는 그들을 제어할 수 있는 유일한 목줄이었다.

아무런 대안도 갖추지 못한 상황에서 자신이 빠질 수는 없는 노릇이었다.

'협회가 건재하다는 걸 보여 주려면 내가 있어야 한다.'

S급 위의 S급.

고건희라는 이름 석 자가 필요했다.

그때까지 어떻게든…….

"으음!"

고건희가 고통스러운 신음을 흘렸다. 가슴을 움켜쥔 손에 말끔했던 와이셔츠가 구겨졌다.

"협회장님, 여기……."

주치의는 말없이 진통제와 물을 준비해 왔다.

"고맙네."

진통제가 들어가니 겨우 살 것 같은 기분이 들었다.

그때였다.

'응?'

전화에서 신호가 울렸다.

주치의가 있는 동안에는 무슨 일이 있어도 연락을 말라고 일러 놨거늘.

고건희가 눈살을 찌푸리며 수화기를 들어 올렸다.

"지금 진찰 중이네."

그러자 수화기 너머에서 남자 비서의 다급한 목소리가 들려왔다.

-죄송합니다, 협회장님. 너무 급한 소식이라.

"또 일본에서 연락이 왔나?"

-연락은 왔었지만 그것 때문은 아닙니다.

순간 고건희의 눈썹이 꿈틀거렸다.

'제주도 개미 놈들보다 더 큰 문제가 생겼다고?'

대체 무슨 일일까?

"무슨 일인데 그래?"

고건희의 인내심이 바닥을 드러내기 직전, 비서가 아슬아슬하게 대답했다.

-심사과에서 연락이 왔습니다.

"심사과에서?"

심사과가 하는 일이란 게이트나 각성자의 등급을 매기는 게 전부다.

딱히 큰 문제를 일으킬 만한 부서가 아니었다.

'아니면 혹시…….'

또 게이트 측정 오류라도 냈나?

얼마 전 백호 길드와 빚었던 마찰을 떠올리며 고건희는 미간을 구겼다.

그러나 불쾌함도 잠시.

비서가 들려주는 이야기는 고건희가 예상하던 '문제'의 범주를 훨씬 뛰어넘는 것이었다.

–방금 심사과에서…… 측정 불가 등급의 각성자가 나왔다고 합니다.

* * *

"헌터협회 고건희 회장님?"

방금 제대로 들은 게 맞나?

진우는 귀를 의심했다.

대한민국 최고의 헌터라 불리는 사람이 나 하나를 만나자고 이 시간에 병원까지 쫓아왔다고?

'말도 안 되는 소리…….'

진우가 반신반의하고 있을 때 우진철이 뒤쪽을 가리키며 쐐기를 박았다.

"여기 협회장님이 와 계십니다."

대답을 기다리는 우진철의 초조한 눈빛.

농담이 오고 갈 분위기는 아니었다.

'……정말인 거 같네.'

어째서 고건희 같은 사람이 날 찾는 걸까?

진우는 강한 의문이 들었다.

생각해 볼 수 있는 건 등급 재심사의 결과 때문인데…….

'협회로 끌어들이기 위해서?'

하지만 협회는 비영리단체다.

헌터 하나를 데려오겠다고 협회장이 감시과 직원을 대동해서 움직일 필요가 없는 곳이었다.

심지어 자신은 아직 재측정도 끝나지 않은 상태.

생각하면 할수록 협회장의 의중이 궁금해졌다.

"좋습니다."

진우가 수락했다.

우진철은 방금 전의 긴장감이 무색할 정도로 금세 환한 표정을 지었다.

"감사합니다!"

목소리에 진심이 묻어 나왔다.

'저 무뚝뚝해 보이는 아저씨가 이런 표정도 지을 수 있구나.'

진우는 신기해 하며 우진철의 뒤를 따라갔다.

모퉁이를 돌아서자 딱딱한 병원 대기실 의자에 앉아 있는 노인 한 사람을 볼 수 있었다.

'저 사람이…….'

진우가 침을 꼴깍 삼켰다.

천외천.

하늘 위의 하늘이라 불리는 S급의 고건희 헌터.

스윽.

진우를 발견한 고건희가 자리에서 일어났다.

"성진우 헌터님?"

80이 넘은 고령에도 불구하고 풍채가 대단한 노인이었다. 은퇴한 레슬러나 씨름 선수를 연상시키는 덩치였다.

그러나 고압적인 태도는 전혀 없었다.

'의외네.'

풍모로 보나 위치로 보나 잔뜩 무게를 잡을 줄 알았는데, 오히려 그보다 그의 옆에 있는 수행원이 더 무서운 얼굴을 하고 있었다.

"제가 성진우입니다."

진우가 대답했다.

고건희는 환한 얼굴로 반갑게 손을 내밀었다.

"반갑습니다. 고건희입니다."

두 사람은 짧은 악수를 나누었다.

고건희는 미리 서로 마주 볼 수 있도록 배치를 바꿔 놓은 대기실 의자를 가리켰다.

"앉아서 이야기하시죠."

"감사합니다."

진우가 먼저 앉고 나서 고건희도 의자에 엉덩이를 붙였다.

문득 진우의 시선에 고건희의 양복 깃에 붙어 있는 금배지가 들어왔다.

현직 국회의원인 동시에 헌터협회 협회장인 남자.

'거기에 S급 각성자.'

고건희는 만나고 싶다고 해서 아무나 다 만날 수 있는 상대가 아니었다.

정재계의 인사들은 물론이거니와 해외의 거물들까지, 그를 만나고 싶어 하는 인물들은 수를 헤아릴 수가 없었다.

그래서 더 궁금했다.

왜 고건희 같은 사람이 이리 급하게 자신을 찾아왔는지.

그러고 보니.

'최종인 다음은 고건희인가?'

오늘 하루 최고라는 수식어가 아깝지 않은 두 사람을 연이어 만났다.

아직 S급이라고 확정 난 것도 아닌데 말이다.

마침 고건희가 말을 꺼냈다.

"S급 헌터가 되신 것을 축하합니다."

진우는 고개를 갸웃했다.

"아직 재측정 결과가 남아 있습니다."

그러자 고건희가 고개를 저었다.

"사실 재측정은 별 의미가 없는 겁니다."

"예?"

의아한 표정의 진우에게 고건희가 부드러운 미소를 보였다.

"정밀 측정기는 측정 결과를 세분화시켜 주는 기계지, 측정 범위 이상을 재기 위한 도구가 아닙니다."

"그럼 어째서……."

"재측정이라는 절차를 만들었냐는 말씀이시지요?"

그 말이 맞았다.

어차피 결과가 똑같이 나온다면 왜 번거롭게 일을 더 늘리는 걸까?

고건희의 답은 명쾌했다.

"유예기간입니다."

'유예기간……?'

진우가 묻기도 전에, 고건희가 쑥스러운 듯 말을 이었다.

"저희가 성진우 헌터님 같은 분들을 먼저 만나기 위해 벌 수 있는 최소한의 시간이지요."

아-.

진우는 협회장이 하고자 하는 말을 완벽하게 이해했다.

"아시다시피 협회에는 규모와 달리 우진철 과장님같이 뛰어난 헌터분들의 수가 많지 않습니다."

대형 길드 때문이다.

"대형 길드들이 있으니까요."

역시.

진우는 고개를 끄덕였다.

"대형 길드에 가면 수입과 명성이 보장되는데 누가 협회에 오려고 하겠습니까?"

협회 헌터들의 수입도 적지 않다.

하지만 그들이 대형 길드에서 벌 수 있는 돈에 비한다면 그건 정말로 푼돈에 불과했다.

인기도 마찬가지.

"대형 길드의 정예 공격대 멤버들의 이름을 줄줄 외우는 사람은 있어도, 우리 우진철 과장님의 이름을 아는 사람은 없지요."

정예 멤버라는 말에 진우는 A급 헌터였던 김철을 떠올렸다.

감각 스탯은 상대의 역량을 파악할 수 있게 해 준다.

진우가 판단하기에는 김철보다는 우진철의 실력이 확실히 한 수 위였다.

'같은 A급이지만 실력은 다르다.'

진우가 우진철을 돌아보았다.

우진철은 협회장의 칭찬과 진우의 시선이 부담스러운지 상기된 얼굴로 고개를 숙였다.

'하지만…….'

김철이 문제없이 헌터로 데뷔했다면 우진철보다 훨씬 더 많은 돈을 벌고 훨씬 더 유명해졌을 것이다.

그게 협회 소속 헌터와 길드 소속 헌터의 차이점이었다.

"그래서 저희는 정말 뛰어난 각성자분들이 협회를 방문했을 때를 대비해 작은 꼼수 하나를 만들어 두었습니다."

그게 재측정이란 말인가?

'하긴…….'

측정 결과가 공표되고 여기저기 퍼져 나가기 시작했다면 협회가 이렇게 대놓고 접근할 수 있었을까?

설득력 있는 방법이었다.

"거두절미하고 말씀드리겠습니다."

어느덧 협회장의 얼굴에서 미소가 사라졌다.

"저희는 기업이 아니기 때문에 많은 돈을 약속드릴 수가 없습니다. 하지만."

가슴께를 만지작거리던 고건희가 뭔가를 움켜쥔 주먹을 앞으로 내밀었다.

"다른 길을 도울 수는 있지요."

"무슨 말씀이신지……?"

"성진우 헌터님을 다른 쪽으로 키워 드릴 수 있다는 얘깁니다."

움켜쥔 주먹이 펴졌다.

고건희의 손바닥 위에는 금배지가 반짝이고 있었다.

'권력…… 인가?'

하지만 진우는 의아하다는 시선을 보냈다.

"영문을 모르겠군요."

"예?"

"저에게 이렇게까지 하실 필요가 있습니까?"

타당한 질문.

진우를 바라보는 고건희의 눈빛에 이채가 어렸다.

'내 배경에 겁먹거나 눈앞의 이익에 현혹되지 않고 차분히 자신의 의문점을 제기하다니…….'

내가 너무 서둘렀나?

누가 그랬던가, 늙으면 인내심이 줄어든다고.

틀린 말이 아니었다.

고건희는 속으로 웃음을 삼키며 말을 이었다.

"5대 길드를 알고 계시겠지요?"

어찌 모를 수 있을까?

진우가 묵묵히 고개를 끄덕였다.

"지금 대한민국에는 다섯 마리의 공룡이 간신히 밸런스를 맞추고 있습니다."

수도권의 헌터스, 백호, 사신.

지방의 명성, 기사단.

"헌터님께서 다섯 개의 길드 중 어디에 들어가도 균형이 깨지고 판도가 크게 뒤바뀔 겁니다."

지금도 대형 길드들의 위세는 하늘을 찌른다.

그런데 그중 어느 한 곳이 또 한 명의 S급 헌터를 얻고 그걸 원동력 삼아 위로 치고 올라온다면?

그때도 협회의 말이 먹힐까?

협회는 강한 힘으로 헌터들 간의 중심을 잡아 주는 역할을 해야 했다.

"법과 제도, 평범한 공권력으로는 헌터들을 묶어 두기에 역부족입니다."

진우도 일전에 같은 생각을 했었다.

마수들만이 괴물이 아니다.

헌터들 또한 마수들 못지않은 괴물들이다.

'힘'만을 따진다면 마수들보다 더 위험한 괴물들이 바로 헌터들이었다.

"그래서 협회가 필요한 겁니다."

고건희의 얼굴이 사뭇 진지해졌다.

"그리고 협회는 성진우 헌터님을 필요로 합니다."

당신과 같은 강한 힘을 지닌 사람이.

고건희의 눈빛이 예리해졌다.

'옆에 두고 어느 정도 지켜보긴 해야겠지만…….'

성진우만 OK 한다면 그를 전심전력으로 밀어줄 의사가 있었다.

S급은 그만한 대우를 받을 만한 가치가 있는 이들이니까.

'이 정도면 설명이 됐겠지.'

그러니.

아주 오랜만에, 고건희는 긴장과 설렘이 반반쯤 섞인 심정을 맛보며 나직한 목소리로 물었다.

"어떻게 하시겠습니까, 헌터님?"

2. 헌터협회장의 제안

2. 헌터협회장의 제안

나쁜 제안은 아니었다.

고건희가 등을 밀어준다면 평범한 사람도 금방 출세 가도를 달릴 수 있다.

국회, 정부, 협회, 언론까지.

고건희의 입김이 닿지 않는 곳을 찾아보기가 힘들 정도니까.

하물며 그의 지원을 받는 사람이 S급 헌터라면?

'어디까지 올라갈 수 있을지 짐작도 안 되네.'

문득 진우는 깔끔한 정장을 입고 고건희 의원의 옆 좌석에 나란히 앉아 있는 자신의 모습을 떠올려 보았다.

가슴이 조금 뛰었다.

'쉽게 오는 기회는 아니겠지.'

고건희가 제안한 '다른 길'은 걷고 싶다고 해서 누구나 함부로 발을 들일 수 있는 길이 아니니까.

하지만 거기엔 중요한 것이 빠져 있었다.

'협회로 가면 더 이상 레벨을 올릴 수가 없게 된다.'

협회 소속의 상급 헌터들은 사냥을 하지 않으니까.

그들의 주 업무는 다른 헌터들을 상대하는 것이지, 마수 사냥이 아니었다.

겨우 허락을 받아 협회의 레이드에 낀다고 해도.

'협회가 맡는 던전이라고 해 봐야 길드들이 거들떠보지도 않는 D, E급 수준.'

경험치도 주지 않는 저렙들을 잡고 살 건가?

아니, 그럴 순 없지.

진우는 속으로 강하게 부정했다.

'나는 더 강해지고 싶다.'

더 높은 곳으로.

올라갈 수 있는 곳까지 올라가 보고 싶었다.

아예 불가능하다거나 확신이 없다면 모를까, 할 수 있다는 걸 알면서 그걸 포기하라고?

어림없는 소리.

'레벨업이 멈추지 않는 한 나는 계속 성장할 수 있다.'

두근.

두근.

아까 고건희 협회장과 어깨를 나란히 하는 자신을 상상했을 때보다 더 강하게 심장이 요동쳤다.

고건희도 진우의 변화를 느꼈다.

'갑자기 호흡이 빨라졌군. 드디어 결단을 내린 건가?'

부디 좋은 결과면 좋으련만.

'아니, 꼭 좋은 결과여야 한다. 내겐 남은 시간이 없으니…….'

진우만큼 흥분된 심정으로 고건희는 대답을 기다렸다.

1초가 1분 같은 시간이었다.

진우가 입술을 뗐다.

"죄송합니다."

고건희의 얼굴이 굳어졌다.

'방금 의지가 넘치는 얼굴을 하고 있는 것처럼 보였었는데…… 내 착각이었나?'

실망감을 감출 수가 없었다.

'결국 성진우라는 남자의 그릇은 이 정도였던 거군.'

다른 길을 돕겠다는 말은 허언이 아니었다.

실은 그 이상을 생각했다.

'2년 만에 나타난 S급…….'

가장 가까운 곳에 두고 일을 가르치면서 가능성이 보일 경우 자기 뒤를 잇는 재목으로 키우려 했다.

자신이 사라졌을 때 협회를 지탱할 수 있는 강한 힘이 필요했으니까.

그건 곧 자신이 가진 모든 걸 물려주겠다는 소리였다.

그런데 결과가 이 모양이라니.

'꼴이 우습게 됐군.'

고건희는 내밀었던 배지를 거두며 푸념처럼 물었다.

"역시…… 돈입니까?"

진우는 칼같이 대답했다.

"아닙니다."

고건희는 속으로 콧방귀를 뀌었다.

'다들 말은 고상하지.'

하지만 속을 들여다보면 모두 같다.

결국은 돈이다.

거기에 인기까지 따라오면 금상첨화고.

하기야 재물을 좇는 것이야 인간의 당연한 본성인데 그걸 힐난할 생각은 없었다.

단지 스스로 솔직하지 못하는 이들이 가소로울 뿐.

"그럼 어째서 거절하신 겁니까?"

고건희는 답을 뻔히 알고 있으면서도 물었다.

그냥 반응을 한번 보고 싶었다.

그런데.

"저는 싸우고 싶습니다."

망설임 없이 나온 진우의 한마디가 고건희의 뒤통수를 때렸다.

'뭐라고?'

머리를 한 대 얻어맞은 것 같은 기분이었다.

"그건…… 마수들과 싸우고 싶다는 뜻입니까?"

"예."

진우는 불필요한 설명은 전부 덜어 내고 솔직하게 진심을 밝혔다.

"게이트로 들어가 마수들을 처치하고 싶습니다. 제가 있어야 할 곳은 던전 안이라고 생각합니다."

'이럴 수가.'

고건희의 눈이 커졌다.

수많은 이들의 위에 서 있는 사람은 다른 이의 눈빛만 봐도 그가 진실을 이야기하는지, 거짓을 이야기하는지 알 수가 있다.

그 위치는 그래야만 올라갈 수 있는 자리니까.

그래서 고건희는 알 수 있었다.

'저 눈은…… 진심이다.'

진우를 바라보는 고건희의 눈빛이 180도 달라졌다.

'이런 느낌이 얼마 만이지?'

힘을 각성했을 때 이미 고건희는 너무 노쇠한 몸이었다.

그래서 마수들과 싸우는 대신 자신이 할 수 있는 일을 찾아서 했다.

자기 소유의 사업체를 처분한 돈으로 협회를 세우고, 헌터들을 모으고, 인기를 토대로 국회로 진출해 헌터 관련법들을 제정했다.

하지만 그렇게 열심히 뛰어다녀도 채워지지 않았던 근원적인 아쉬움.

'나도 20년, 아니 10년만 더 젊었어도 이런 젊은이들과 함께……!'

두근, 두근, 두근.

고건희는 가슴에 손을 얹었다.

언제 멈춰도 이상하지 않을 심장이 지금은 가쁘게 뛰고 있었다.

'내 심장이 아직 이런 소리를 낼 수 있었군.'

기분 좋은 고동이었다.

반면 진우는 고개를 갸웃했다.

'이상한데?'

협회와 등질 각오까지 하고 협회장의 제안을 걷어찼는데, 협회장은 어딘지 모르게 기쁜 것 같은 얼굴을 하고 있었다.

'뭐, 아무래도 상관없지만…….'

하고 싶은 말은 다 했으니.

진우는 자리에서 일어났다.

"동생 혼자 집을 지키고 있어서 이만 가 봐야겠습니다."

"시간 내주셔서 감사했습니다."

진우를 따라 일어난 고건희가 품에서 뭔가를 꺼내 내밀었다.

"그리고 이거."

손에 들린 건 명함이었다.

'……?'

"제 도움이 필요하다면 언제든지 연락하십시오."

고건희는 환하게 웃었다.

진우의 말이 맞았다. 강한 헌터는 던전에 있어야 했다.

비록 성진우를 포섭하는 데는 실패했지만 헌터협회의 장으로서, 혹은 한 명의 헌터로서 고건희는 가능한 한 성진우를 돕고 싶어졌다.

좀 더 솔직하게 말하자면.

'이 청년, 마음에 드는군.'

그래서 조언할 것도 좀 있었다.

잔소리란 무릇 관심에서 비롯되는 것이니까.

"혼자서 상급 던전에 들어가는 건 불가능합니다. 그러니 길드를 선택하실 때는 부디 신중하시길."

당신의 선택에 따라 판도가 크게 달라질 테니.

고건희의 진심 어린 조언을 들은 진우가 짧은 순간 묘한 미소를 보였다.

"감사합니다."

명함을 지갑에 넣은 진우가 고건희와 우진철에게 가볍게 인사를 남기고 자리를 떠났다.

"후-."

한숨과 동시에 고건희가 의자에 털썩 주저앉았다.

"괜찮으십니까?"

고건희의 심기가 불편할 것이라 지레짐작한 우진철이 재빠르게 다가왔다.

하지만 고건희는 웃으며 손을 내저었다.

"아니야. 난 괜찮네."

암, 괜찮다마다. 이 얼마나 오랜만에 맛보는 만남의 즐거움인지.

한참 동안 미소를 머금고 있던 고건희가 고개를 돌려 수행원에게 지시를 내렸다.

"오늘 약속은 전부 취소해 주게."

"하지만 오늘은 장관님들과의 약속이……."

"하나도 남김없이 전부."

그렇게 말하며 씩 웃었다.

"오늘은 그 꼰대들에게 감정을 낭비하기 싫으니 말일세."

이 기분 좋은 여운을 오늘 하루만이라도 간직하고 싶었다.

문득 우진철에게 향하는 고건희의 시선.

협회장의 보기 드문 미소에 우진철도 들뜬 마음이 됐다.

"하실 말씀이 있으십니까?"

"다른 게 아니라 말이야, 자네……."

약간 뜸을 들이던 고건희가 턱밑을 만지작거렸다.

"오늘 나하고 술 한잔하겠는가?"

생각지도 못한 말에 우진철이 어색한 미소를 지었다.

"제가 술을 못해서…… 그래도 괜찮으시겠습니까?"

"어허, 이 사람 그렇게 안 봤더니."

고건희가 장난스럽게 혀끝을 끌끌 찼다.

"사내는 자신이 마실 수 있는 술잔의 크기만큼 세상을 담을 수 있다는 말도 모르는가?"

"죄송합니다, 협회장님."

우진철은 쑥스러운 듯 얼굴을 붉히며 뒷머리에 손을 얹었다.

"농담일세. 기분이 좋으니 농담도 술술 나오는군."

사실 진짜 술잔을 나눠 보고 싶은 상대는 따로 있기도 하고.

고건희의 시선이 진우가 사라진 복도 끝으로 향했다.

'성진우 헌터…….'

저 친구는 주량이 얼마나 될까?

언제 한번 꼭 같이 잔을 나눠 보고 싶다는 생각을 하면서 고건희는 옅게 미소를 지었다.

* * *

끼익.

덜컹.

진우는 멈춰 선 버스에서 내려섰다.

동생 핑계를 대고 나왔지만 시계를 보니 아직 동생이 도착하긴 이른 시간.

진우는 천천히 집으로 향했다.

틱, 틱.

익숙하지 않은 소음에 고개를 돌렸더니 저 멀리, 곧 꺼질 듯 불이 깜빡거리는 가로등 하나가 보였다.

그러고 보니 주위가 너무 어두웠다.

워낙 후미진 동네라서 조금만 큰길을 벗어나도 이렇게 어둡고 인적 드문 장소가 나온다.

문득 얼마 전에 들었던 뉴스가 떠올랐다.

묻지 마 살인 사건.

'피해자가 모두 여성이었던가?'

지금 이 길도 동생이 자주 다니는 길이었다.

그것도 밤늦게.

'진아 학교가 이 근처니 이사를 가 버릴 수도 없고.'

괜히 걱정되기 시작했다.

발견만 하면 범인을 잡는 거야 어려운 일이 아니지만, 걱정된다는 이유로 밤마다 길에 서 있을 수도 없는 노릇.

무슨 방법이 없을까?

팔짱을 끼고서 머리를 굴려 보던 진우가 갑자기 미소를 지었다.

'나 대신 다른 애들을 세워 놓으면 되지.'

이럴 때 딱 쓰기 좋은 애들이 있지 않은가?

"나와."

진우의 부름에 그림자 병사들이 나타났다.

'다섯 명 정도면 충분하겠지.'

같이 악마성 원정을 다니면서 잘 키워 둔 병사들이다.

보기만 해도 든든했다.

"앞으로 너희가 이 동네 자경단이다. 지금부터 순찰 실시."

말이 끝나자마자 병사들은 그림자 상태로 돌아갔다.

그리고 건물이나 다른 사물의 그림자들에 흡수됐다, 나왔다를 반복하며 이동을 시작했다.

'그래. 그렇게 다른 사람 눈에 띄지 않게 조심히 돌아다녀라.'

아오, 귀여운 녀석들.

묻지 마 살인범이 상급 헌터 수준이 아니고서야 그림자 병사를 당할 길은 없었다.

만에 하나 그렇다고 해도 병사들에게 이상이 생기면 자신이 바로 알 수 있었다.

S급 헌터.

'아니, 아직 정식 자격증은 안 나왔으니 S급 각성자라고 해야 하나?'

뭐 아무려면 어떤가.

헌터든 각성자든 S급이 지켜 주는 동네라니.

24시간 무료 방범 시스템이 세간에 알려지면 모르긴 몰라도 땅값이 몇 배로 폭등하지 않을까?

피식 웃음이 나왔다.

'좋아.'

이 정도면 안심이다.

주위를 둘러보던 진우가 흡족한 얼굴로 돌아섰다.

* * *

"밥 먹자고 해서 급하게 달려 나왔더니 대패 삼겹살이야?"

"어? 지금 삼겹살 무시해?"

"……."

"여긴 나와 형님의 추억이 담겨 있는 곳이라고!"

얼굴이 벌겋게 변한 유진호가 술잔을 내려놓으며 콧김을 내뿜었다.

"그래서 그 추억의 장소에 나는 왜 불러들인 건데?"

유수현은 어이없다는 표정을 지었다.

자려고 누웠다가 방금 전 유진호의 전화를 받았다.

—누나, 나 위로 좀 해 주라.

—웬일로 누나래?

—누나아아아—.

징징거리는 목소리가 하도 불쌍해서 나와 줬더니 데려온 곳이 이런 데라니.

재벌가의 아가씨로 곱게 자라 지금은 모델로 활동하고 있는 유수현이 못마땅해 하는 것도 당연할 수밖에.

힐끔힐끔.

급하게 나온다고 대충 꾸민 데다가 모자까지 눌러썼는데도 주위 남자들의 시선이 계속해서 날아들었다.

"뭔데 그래? 말을 해 봐, 말을."

비어 있는 유진호의 잔에 소주를 따라 주며 유수현이 물었다.

"봐 봐, 이거. 형님이 내 전화 피하시는 거 맞지?"

유진호가 울먹이며 폰을 내밀었다. 액정에는 통화 기록이 길게 남아 있었다.

한 번의 통화와 네 번의 통화 실패.

그나마 처음 연결된 통화 한 번도 대화 도중 끊겼다고 한다.

"지금 아는 사람이랑 통화가 안 된다고 나를 불러낸 거야?"

끄떡끄떡.

유진호는 고개를 움직였다.

"하-."

기가 찬 유수현이 유진호의 전화를 뺏어 들었다.

"어디 줘 봐."

빠르게 전화 모양의 아이콘을 누르자.

뚜르르-

울리던 신호가 잠시 뒤 끊겼다.

그러자 유수현이 도끼눈을 떴다.

"야이."

"응?"

유진호가 고개를 들었다.

"딱 15초 울리고 끊기잖아. 이건 전화를 피하는 게 아니라 전화기가 꺼져 있는 거고, 통화 중에 끊겼다면 배터리가 나간 거겠지."

"……정말?"

"안 믿기면 다시 걸어 보든가."

뚜르르-

유수현의 말대로 15초 만에 신호가 끊어졌다.

"진짜네."

유진호의 얼굴이 환해졌다.

"이제 해결됐지? 나 간다."

매몰차게 떠나려는 유수현의 소매를 유진호가 붙들었다.

"누나아아– 마시던 것만 다 비우고 가자!"

"이럴 때만 누나다, 누나야."

평소에는 잘도 너, 인마, 야로 부르는 녀석이.

결국 유수현은 다시 자리에 앉았다.

"어? 누나도 마시게?"

"마시던 것만 비우고 가자며? 혼자서 마시는 걸 언제 다 기다려."

"역시 우리 누나밖에 없다."

"됐거든."

말은 그렇게 해도 어느새 두 사람은 화기애애하게 술잔을 비워 갔다.

"그런데 그 형님이란 사람, 도대체 누구야?"

"곧 알게 될걸."

유진 길드에 들어온다면.

그렇게 말하려던 유진호가 높은 곳에 설치해 놓은 가게 안 TV를 보고 눈을 동그랗게 떴다.

"어, 저 사람……?"

유수현도 TV 쪽을 돌아보았다.

화면 속 뉴스에서는 최근 톱스타로 활약 중인 배우 이민성의 각성 소식이 흘러나오고 있었다.

구름처럼 모여든 기자들 앞에서 이민성이 쑥스러운 듯 입을 열었다.

"아직 촬영 일정이 끝나지 않아서. 각성자 등급이 나와 봐야 알겠지만……."

아래 자막에는 이민성이 조만간 헌터협회에 들러 등급 심사를 받을 예정이라고 나왔다.

“와, 역시 한류 스타 이민성! 기자들 수 좀 봐. 저기 중국 기자도 와 있네.”

유진호가 감탄을 터트렸다.

그러나 유수현은 눈살을 찌푸렸다.

“어떻게 저리 많은 사람들 앞에서 뻔뻔하게 거짓말을 해 대지?”

“엉?”

“아는 사람은 다 알거든. 저거 다 쇼라는 거. 이미 A급을 받아 놓고서 크게 터트리려고 언플하고 있는 거래.”

“쇼를 한다고? 겸손의 상징 이민성이?”

유수현은 혀를 찼다.

쯧쯧.

‘어쩜 다들 이리도 모를까?’

뒤에서 남 험담하는 거 같아 참고는 있지만, 이민성을 실제로 아는 사람들 사이에서 이민성의 평가는 그야말로 최악이었다.

카메라가 있을 때와 없을 때 차이가 요즘 흔히 하는 말로 넘사벽인 남자.

유수현이 정말 싫어하는 부류였다.

그냥 이중적인 것뿐만이라면 모른 척 넘어가겠는데 또 치근덕대기는 얼마나 치근덕대는지.

얼마 전에도 뜬금없이 연락이 와서 ‘같은 헌터’가 됐다면서 작업을 걸어오는 통에 전화를 끊느라 한참 애를 먹었었다.

‘재수 없는 인간…….’

각성자가 되기 전에도 건방이 하늘을 찌르던 인간인데 A급 헌터가 되면 얼마나 더 콧대가 높아질까?

거기에 A급 판정을 받는 장면이 카메라를 통해 전국에 생중계되게 생겼으니.

'이런 쪽으로는 진짜 머리 잘 굴린다니까.'

유수현은 절레절레 고개를 저으며 술잔에 남은 술을 마저 들이켰다.

* * *

-저 잘리면 책임져 주실 겁니까?

"예? 그게 무슨 말씀이시죠?"

-어제 일, 협회장님께서 함구령을 내리셨습니다. 만약 각성자 신원이 새어 나가면 수단과 방법을 가리지 않고 끝까지 잡아내서 반드시 처벌하시겠답니다.

"고건희 협회장님께서요? 여태까지 한 번도 이런 적 없었잖습니까?"

-협회장님 마음을 제가 어떻게 알겠습니까?

"……."

-더 하실 말씀 없으시면 끊겠습니다.

"……다음에 또 연락드리죠."

딸깍.

전화는 그렇게 끊겼다.

수화기를 내려놓는 사신 길드의 마스터 임태규의 얼굴은 좋지 못했다.

'이게 무슨 일이래…….'

2년 만에 초대형 신인이 나타났다는 소식에 사장인 본인이 직접 전화를 걸었다.

그런데 이런 답변이 돌아올 줄이야.

잘리면 책임져 줄 거냐고?

다른 이도 아니고 고건희 협회장에게 찍혀서 쫓겨난 협회 직원을 받아 줄 간 큰 길드가 있을 리가.

각성자 신원을 안다고 영입에 성공한다는 보장도 없는데 말이다.

'수단과 방법을 가리지 않고 잡아내서 처벌한다…….'

고건희라면 충분히 할 수 있는 일이었다.

'그런데 이 영감탱이가 갑자기 노망이 들었나, 왜 안 하던 짓을 하지?'

무슨 바람이 분 걸까?

각성자의 신원 유출 금지라니.

유례가 없는 일이었다.

덕분에 정식 발표가 날 때까지 사신은 손가락만 빨고 있어야 하는 신세가 됐다.

억울한 건 그것뿐만이 아니다.

'그럼 대체 최종인, 백윤호는 어떻게 알고 어제 거기 있었던 거야?'

정보력의 차이인가?

그만큼 이 바닥에서 사신 길드의 영향력이 죽었다는 뜻일까?

만약 어제 나타났다는 초대형 신인이 헌터스나 백호에 들어간다면 안 그래도 벌어진 격차를 영영 따라잡을 수 없게 될 터.

상황이 이런데 난데없이 떨어진 함구령이 사신의 앞길을 가로막아 버렸다.

'이 영감은 전생에 나랑 무슨 원수를 졌나?'

백윤호가 사신 길드를 탈퇴할 때 백호 길드가 무사히 만들어지도록 도운 것도 그 영감이었다.

그 여파로 사신은 최고의 길드라는 자리에서 밀려났다.

헌터스와 백호는 저만큼 앞서가고 있는데, 사신은 계속해서 제자리만 맴돌고 있었다.

'이쯤 했으면 이제 사신도 좀 도와줘야 하는 거 아니냐고!'

문득 고건희가 원망스러워졌다.

그러나 뾰족한 수가 있나?

임태규는 안타까운 마음에 발만 동동 굴러 댈 뿐이었다.

* * *

'일일 퀘스트는 끝냈고.'

진우는 가벼운 마음으로 인터넷을 뒤적거렸다.

재측정까진 남은 시간은 이틀.

그동안 아티팩트 거래에 대한 정보나 모으려고 컴퓨터를 켰다.

'헉!'

경매 정보를 훑어보던 진우의 눈이 커졌다.

'최소 단위가 억이네.'

어디 그뿐인가?

좀 괜찮다 싶은 물건들은 기본 수십 억이 넘어갔다.

'하긴…….'

헌터에게 장비는 목숨 줄과 같았다.

좋은 장비를 쓸수록 더 안전해지는 건 말할 필요가 없었다.

헌터들의 수입이 적은 편도 아니고, 더 안전하고 빠르게 사냥할 수 있게 만들어 주는 도구가 있는데 돈을 아낄 이유가 있을까?

이해는 할 수 있었다.

하지만 역시 놀랍다는 사실은 변하지 않았다.

아티팩트 가격들을 보니 슬슬 불안해졌다.

'이거 지금 가진 돈으로는 아무래도 안 되겠는데?'

경매에 올라와 있는 화속성 방어 아티팩트를 발견하지는 못했지만, 높은 등급 방어구를 구매하려면 지금 가진 돈으로는 턱도 없을 듯했다.

'돈은 충분히 모았다고 생각했는데…….'

그건 일반인의 관점이었을 뿐 헌터들의 관점에서는 아직 한참 부족했다.

통장에 든 돈이 얼추 17억 정도.

원하는 아티팩트를 구매하려면 역시 '탐욕의 구슬'을 파는 수밖에 없었다.

판매자의 입장이 되자 진우의 표정이 달라졌다.

'아트팩트를 사는 데 많은 돈이 든다는 건 반대로 내가 가진 아티팩트를 비싸게 팔아먹을 수 있다는 소리.'

딸깍.

마우스를 움직여 검색하자 현재 판매 중인 마법 도구들이 주르륵 떴다.

'…….'

아무리 눈여겨보아도 마법 데미지를 두 배나 증가시켜 주는 아티팩트는 없었다.

끽해야 원래 힘에서 20~30퍼센트 추가되는 수준.

그런 아티팩트들도 믿기지 않을 정도로 고가였다.

'마법 도구들 가격은 장난이 아니구나.'

생각해 보니 20퍼센트도 적지 않았다.

이런 고가의 아티팩트들을 살 수 있는 건 상급, 아니 최상급 헌터 정도다.

그런데 그런 이들의 힘을 20퍼센트나 올려 준다?

그 차이는 어마어마할 터.

상급 헌터들도 그걸 아니까 이만큼 돈을 주고 아티팩트를 구매하는 거다.

실제로 방금까지 판매 중이었던 물건에 금세 판매 완료 표시가 붙는 경우가 종종 보였다.

하물며 20퍼센트짜리도 이럴진대…….

'이건 대체 얼마에 팔면 되는 거지?'

꿀꺽.

진우는 침을 삼켰다.

아티팩트 같은 건 꿈도 못 꾸던 때가 바로 얼마 전이라, 지금 단계에서는 얼마나 받을 수 있을지 감도 잡히지 않았다.

'그러니까 경매가 있는 거겠지.'

탐욕의 구슬을 경매에 내놓았을 때 부디 괜찮은 가격이 나오기를.

진우는 만족스러운 미소를 지으며 경매 정보창을 닫았다.

알아본 결과 아티팩트를 파는 방법은 크게 두 가지로 나뉘었다.

하나는 정식적인 루트를 통해 파는 것.

다른 하나는 블랙마켓, 즉 암시장을 통해 파는 것.

하지만 암시장은 접근할 방법이 없었다.

인터넷으로 접할 수 있는 정보에는 한계가 있으니까.

'마우스 클릭 몇 번으로 접촉할 수 있다면 블랙마켓이라고 불리지도 않았겠지.'

탐욕의 구슬은 뒤가 구린 물건이 아니니 굳이 블랙마켓을 거쳐야 할 필요도 없고.

그러니 현재 가장 좋은 방법은 판매의 전문가들이 있는 아티팩트 거래소에 탐욕의 구슬을 맡기고 경매로 처분하는 것이었다.

세금과 수수료가 떼이기는 해도 가장 빠르고 뒤끝이 없는 방법이었다.

'문제는 내가 이걸 얻게 된 경위를 밝혀야 한다는 건데…….'

E급 헌터가 현존하지 않고 말도 안 되는 아티팩트를 가지고 왔다. 이걸 조용히 넘어가 줄까?

한국 헌터옥션은 헌터 간의 거래를 중개하는 가장 큰 기업이다. 의심쩍은 부분은 하나하나 확실하게 짚고 넘어가리라.

'그래서 자격증이 필요한 거지.'

S등급이 찍혀 있는 새로운 헌터 자격증이.

그걸 위해 재심사를 받았다.

결과는 성공적.

고건희 협회장의 말을 맞는다면 이틀 후에는 새 자격증을 문제없이 손에 쥘 수 있었다.

협회에 들어오라는 제안을 거절하는 바람에 차질이 빚어지지 않을까 잠깐 걱정도 했지만…….

'협회장님이 그럴 분은 아닌 거 같아서 다행이네.'

마지막 인사를 나누는 그 순간까지도 협회장의 입가에서 미소가 떠나지 않았었다.

오랜 시간 남들의 눈치를 보고 살면 분위기 파악에 도가 트는 법이다.

딱 진우가 그랬다.

E급으로 4년 동안 다른 헌터들의 눈치를 보며 살았다. 그래서 어지간한 상황은 사람들의 표정만 봐도 대충 파악할 수 있었다.

고건희의 표정은 절대 가식이 아니었다.

적어도 진우의 눈에는 그렇게 보였다.

그러니 걱정할 것 없이 이틀 뒤에 있을 재측정만 기다리면 될 듯했다.

'그런데…… 그동안 뭐 한다?'

진우는 의자 등받이에 등을 기댔다.

이틀.

뭔가 하기에는 짧고, 마냥 놀기엔 긴 시간.

'한번 둘러보기라도 할까?'

반쯤 흥미 삼아 마우스 커서를 헌터 사이트의 구인 게시판 쪽으로 움직였다.

딸깍.

클릭 한 번에 수많은 게시물이 화면을 채웠다.

특히 요 근처에서 개인 공격대를 모집한다는 글들이 많이 보였다.

'…….'

원인은 뻔하다.

자신과 유진호가 며칠간 일대의 C급 게이트들을 독차지해 버려서 주변 공격대들의 일자리가 잠시 끊겼었다.

그 반동으로 그때 손 놓고 있었던 공격대들이 지금 활발하게 레이드를 하고 있는 듯했다.

진우는 씁쓸하게 웃으며 페이지를 넘겼다.

'이제 C급 던전에서는 업이 되지 않으니.'

마지막으로 C급 던전에 들어갔을 때는 1업 하는 데 엄청난 시간이 걸렸다. 하루도 모자라 이틀을 달리고 나서야 겨우 1업이 됐다.

지금은 그때보다 15레벨 이상 올라간 상태.

경험치에 눈금이 있다면 미동조차 않을 상황이었다.

'지금 C급 게이트는 나한테 아무런 의미가 없는데…….'

그러나 안타깝게도 상급 던전을 공략할 멤버들을 구하는 게시물은 없었다.

개인 공격대가 상급 던전을 공략한다는 건 자살행위고, 길드들이 이런 데서 대체 멤버를 구할 가능성은 없으니 말이다.

그래도 혹시 모르니까.

'검색 조건을 바꿔 볼까?'

진우는 상급 던전만 뜨도록 검색 조건을 바꾸었다.

딸깍.

설마 있을까 하면서도 전혀 기대는 안 하고 있었다.

그런데.

'……어?'

진짜 뜨는 글이 있었다.

* * *

“E급이시라고요?”

“네.”

“이런 일 해 본 적은 있으시고?”

“없습니다.”

“혹시…… 특성은 어느 쪽으로?”

“전투 계열입니다.”

‘그건 다행이고만.’

안전모를 쓴 팀장의 시선이 진우를 아래위로 한 번 쓱 훑었다.

‘E급치고는 상당히 탄탄해 보이는 몸인데? 눈빛도 괜찮고.’

진우는 차분히 팀장의 대답을 기다렸다.

곧 팀장이 진우의 자격증을 돌려주며 호쾌하게 웃었다.

“하하하, 여기 진우 씨 같은 사람 많습니다. 긴장하지 말고 잘해 봅시다.”

불혹의 나이를 넘겼음에도 아주 에너지가 넘치는 아저씨였다.

콧수염이 잘 어울리는 건 덤.

“여기 대기하고 계시다가 다들 왔을 때 같이 들어가시면 됩니다. 들어가기 전에 장비 잊지 마시고요.”

“장비라면……?”

“저기 바닥에 있는 거 아무거나 하나 들고 가시면 됩니다.”

“……네.”

진우는 한곳에 잔뜩 모아 놓은 곡괭이들을 보면서 고개를 끄덕였다.

그때 목에 수건을 걸친 아저씨 한 사람이 급히 다가왔다.

"배 씨! 우리 팀도 지금 일손이 부족해 죽겠는데 그렇게 마음대로 사람을 데려가면 어떡해?"

"아이고, 수거팀이 그 정도면 됐지. 작업 차질 생겨서 게이트 폐쇄 타이밍 못 맞추면 자네들이 책임질 거여?"

"아니, 그래도."

수염 아저씨는 수건 아저씨를 돌려세우며 진우에게 미소 지었다.

"성 씨는 거기서 쉬고 있어. 우리끼리 이야기 좀 하고 올 테니까."

"그냥 여기서 얘길 하지 또 어딜 간다고 그래?"

"글쎄, 와 보라니까."

두 사람은 옥신각신하며 금방 어디론가 사라졌다.

'다른 분은 수거팀인가…….'

상급 던전은 규모가 커서 공격대 하나가 모든 일을 할 수가 없다.

그래서 분업을 한다.

던전을 공략하는 공격대, 던전 안의 광석을 캐는 채굴팀, 마수의 사체를 수거하는 수거팀.

채굴팀과 수거팀은 보스를 제외한 마수들이 전부 처치되면 던전 안으로 투입된다.

진우는 채굴팀에 지원했다.

'……도구는 이게 다인가?'

떨떠름한 얼굴로 곡괭이 하나를 집어 들었다.

약하긴 해도 마력이 느껴졌다.

'마력이 실려 있네.'

전기를 이용하는 현대 기계들은 던전 안에서 작동하지 않는다.

때문에 이런 구식 도구들에 마력을 불어넣어서 사용하는 모양이었다.

'…….'

곡괭이를 쥐어 보니 확실했다.

채굴팀 헌터들을 괜히 던전 광부라고 놀리는 것이 아니었다.

진우는 고개를 돌려 게이트를 바라보았다.

허공에 떠 있는 거대한 구멍.

C급과는 비교도 할 수 없는 크기의 게이트가 눈앞에 있었다.

'이게 A급 게이트…….'

여기에 온 목적이 바로 이 녀석 때문이었다.

'상급 던전을 직접 눈으로 보고 싶다.'

비록 보스 말고는 모든 마수들이 제거된 상태지만 그래도 A급 던전의 내부 구조를 육안으로 한번 확인해 보고 싶었다.

'언젠간 나도 들어가야 하니까.'

아는 건 힘이다.

하지만 책이나 인터넷을 통한 간접 체험으로는 한계가 있다.

백호 길드의 신입들도 그 사실을 간과하는 바람에 큰 피해를 입지 않았던가.

정말이지 진우가 없었더라면 아무도 살아 나오지 못했을 터였다.

아는 것과 겪는 것은 다르다.

하여 진우는 기회가 생겼을 때 A급 던전을 눈에 새겨 두기 위해 채굴팀에 자원한 것이다.

볼품없는 곡괭이들을 봤을 땐 잠깐 후회가 들기도 했지만 무시무시한 게이트를 보고 있으니 그런 마음이 싹 가셨다.

'잘 온 것 같네.'

재측정까진 시간도 좀 남아 있으니 좋은 기회가 아닌가.

이야기가 잘 풀렸는지 곧 수염 아저씨, 아니 배윤석 팀장이 웃으며 달려왔다.

"이제 들어가자고, 다들 준비됐다네."

곡괭이를 움켜쥔 진우가 웃으며 고개를 끄덕였다.

* * *

똑똑.

"부탁하신 파일입니다."

"들어오게."

우진철은 협회장실로 들어갔다.

고건희는 기다리고 있었다는 듯 환한 얼굴로 우진철을 맞이했다. 우진철이 건넨 서류철을 펼치자 낯익은 얼굴이 눈에 들어왔다.

진우였다.

증명사진 속의 진우는 앳된 모습이어서 지금과 분위기가 많이 달랐지만, 그래도 누군지 알아보지 못할 정도는 아니었다.

"흐음."

활동 내역을 읽어 내려가는 고건희의 눈빛이 사뭇 진지해졌다.

'E급 중에서도 최하위에 속하면서 4년이나 헌터로 활동을?'

이건 자살행위나 다름없다.

아무리 협회가 담당하는 게이트들이 길드나 개인이 가져가는 게이트에 비해서 수준이 떨어진다고 해도 E급에게는 숨이 막혀 오는 레벨일 터!

아니나 다를까.

진우는 헌터로 활동했던 경력만큼이나 오랜 시간을 병원에서 보냈다.

"이렇게 부상이 잦았는데도 용케 버텼군."

"어머니의 치료비 때문에 협회를 그만둘 수가 없었다고 합니다."

"……요즘 보기 드문 청년이군."

고건희의 눈에 이채가 감돌았다.

'실종된 아버지를 대신해 아픈 어머니와 학생인 동생을 혼자 보살피고 있다니…….'

성진우가 재각성자라는 소리를 듣고서 반쯤은 흥미 삼아 그의 파일을 열어 보았는데 이게 웬걸.

보면 볼수록 괜찮은 사내였다.

'길드에 넘겨주기에는 참 아까운 헌터인데.'

자료를 보다 보니 진우를 협회로 끌어들이지 못한 것이 더욱더 아쉬워지는 고건희였다.

쩝.

입맛을 다시며 다음 장을 넘기는데 어느덧 마지막 페이지가 나왔다.

고건희는 흡족한 얼굴로 서류철을 덮었다.

"잘 봤네."

"감사합니다."

서류철을 돌려받은 우진철이 돌아서 나가려다가 어렵게 말을 꺼냈다.

"저기…… 협회장님."

"음?"

고건희가 고개를 들었다.

우진철의 얼굴에 난처한 기색이 역력해 보였다.

'찔러도 피 한 방울 안 나올 것 같은 우 과장이 저런 얼굴을 다 하고…….'

말하기 어려운 얘기라도 있는 것일까?

고건희는 호기심이 동했다.

"무슨 일인가?"

망설이던 우진철이 대답했다.

"말씀을 드려야 할 것 같아서…… 실은 방금 전 말씀드린 성진우 헌터가 레이드팀에 들어갔다는 보고가 있었습니다."

"벌써? 그래, 어느 팀인가?"

"헌터스 길드의 레이드팀입니다."

"흐음…… 헌터스라."

성진우가 헌터스를 선택했다.

그것도 하루 만에.

고건희의 얼굴이 굳어졌다.

'설마 말만 번지르르하게 해 놓고 사실은 헌터스가 제안한 거액의 계약금이 탐나서?'

그렇다면 실망스러운 일이었다.

정말 오랜만에 헌터다운 헌터를 만났다고 감격하고 있었으니까.

하지만 어제의 태도나 그간의 자료를 토대로 생각했을 때, 진우가 그렇게 손바닥 뒤집듯 말을 바꿀 사람으로는 보이지 않았다.

뭔가 다른 이유가 있으리라.

이를테면.

"확실히 강한 마수들과 싸우고 싶다면 헌터스가 가장 적격이긴 하지."

고건희는 그리 납득하려고 했다.

그러나 우진철이 빠르게 태클을 걸어왔다.

"그건 아닌 것 같습니다, 협회장님."

"뭔가 들은 게 좀 있나?"

"확인된 바에 의하면…… 성진우 헌터는 공격대가 아니라 채굴팀으로 들어갔습니다."

고건희가 벌떡 일어났다.

"뭐? S급 헌터가 광부로 지원했다고?"

믿을 수 없다는 목소리였다.

사실은 우진철도 그랬다.

그래서 몇 번을 거듭해 확인해 봤는데도 결과는 변하지 않았다.

'이래서 말해야 하나 말아야 하나 고민했던 건데…….'

대체 성진우는 무슨 생각인 걸까?

우진철이 식은땀을 흘리며 대답했다.

"그렇다고 합니다."

고건희는 의자에 털썩 주저앉으며 허허 하고 실소를 터트렸다.

"정말 종잡을 수 없는 사내로구먼."

* * *

진우는 지급받은 안전모와 작업복을 착용하고 배윤석 팀장의 뒤를 따라갔다.

게이트 근처에 안전모를 쓴 헌터들이 잔뜩 모여 있었다.

대략 20명 정도?

모두의 시선이 배 팀장에게로 모였다.

배 팀장은 진우를 소개했다.

"여기는 오늘 같이 일하게 된 성 씨."

"안녕하세요."

진우는 고개를 가볍게 숙였다 들어 올리며, 채굴팀 멤버들의 전체적인 분위기를 살폈다.

"……."

다들 반응이 시큰둥했다.

이해는 갔다.

'하긴.'

이쪽은 내일 다시 볼 수 있을지 없을지도 모르는 일용직이고, 저쪽은 길드와의 정식 계약을 통해 채굴팀으로 고용된 헌터들.

채굴팀 입장에선 친절하게 대해 줄 이유가 없었다.

"아이참, 사람들하고는……. 그래도 같이 일할 동료가 왔는데."

배 팀장이 어색하게 웃으며 맨 끝에 서 있는 인상 험악한 남자를 가리켰다.

"성 씨는 저기 목 씨 옆에 딱 붙어 다니면서 모르는 거 있으면 배우고 그래. 목 씨가 말수가 적어서 그렇지 여기선 제일 베테랑이야."

"……알겠습니다."

진우는 군말 없이 목 씨라는 남자 옆으로 가서 섰다.

목 씨는 진우와 눈이 마주치자 들릴 듯 말 듯 흘러가는 목소리로 말했다.

"목진수요."

"성진우라고 합니다."

소개는 그걸로 끝.

어느새 목진수의 시선은 팀장에게로 옮겨 가 있었다.

'참 친절들 하시군.'

진우도 시선을 돌렸다.

팀장은 좀 떨어진 곳에서 길드 직원으로 보이는 일반인과 심각한 표정으로 대화를 나누고 있었다.

조금 집중하자 두 사람의 대화 내용을 모두 들을 수 있었다.

"……공략팀은 아직이야? 아까 다 끝났다더니 지금이 몇 분째야?"

"이제 진짜 얼마 안 남았답니다. 이게 다 팀장님과 팀원들 안전을 위해서니까 안에 마수들 전부 정리될 때까지 조금만 더 기다려 주세요."

"그 말만 벌써 세 번 들었어."

"에이, 팀장님. 대충대충 정리했다가 작업 중에 숨어 있던 마수라도 튀어나오면 다들 곤란해지시는 거 잘 아시잖습니까?"

아들뻘 되는 남직원이 눈웃음을 지으며 애교를 부리자, 배 팀장도 차마 화를 내지는 못하겠는지 고개를 돌리며 피식 웃었다.

"알았다, 알았어."

"엇? 팀장님, 이제 화 좀 풀리셨습니까?"

"알겠으니까, 가 봐."

"옙. 제가 공략팀 나오면 숨도 안 쉬고 이리로 바로 튀어 오겠습니다. 참, 그리고 오늘 작업 끝나고 다 같이 한잔, 아시죠?"

"아이고. 알겠으니까, 고만 가 보라고, 이 친구야."

다행히 별 마찰 없이 이야기가 끝나는 것처럼 보였다.

직원의 대처가 좋았다.

'남들은 대형 길드에 다닌다고 하면 어디서든 다 큰소리치고 다니는 줄 알지만…….'

길드 사무직들은 일반인들이고, 현장에서 뛰는 헌터들은 각성자들이다.

각성자들이 해 줘야 할 일은 많은데 각성자들의 수는 한정되어 있었다.

각성자들을 공장의 기계 부품 갈아 끼우듯 마음대로 뽑았다 잘랐다 하기가 불가능하다는 소리. 그러니 직원들이 헌터들의 눈치를 살필 수밖에.

남들 눈에는 출세한 걸로 비치는 대형 길드 직원들에게도 그들만의 남모를 속사정이 있었다.

그런데.

'……음?'

팀장과 직원의 대화에 귀 기울이고 있던 진우에게 문득 옆에서 소곤거리는 소리들이 들려왔다.

"얘기 들었어? 오늘 온 신참 E급이라던데?"

'또 내 얘긴가.'

진우는 가끔 뛰어난 청력이 원망스러웠다.

'그렇다고 아예 귀를 막고 지낼 수도 없고…….'

씁쓸히 웃고 있는 사이, 헌터들의 조심스러운 담화는 계속됐다.

"뭐? E급?"

“E급을 뽑아 왔다고?”
“그렇다니까.”
뒤통수에 날아와 꽂히는 따끔따끔한 시선들이 느껴졌다.
“아니, 팀장님은 무슨 생각으로 E급을 뽑았대?”
“E급이 힘이나 제대로 쓰겠어?”
“그러게 말이야.”
“오늘 작업, 시간 내에 끝낼 수 있을지 모르겠다.”
여기저기서 나오는 우려의 목소리들.
그래도 나름대로의 배려인지 최대한 소리들을 낮추고 있기는 한데, 그런 수고도 진우에게는 무의미했다.
진우는 실소를 삼켰다.
‘시선이 곱지 못했던 이유가 하나 더 있었네.’
역시 E급은 어딜 가나 찬밥 신세였다.
워낙 익숙한 일이라 이제는 새삼스러울 것도 없었다.
‘어차피 오래 볼 사이도 아니니까.’
그런데 그때였다.
웅성웅성.
갑자기 게이트 정면 쪽이 시끄러워졌다.
“공략팀 나왔구먼.”
“드디어 끝났나 보네.”
기다림에 지쳐 있던 채굴팀 헌터들의 표정이 조금씩 밝아졌다.
상황을 지켜보던 배 팀장이 헌터들에게 손짓했다.
“자자, 이동합시다.”
채굴팀 헌터들은 각자 장비를 챙겨 천천히 걸음을 옮겼다. 진우도 헌터들 틈에 섞여 따라갔다.

"수고하셨습니다."

"수고하셨어요."

"다들 수고하셨습니다!"

게이트 앞에서는 헌터스 길드의 직원들이 막 레이드를 끝내고 게이트에서 빠져나오는 공격대 멤버들을 반갑게 맞아 주고 있었다.

현장에서 쓰이는 공략팀이란 말은 아마도 공격대 멤버들을 뜻하는 듯했다.

'이들이…… 국내 최고의 공격대.'

상급, 아니 최상급 헌터들의 면면을 훑어보던 진우의 눈매가 예리해졌다.

그중엔 그가 아는 얼굴도 있었다.

'……최종인.'

헌터스의 대표이자, 마법 계열 S급 헌터.

괜히 최종인이 자신을 알아보면 귀찮아질 것 같아서 진우는 안전모를 깊이 눌러썼다.

다행히 주변에는 비슷한 복장의 헌터들이 많았기에, 진우는 자연스럽게 무리 속에 녹아들 수 있었다.

그렇게 던전 광부들 옆에 조용히 서서 국내 최정예 공격대 멤버들을 지켜보는 진우의 심정은.

'……이게 진짜 헌터스의 정예들이라고?'

놀라움을 금할 수가 없었다.

생각보다 강한 기운을 가진 헌터를 찾기가 힘들었다.

최종인은 최종 병기라는 별명에 부끄럽지 않게 엄청난 마력이 느껴졌지만, 그 외에는 정말 별 볼 일 없었다.

'저들이 약한 걸까?'

말도 안 되는 소리.

진우는 고개를 가로저었다.

국내 최고라는 타이틀을 달고 있는 길드에서도 정예들을 고르고 골라 만든 1군 멤버들이다.

'마스터가 레이드에 참가하는데 멤버를 허술하게 구성하지는 않았겠지.'

약하다는 말은 저들과 가장 거리가 먼 단어였다.

그렇다면 결론은 하나.

'내가 강해진 거다.'

진우의 입가에 미소가 떠올랐다.

강함은 상대적인 것.

몇 달간의 노력은 결과를 배신하지 않았다.

방금 A급 던전을 공략하고 나온 공격대가 약해 보일 정도로 능력치가 껑충 뛰어오른 것이다.

상대와의 차이를 통해 자신의 강함을 인식할 수 있었다.

두근, 두근, 두근.

그건 가슴이 뛰는 일이었다.

그런데 그 순간.

아무도 시키지 않았고, 어떤 소리도 없었는데, 진우의 고개가 자연스럽게 게이트 쪽으로 돌아갔다.

그러고는 감탄을 터트렸다.

'이럴 수가…….'

게이트에서 유유히 걸어 나오고 있는 짧은 머리의 여성.

전혀 꾸미지 않은 민낯에서 제일 먼저 눈에 띈 것은 크고 맑은 두 눈이었다. 새하얀 피부나 뚜렷한 이목구비도 눈길을 끌었다.

남자가 100명 있다면 99명 정도는 주저하지 않고 예쁘다고 칭찬할 만한 외모를 가진 여자였다.

그러나 무엇보다 진우의 시선을 잡아끈 것은 그녀의 외모가 아니라 그녀의 내면이었다.

그녀 안에 있는 힘.

무표정한 얼굴의 여자 헌터에게서 끊임없이 흘러나오고 있는 막대한 양의 마력이었다.

'적어도 최종인과 동급.'

어쩌면 그 이상.

주변을 압도하는 아우라를 가진 여자였다.

놀라움이 진정되고 이성이 감정을 머릿속에서 완전히 몰아내는 데 성공했을 때, 진우는 여자의 이름을 떠올렸다.

'저 여자가 바로…….'

국내 유일한 여성 S급 차해인.

최종인과 함께 헌터스의 한 축을 맡고 있는 최상위급 헌터였다.

'다른 사람은 생각할 수 없다.'

이만한 기운을 가진 여자가 한국에 몇이나 될까?

그런 희귀성에 비해 차해인의 얼굴은 별로 알려져 있지 않았다.

그녀 스스로 방송에 노출되는 걸 상당히 꺼리는 까닭이었다. 그래서 진우도 오늘 처음 차해인의 얼굴을 봤다.

'소문처럼 이상하게 생긴 것도 아닌데 왜 카메라를 싫어하는 거지?'

20대 초반의 여성 거의 대부분이 카메라 앞에 서는 걸 즐기는데 말이다.

물론 휴대폰 쪽 얘기지만.

시선이 좀 노골적이었는지 차해인의 눈길이 진우가 있는 방향으로 향했다.

'은신…… 까지는 필요 없겠지?'

진우는 가볍게 기척을 숨겼고, 진우가 있던 곳 주변을 이리저리 둘러보던 차해인은 이내 고개를 갸웃거렸다.

'뭐지? 방금 강한 기운이 느껴졌는데?'

착각이었을까?

처음엔 고건희 협회장이 현장에 들른 줄 알았다.

그런데 지금은 거짓말처럼 완벽하게 기운이 사라져 있었다.

'협회장님같이 바쁘신 분이 예고도 없이 방문을 하실 리가 없지.'

착각의 대가는 컸다.

강한 기운의 흔적을 좇느라 잠깐 감각을 곤두세웠던 탓에, 악취가 평소보다 몇 배나 지독하게 코를 찔러 왔다.

'윽.'

차해인은 늘 하던 대로 손수건을 꺼내 코를 틀어막고는 비틀비틀 헌터들 틈을 빠져나갔다.

'생각보다 감각이 좋은 여자네.'

진우는 차해인이 멀어지는 걸 보고 안도의 한숨을 내쉬었다.

이로써 공략팀 전부가 게이트를 빠져나왔다.

이 순간만을 기다리고 있었던 채굴팀의 팀장 배윤석이 팀원들을 향해 돌아섰다. 양손으로 짝 소리 나게 박수를 친 그가 밝은 목소리로 말했다.

"자, 이제 우리 차례니까 다들 잘해 봅시다!"

작업 특성상 수거팀이 먼저 게이트로 들어간 후 채굴팀이 뒤를 이었다.

진우는 게이트 앞에서 멈춰 섰다.

'……'

그렇게 가만히 서서 처음 보는 A급 게이트의 위용을 말없이 감상하고 있을 때, 배윤석이 다가왔다.

"성 씨, 뭐 해? 우리도 들어가야지."

"예."

짧게 대답한 진우가 다른 헌터들과 마찬가지로 게이트 안에 발을 내딛었다.

그러자 곧 익숙한 메시지가 떴다.

[던전에 입장하였습니다.]

3. 채굴팀의 신성

3. 채굴팀의 신성

'던전 안에서 바람이 불다니?'

진우가 고개를 들었다.

안으로 들어서자마자 동굴 깊숙한 곳에서부터 불어오는 스산한 바람을 느낄 수 있었다.

갑자기 등골이 서늘해졌다.

동시에 진우는 바람의 정체가 무엇인지 깨달았다.

'단순한 바람이 아니야.'

마력의 파장.

A급 던전의 보스가 내뿜는 강대한 마력이 실체화되어 진우의 몸에 닿은 것이다.

S급 던전이 전 세계적으로도 흔치 않다는 사실을 떠올리면, 이 마력의 주인은 진우가 실질적으로 만날 수 있는 마수들 중 가장 높은 레벨이라 할 수 있었다.

'A급 던전의 보스…….'

놈을 두 눈으로 직접 확인해 보고 싶어졌다.

그리고 기회가 된다면…….

진우는 털끝이 쭈뼛쭈뼛 솟아오를 정도의 오싹함에 몸서리치면서도, 한편으로는 미소를 감출 수가 없었다.

사냥꾼의 본능이라고 할까.

강한 맹수 앞이라면 총구를 들이대 보고 싶어지는 것이 사냥꾼, 즉 헌터의 마음 아닌가.

그때.

툭.

뒷사람이 진우와 어깨를 부딪쳤다.

"에이, 앞에 빨리빨리 좀 갑시다."

이성구는 눈살을 찌푸리며 볼멘소리를 냈다.

A급 던전 안은 넓다.

앞사람을 피해 돌아갈 공간이 충분히 있었다.

이성구는 앞에 가만히 서서 움직일 생각이 없어 보이는 신참이 영 마음에 들지 않았던 것이다.

그래서 창피나 줘 볼까 하고 한번 부딪쳐 본 건데…….

'이 새끼 뭐야. 지가 무슨 돌기둥이야?'

막상 부딪치고 나니 신참이 아니라 자신이 밀려났다.

짜증이 솟구칠 수밖에.

'E급이란 놈이 뭐가 이렇게 단단해?'

그래 봐야 E급이다.

자신은 C급.

C급 헌터들 중에서도 실력이 떨어지는 편이라 채굴 작업에 동원되고 있긴 하지만, 그래도 E급 앞에서 기가 죽어서야 쓰나.

그런데 신참은 미동도 없었다.

이성구의 눈매가 가늘어졌다.

'어쭈, 이놈 봐라?'

슬슬 약이 오르기 시작한 이성구가 눈을 부릅뜨고 목에다 힘을 주었다.

"이봐, 부딪쳤으면 사과를 해야 할 거 아냐?"

슥.

진우가 돌아보았다.

흠칫 놀란 이성구는 한 발짝 물러섰다.

'헉!'

진우의 눈에서 광채가 번득이는 듯했다.

숨이 콱 막혀 오는 기분을 느끼며 이성구가 당황하고 있을 때, 진우의 입이 열렸다.

"죄송합니다."

"아, 아니……."

떠듬거리던 이성구는 간신히 목소리를 쥐어짜 냈다.

"그럴 수도 있지…… 요."

본의 아니게 존대까지 붙여 버린 이성구가 벌게진 얼굴을 푹 숙이고는 진우 옆을 빠르게 지나쳐 갔다.

"휴우-."

이성구는 신참과 거리가 좀 멀어지고 나서야 겨우 가슴을 쓸어내릴 수 있었다.

'뭐야, 저 눈빛은? 거기다 왜 웃고 있는 건데?'

잠깐 눈이 마주쳤던 것뿐인데 몸이 뻣뻣하게 경직되어 목소리도 제대로 나오지 않았다.

눈을 내리깔지 않은 것은 최소한의 자존심이었다.

'……저 녀석 진짜 E급 맞나?'

부딪혔을 때도 그렇고, 살벌한 시선도 그렇고 뭐가 어떻게 된 일인지.

에라, 모르겠다.

상념을 떨치려는 듯 세차게 고개를 가로저은 이성구는 바삐 걸음을 옮겼다.

"이런."

순식간에 자신을 앞질러 가 버린 이성구를 보고 진우는 옆머리를 긁적거렸다.

'보스 때문에 신경이 예민해진 상태여서…….'

그만 겁을 준 것처럼 되고 말았다.

수련이 부족한 거다, 수련이.

진우는 민감하게 반응했던 자신을 반성하며 앞서가는 채굴팀원들의 뒤를 쫓아갔다.

합류는 금방이었다.

진우는 행렬의 끝에 붙어 팀원들과 보폭을 맞춰 걸었다.

'내 속도로 걸으면 아무도 못 따라오니까.'

자신이 맞춰 줘야 했다.

한편, 안으로 들어가면 들어갈수록 보스급 마수로부터 흘러나오는 마력의 파장이 커졌다.

'감각 스탯이 많이 오르긴 올랐구나.'

던전의 가장 안쪽, 보스 방에 있을 마수의 기운을 이렇게 떨어진 곳에서도 생생히 느낄 수 있다니.

덕분에 괜히 심장의 박동이 빨라졌다.

'이래서야 작업에 집중할 수나 있을까?'

자문에 대답이라도 해 주려는 듯 앞쪽에서 우렁찬 기합 소리가 들려왔다.

"으차! 으차!"

채굴팀보다 한발 먼저 던전으로 들어온 수거팀은 벌써 작업에 한창이었다.

거대한 마수의 사체를 밧줄로 묶어 끌고 가는 중이었다.

"하나, 둘!"

"여차!"

전투 계열 헌터들의 완력이 워낙 좋다 보니 별다른 기구의 도움 없이도 작업이 척척 이뤄졌다.

진우는 상급 던전의 공략 과정을 하나씩 눈에 새겼다.

일단 공략팀이 앞장서 들어가 보스를 제외한 모든 마수들을 처치한다. 그 뒤 수거팀이 마수들의 사체를 끌어내고, 마지막으로 채굴팀이 동굴 벽면에 있는 광석들을 캐낸다.

이익을 극대화하려면 어느 한 과정도 빠트릴 수 없었다.

마정석과 마석은 물론이고, 다양한 용도로 쓰이는 상급 마수의 사체 또한 큰돈이 되니까.

'뼈, 가죽, 살 등등 상급 마수의 사체는 뭐 하나 버릴 게 없다지?'

그게 하급 던전에서 볼 수 있는 마수들과 상급 던전에서 나오는 마수들의 차이점이었다.

그렇게 던전 안에 돈이 될 만한 것들을 싹 다 긁어내고 나서.

'보스를 처치하고 게이트를 닫는다.'

이 네 가지 과정이 오롯이 끝나야 상급 던전을 완벽히 클리어했다고 말할 수 있었다.

적어도 길드 입장에선 그랬다.

그런데.

'저런 단순 노동이라면 내 병사들로도 충분하지 않을까?'

땀을 뻘뻘 쏟는 수거팀 헌터들을 지나쳐 가며, 진우는 문득 그런 생각을 떠올렸다.

실제로 업이 잘된 그림자 병사들의 힘은 전원 C급 이하로 구성된 수거팀 헌터들보다 훨씬 뛰어났다.

병사들을 나눠 한쪽은 사냥, 한쪽은 수거, 한쪽은 채굴을 담당하게 만든다면…….

'어쩌면 정말로 혼자서 상급 던전을 공략할 수 있을지도 모르겠네.'

진우는 흡족한 얼굴로 미소를 지었다.

여기 온 목적은 답사.

시간 내서 와 보길 잘했다는 생각이 들었다.

"성 씨, 뭐 좋은 일이라도 있는겨?"

팀장이 옆에서 말을 붙여 왔다.

상급 던전 경험이 전혀 없을 E급 헌터가 조용히 웃고 있으니 이유가 궁금했나 보다.

"생각했던 것보다 마수들이 너무 큰 게 기가 막혀서요."

대충 얼버무린 진우의 대답에 만족했는지, 팀장은 기억을 더듬으며 맞장구를 쳐 주었다.

"그런 거였어? 하기야 나도 처음 들어왔을 때는 입이 쩍 벌어져서 다물어지지가 않았지."

말이 나온 김에 진우는 몇 가지를 물었다.

"일반 마수는 다 제거했다고 해도 아직 여기 보스는 살아 있는 거 아닙니까?"

"그렇지. 보스를 죽이면 게이트가 닫혀 버리니까."

수거와 채굴 작업을 모두 끝낼 때까지는 보스를 잡을 수 없다는 대답이었다.

"만약 보스가 보스 방을 뛰쳐나오면 어떻게 되는 거죠?"

"그런 경우는 거의 없지만…… 그렇게 되면 안에 남아 있던 사람들 전부 다 죽겠지."

당연하다면 당연한 소리였다.

던전을 나간 공격대는 보스 레이드까지 휴식을 취하다 올 거고, 채굴팀이나 수거팀 헌터들에게 A급 던전 보스를 상대할 만한 힘은 없을 테니 말이다.

하지만 던전 브레이크가 시작되기 전까지, 보스는 거의 보스 방에서만 머무르는 것이 일반적이었다.

그래서인지 팀장의 얼굴에도 별로 두려운 기색이 보이지 않았다.

"그렇게 끔찍한 놈이 등 뒤에 있는데도 안 무서우세요?"

"전혀."

배 팀장은 단호했다.

"내가 헌터스에서 일한 3년 동안 그런 사고는 단 한 번도 없었거든. 성 씨도 너무 걱정하지 마."

진우는 자신의 어깨를 툭 치며 씩 웃는 배 팀장을 보고서 잠깐이지만 부럽다는 생각을 했다.

'때로는 모르는 게 약이라더니.'

가만히 있어도 보스의 마력 파장에 몸이 떨려 오는 수준인데.

아무래도 보스의 기운을 감지할 수 있는 사람은 여기서 자신 혼자뿐인 듯했다.

"오, 여기서부터군!"

배 팀장은 동굴 벽면에 나 있는 마석밭을 발견하고는 기뻐했다.

노련한 채굴팀 헌터들은 누가 시킬 새도 없이 차례대로 마석 근처에 자리를 잡았다.

툭, 툭.

짐을 내려놓고 곡괭이를 들었다.

진우도 마석밭 끄트머리에 가서 섰다.

'이걸 그냥 내려치면 되는 건가?'

무조건 힘으로 내려쳤다가는 마석이고 곡괭이고 다 부서질 것 같다는 불안감이 앞섰다.

'어떡한다?'

바로 작업을 시작하지 못하고 망설이고 있던 진우.

그의 눈에 배 팀장으로부터 베테랑 채굴팀원이라 불렸던 목진수의 모습이 들어왔다.

휘익! 콱! 휘익! 콱!

목진수는 리듬감 있게 마석을 캐내고 있었다.

그가 벽을 내리칠 때마다 투둑, 투둑 소리가 나며 마석이 바닥으로 떨어져 내렸다.

'과연…….'

베테랑이라 불릴 만한 솜씨였다.

그는 주변 동료들보다 두 배 이상 빠른 속도를 보여 주고 있었다.

진우의 눈빛이 빛났다.

느려진 시간 속에서 진우는 목진수의 자세와 호흡, 근육의 움직임 등을 배워 나갔다.

목진수의 효율적인 동작이 진우의 머릿속에서 몇 번이고 반복 재생되었다.

'알겠다.'

감이 잡혔다.

진우는 곡괭이를 집어 들었다. 마치 목진수가 거울에 비친 듯 비슷한 자세였다.

휘익! 콰각! 휘익! 콰각!

같은 동작이라도 진우의 힘은 목진수가 범접할 수 없는 수준.

진우가 벽면을 내려칠 때마다 마석들이 덩어리째 데굴데굴 떨어져 내렸다.

휘익! 콰각! 휘익! 콰각!

끝 쪽에서 들려오는 시원한 소리.

채굴팀 헌터들은 뭔가 이상하다는 사실을 깨닫기 시작했다.

"어…… 어이."

"왜?"

"저기 좀 봐 봐."

"헉!"

"재 뭐야?"

채굴팀 헌터들이 하나둘 손을 멈추고 멍하니 진우를 바라보았다.

쉼 없이 움직이던 목진수의 손도 멈추었다.

'…….'

다들 할 말을 잃었다.

던전 광부 일은 처음이라던 E급 헌터가 숙련된 동작으로 마석밭을 박살 내고 있는 것 아닌가!

"아니, 이 사람들아! 일하라고 불러왔더니 다들 이렇게 넋 놓고 있으면 어떡해!"

마석밭의 규모를 장부에 적어 내려가던 배 팀장이 채굴팀 전원의 태업에 놀라 달려왔다.

"팀장님, 저것 좀 봐요."

"뭘?"

배 팀장이 빼꼼 고개를 내밀었다.

그의 눈이 커졌다.

"헛!"

팀장도 마찬가지로, 남들보다 세 배는 빠른 진우의 작업 속도에 눈을 뗄 수가 없었다.

"팀장님, 쟤 오늘이 처음이라고 안 했어요?"

"……했었지."

진우의 정체를 궁금해 하던 이성구가 불쑥 끼어들었다.

"저 사람 E급은 맞아요?"

"당연히 자격증 확인 다 했지. 내가 초면인 헌터를 신분증도 안 보고 팀으로 받았을까 봐?"

"그럼 저건 어떻게 된 겁니까?"

"……."

묵묵히 진우를 지켜보던 배 팀장이 상기된 얼굴로 침을 꼴깍 삼켰다.

"분명…… 성 씨는 하늘이 내리신 광부인 거여."

어쩐지 면접을 볼 때부터 탄탄한 가슴근육이 눈에 확 들어오더라니.

'내가 사람 하나는 잘 본다니까.'

배 팀장의 얼굴에 미소가 번져 갔다.

* * *

삐빅, 삐빅, 삐빅.

배 팀장의 손목시계에서 알람이 울렸다. 배 팀장은 손목을 들어 시계를 확인했다.

'아이고, 시간이 벌써 이렇게…….'

어느덧 점심시간이었다.

"다들 밥 먹고 오자고."

"옙!"

다들 장비를 놓고 손을 털었다.

팀원들이 삼삼오오 짝을 지어 나가는데도 진우는 움직일 기미를 보이지 않자, 배 팀장이 슬며시 다가가 물었다.

"성 씨는 안 가?"

"저는 밥 생각이 없어서요."

"그래도 밥 안 먹고 어떻게 일하려고 그래?"

"괜찮습니다. 아침을 늦게 먹기도 했고."

“그래? 그럼 어쩔 수 없지.”

같이 밥이라도 먹으면서 서로의 앞날에 대해 여러 가지 진지한 이야기들을 나누고 싶었지만, 그렇다고 강제로 끌고 갈 수는 없는 노릇 아닌가?

배 팀장은 아쉬워하며 게이트 쪽으로 돌아섰다.

그 순간 진우의 입꼬리가 올라갔다.

진우는 멀어지는 팀원들의 뒷모습을 바라보며 미소를 지었다.

‘이렇게 좋은 기회를 놓칠 수는 없지.’

겨우 혼자 남게 되었다.

채굴팀도, 수거팀도 모두 던전을 빠져나갔다.

앞으로 약 1시간의 자유.

던전 안쪽에 숨어 있는 보스급 마수를 찾아갈 절호의 찬스였다.

진우는 곡괭이를 내려놓았다.

그리고 보스 방이 있는 방향으로 시선을 돌렸다.

마수의 기운이 진득하게 느껴졌다.

‘한번 보고 오기만 하자.’

뭘 어떻게 할 생각이 있는 건 아니었다.

그냥 보스가 한번 보고 싶었다.

두근, 두근, 두근.

보스를 볼 수 있다는 생각에 벌써부터 가슴이 뛰었다.

진우는 떨리는 심장을 억누르며 걸음을 옮겼다. 보스의 기운을 따라 동굴의 안쪽을 향해 걸었다.

얼마나 걸었을까?

한참 걷다가 보니 곧 거대한 방 하나가 나왔다.

보스 방이었다.

동굴 통로도 무지막지하게 넓었는데, 보스 방은 그 이상으로 훨씬 더 컸다.

상급 던전은 다 이렇게들 스케일이 큰가, 하는 의문이 들었을 무렵.

보스를 발견하고서 이번 던전은 클 수밖에 없었겠구나, 자동으로 납득이 되었다.

'저런 놈이 밖으로 나가려면…….'

눈이 하나밖에 없는 거대한 인간형 마수가 제일 안쪽 구석에 우두커니 서 있었다.

진우의 눈이 갖고 싶었던 장난감을 손에 넣은 어린아이처럼 빛났다.

'거인형 마수.'

들어 본 적은 많았지만 실물을 본 건 이번이 처음이었다.

거인형 마수는 몸뚱이가 커서 사체를 옮기기 불가능하기 때문에 던전 브레이크 때를 제외하면 볼 기회가 전혀 없다.

그런 놈 앞에 서 있으니 가슴이 설렜다.

'강한 놈이다.'

털이 곤두설 정도니까.

하지만 어째서인지 잡기가 불가능하다는 생각은 전혀 들지 않았다.

'지금의 나라면.'

충분하다.

그렇게 생각한 순간 침이 목구멍을 타고 넘어갔다.

꼴깍.

이놈을 잡으면 경험치는 얼마나 떨어질까?

악마성에서 그 고생을 하고 일주일간 15레벨 정도를 올렸다.

그런데 보스급 하나를 잡고 2, 3레벨을 올릴 수 있다면…….

'이러면 안 되는데.'

안 된다고 되뇌면서도 진우의 두 손에는 어느새 '바루카의 단도'와 '나이트 킬러'가 소환되어 있었다.

하지 말아야 한다는 이성과 보스를 잡고 싶다는 본능이 극심한 대립을 이루었다.

잘못된 일임을 알면서도 자신이 얼마나 강해졌는지 시험해 보고 싶었다.

그때.

등 뒤에서 날카로운 목소리가 들려왔다.

"지금 거기서 뭐 하는 거예요?"

순간 진우는 가슴이 철렁 내려앉는 기분을 느꼈다.

'언제 왔지?'

보스에 정신이 팔려 누가 오는지도 몰랐다.

'들켜 버렸네.'

진우는 아쉬움에 입맛을 다셨다.

쩝.

하지만 목격자가 생긴 이상 더 이상 보스에게 눈독을 들일 수는 없는 일이었다.

헌터스가 이번 게이트의 공략 허가권을 샀으니, 던전의 보스 또한 헌터스의 재산이라 할 수 있었다.

거기다 보스를 잡으면 게이트가 닫혀 버리기에 헌터스 입장에서는 손해가 이만저만이 아니게 된다.

'큰일 날 뻔했네.'

레벨업 욕심에 눈이 멀어 남의 것에 손을 댈 뻔했다.

겨우 정신을 차린 진우가 안도의 한숨을 내쉬는 사이, 목소리의 주인이 다가왔다.

"뭐 하시는 거냐고 물었습니다."

진우는 민망한 듯 미소를 지으며 돌아섰다.

"길을 잃어서 그만 여기까지 왔네요."

"길을 잃었다고요?"

황당하다는 말투.

진우는 그제야 목소리의 주인을 확인할 수 있었다.

'어? 이 여자는……?'

던전에 들어오기 전에 봤던 얼굴.

S급 여성 헌터 차해인이었다.

차해인은 천천히 거리를 좁혀 오며 진우의 양손을 살폈다.

'분명 무기를 들고 있는 걸 봤는데?'

어느새 감쪽같이 사라져 있었다.

잘못 봤나?

차해인의 시선이 진우의 위아래를 훑었다.

'안전모와 작업복…… 우리 채굴팀 헌터인가?'

길을 잃었다는 말이 거짓은 아닌 듯했다.

어쩌다 그렇게 됐는지는 모르겠지만 보스 방은 위험한 장소.

이유는 둘째치고 일단 이 남자를 돌려보내는 것이 우선이라고 차해인은 판단을 내렸다.

"여긴 보스가 있는 곳입니다."

차해인은 늘 하던 대로 손수건으로 코를 틀어막고 진우 앞에 섰다.

"어서 밖으로 나가세요. 어글이라도 튀면 던전 안에 있는 사람들 다 죽을 수도 있어요."

"아, 죄송합니다."

다행히 연기가 먹힌 것 같다.

진우는 만족스러운 얼굴로 차해인을 지나쳐 갔다.

그때.

'어?'

차해인이 진우에게 고개를 돌렸다.

있을 수 없는 일.

눈을 동그랗게 뜬 차해인이 저도 모르게 진우를 불러 세웠다.

"저기, 잠깐만요."

"네?"

"잠깐 저 좀 봐요."

이 여자가 왜 이러지?

도둑이 제 발 저린다고 진우는 차해인이 다가오는 게 달갑지 않았다.

하지만 차해인은 금방 진우 코앞까지 붙어 섰다.

"왜…… 그러시죠?"

진우가 떨떠름한 표정으로 물었지만, 차해인은 대꾸도 없이 진우의 근처에서 가볍게 숨을 들이마셨다.

코를 가리고 있던 손수건은 이미 치운 뒤였다.

'뭐지?'

진우는 영문을 알 수가 없었다.

'냄새는 왜 맡는 거야?'

당황하는 진우.

하지만 차해인의 당혹감은 진우보다 몇 배 더 컸다.

'악취가…… 안 나.'

악취가 나지 않는 헌터를 만난 것은 처음이었다.

차해인은 놀란 눈으로 진우를 바라보았다.

진우의 얼굴에 물음표가 떴다.

"무슨 문제라도 있습니까?"

"당신…… 헌터 맞아요?"

말이 필요 있을까?

진우는 목에 걸고 있던 헌터 자격증을 내밀었다.

차해인은 헌터증을 받아 들고서 진우의 얼굴과 자격증의 사진을 번갈아 보았다.

'E급…… 성진우…….'

등급이 너무 낮아서인가?

진우에게선 아무런 냄새도 나지 않았다.

아니, 좋은 냄새가 났다.

진우는 차해인의 손에서 자격증을 살짝 빼냈다.

"저 가 봐도 되는 거죠?"

"저기……."

차해인은 진우를 불렀으나 더 할 말도, 붙잡을 만한 구실도 없다는 사실을 깨달았다.

"……아닙니다. 조심해서 돌아가세요. 던전은 넓으니까요."

"아, 예."

진우는 눈인사하고서 작업 현장 방향으로 돌아섰다.

그의 뒷모습은 금방 동굴 저편으로 사라졌다.

하지만 차해인의 시선은 한참 동안 진우가 사라진 길에서 떨어지지 않았다.

'좋은 냄새가 났어.'

* * *

식사를 마친 채굴팀 헌터들이 하나둘 작업 현장으로 돌아오고 있었다.

이를 쑤시며 걸어오던 배 팀장은 던전 안쪽에서 나오는 진우를 발견하고는 화들짝 놀랐다.

"어, 어? 성 씨가 왜 그쪽에서 나와?"

"아, 그게……."

진우는 잠깐 보스가 있는 방향을 돌아보았다.

'A급 던전 보스가 어떻게 생겼는지 궁금해서 갔다 왔다고는 할 수 없겠지?'

진우의 시선이 다시 배 팀장으로 옮겨 갔다.

"화장실을 찾다 보니 그만 길을 잃어서요."

"아이고, 조심해야지! 던전 안은 거기가 거기 같아서 한번 길 잃으면 찾아오기가 쉽지 않거든. 그런데 용케 잘 찾아왔네?"

"오다가 차해인 헌터님을 만나서……."

"아, 차 헌터님? 혹시나 보스가 튀쳐나올까 봐 지키러 간 거야. 그 아가씨도 성 씨 못지않게 걱정이 많은 편이거든."

배 팀장은 호탕하게 껄껄 웃어 댔다.

아까 보스를 걱정하던 진우의 모습이 뇌리에 깊게 박힌 모양이었다.

진우가 씁쓸하게 웃었다.

'팀장님은 보스가 얼마나 무서운지 모르니 이렇게 웃을 수 있는 거지.'

작업반 헌터들과 공격대 헌터들의 차이점이었다.

차해인은 마수가 얼마나 무서운 존재인지 잘 알고 있기 때문에 남들이 신경 쓰지 않는 부분까지 대비하고 있는 것이리라.

'무표정한 얼굴을 하고선 그런 면이 또 있었네.'

보스가 뛰쳐나오면 위험해지는 건 공격대가 아니다.

공격대가 빠진 사이 작업하고 있는 헌터팀.

그 생면부지의 사람들을 위해 그녀는 달콤한 휴식을 반납하고 보스 방 입구를 지키러 간 것이었다.

'……대단한 여자.'

차해인에 대한 진우의 솔직한 감상이었다.

그때 문득 진우의 머릿속에 그녀의 독특한 버릇이 떠올랐다.

'왜 손수건으로 코를 가리고 다니는 걸까?'

그러고 보니 방금 전 한순간을 빼놓고는 항상 손수건을 놓지 않았다.

"팀장님."

"응?"

귀찮아 할 만도 한데, 배 팀장은 진우가 부를 때마다 사근사근 친절히 대했다.

'아까 작업할 때 반응이 좋더니만.'

역시 일은 잘하고 볼 일.

덕분에 진우는 편하게 이것저것 물어볼 심산이었다.

오히려 배 팀장이 독촉해 왔다.

“성 씨, 사람을 불러 놓고 왜 말이 없어?”

진우는 피식 웃으며 말했다.

“다름이 아니고요…… 혹시 차해인 헌터가 왜 손수건을 가지고 다니는지 아시나요?”

“아? 그거? 차 헌터가 유별나서 그렇지.”

“유별나다고요?”

무슨 뜻일까?

되묻지 않아도 배 팀장이 친절하게 설명해 주었다.

“차 헌터는 헌터들한테서만 나는 냄새를 맡을 수 있는데, 그게 그렇게 고약하게 느껴진다나 봐.”

“헌터들의 냄새를요?”

“특이체질인가 뭔가 하는 이야기가 있더라고.”

특이체질이라.

진우도 그와 비슷한 게 있기는 했다.

뛰어난 청력.

원래부터 귀가 나쁜 편은 아니었지만 각성자가 되고 나서는 더욱 더 좋아졌다.

‘차해인의 후각도 그 연장선상에 있는 거겠지.’

그래서 어느 정도 이해할 수 있었다.

“참 유별나지?”

진우가 집중해서 귀 기울이는 모습이 마음에 들었는지, 배 팀장은 설명을 이어 갔다.

"그 냄새 때문에 헌터들이 옆에 있을 때는 숨쉬기가 힘들다고 하더구먼."

"……."

그래서였나?

'나보고 헌터냐고 물었던 건.'

다른 헌터들과 달리 내게서는 냄새가 나지 않았기 때문에?

전에 레드 게이트에서 만난 백귀 대장도 그런 종류의 얘기를 하긴 했었다.

"우리의 머릿속엔 끊임없이 목소리가 들려온다. 인간을 죽이라고. 그런데 네 앞에서는 그 목소리가 들리지 않는군."

그때 녀석이 말했던 것과 비슷한 맥락일까?

헌터 특유의 냄새도 없고, 죽이라는 목소리도 들리지 않고.

'내가 플레이어이기 때문에…….'

시스템의 혜택을 받는 유일한 존재.

플레이어란 대체 무엇일까?

잠깐 자신의 정체성에 대해 의문을 떠올렸던 진우는 고개를 가로저었다.

'어차피 지금은 답이 안 나오는 문제지.'

진우는 머릿속을 비웠다.

고민으로 해결이 안 되는 문제를 머리에 담고 있어 봐야 지치기만 할 뿐이다.

콱! 콱!

그때 동료들이 작업을 재개하는 소리가 들려왔다.

진우는 다시 곡괭이를 집어 들었다.

'A급 보스…… 잡아 보고 싶었는데.'

그때 차해인이 오지 않았다면 어떻게 됐을까?

그게 못내 아쉬웠다.

* * *

진우의 눈부신 활약 덕에 채굴팀 작업은 저녁 시간이 되기 전에 끝났다.

팀장 말로는 예정보다 2시간이나 빨랐다나.

그쯤 되니 채굴팀 동료들의 눈빛도 달라졌다.

"수고했어, 성 씨!"

"잘하던데?"

"난 마석 떨어지는 거 보고 어디서 굴삭기라도 가져온 줄 알았다니까."

진우를 둘러싼 헌터들이 한마디씩 칭찬을 늘어놓았다.

게이트에 들어오기 전 부딪쳤던 쌀쌀맞은 눈빛들은 온데간데없었다.

진우도 기분 나쁜 얼굴은 아니었다.

던전 광부로서의 경험도 흥미로웠고, A급 던전에 온 목적도 달성했으니까.

"이제 나가자고."

"옙!"

"갑시다!"

배 팀장의 지시에 따라 채굴팀이 일사불란하게 움직였다.

"하나, 둘."

"여차!"

아직도 작업에 시달리고 있는 수거팀 헌터들을 뒤로하고, 게이트를 빠져나온 채굴팀은 환복한 뒤 다시 한자리에 모였다.

정규 직원인 다른 팀원들과 달리 진우는 일당이 현금으로 바로 나왔다.

"여기 성 씨 거."

"감사합니다."

배 팀장은 일당이 담긴 봉투를 건네주며 슬그머니 물었다.

"우리 지금 회식하러 갈 건데, 성 씨도 같이 갈텨?"

말투는 가벼웠지만 배 팀장의 눈빛은 진지했다.

'뭔가 하실 말씀이 있는 거 같긴 한데…….'

간절함이 느껴졌다.

그러나 진우는 정중히 사양했다.

"죄송합니다."

"음…… 그래?"

배 팀장이 턱을 긁적였다.

'이런 건 술이 좀 들어가고 나서 해야 하는 이야기지만…….'

그는 작전을 급히 변경했다.

"내가 이 일을 몇 해나 해 보면서 많은 사람을 만났는데 말이여."

"네."

"자네 같은 사람은 정말 처음이더만. 자네는 광부가 될 소질을 아주 타고났어."

배 팀장은 진우가 어지간히도 마음에 든 모양이었다.

'하하…… 이것 참.'

진우는 긍정도 부정도 하지 못한 채 어색하게 웃음을 흘렸다.

그 미소를 좋은 조짐이라고 판단한 배 팀장이 자신감 있게 본론을 꺼냈다.

"내가 웬만해선 이런 얘기까지는 잘 안 하는데…… 자네 내 밑에서 일해 볼 생각 없어? 내가 섭섭지 않게 챙겨 줄게."

성진우라는 청년.

광부 일 첫날부터 웬만한 베테랑 광부보다 서너 배는 더 많은 작업량을 해치우는 걸 보여 줬다.

이런 보물 같은 인재를 잡지 못한다면 그야말로 팀장 자격 실격이 아닌가?

담당자를 설득해서 성과급을 따로 지불하는 일이 있더라도 성진우를 잡고 싶은 마음이었다.

하지만 진우는 단호했다.

"말씀은 감사합니다만…… 제가 준비하는 일이 있어서요."

진우의 한마디에 배 팀장은 나라를 잃은 듯 시무룩한 얼굴이 되었다.

"그…… 그래?"

진우는 속으로 웃음을 삼켰다.

'재미있는 분이시네.'

감정이 이렇게까지 표정에 드러나다니.

아마도 배 팀장님은 자신이 E등급에 숨어 있는 보석을 발견했다고 생각하고 있는 모양이었다.

고민하던 배 팀장이 조심스럽게 물었다.

"그럼 내일은 어때? 내일은 나와 줄 수 있어?"

"내일은, 흠……."

사실 내일까지 한가하긴 했다.

모레가 재측정이니.

그런데 또 광부로 지원할 필요가 있을까 하는 생각이 들었다.

대략적인 공략 과정은 파악했고, A급 보스 구경도 했으니 말이다.

그런데 그때.

'아, 잠깐!'

거절하려고 입을 열었던 진우의 뇌리에 빠르게 스쳐 가는 의문이 있었다.

"그럼 내일도 헌터스의 레이드가 있는 겁니까?"

"있지. 그것도 A급 게이트야."

"그게 가능합니까? 오늘 레이드가 끝났는데."

레이드를 하고 난 공격대는 일주일 정도는 쉬어 주는 게 보통이다.

이번 레이드는 어제 오후부터 시작됐다고 했다.

그렇다면 헌터스의 정예들은 어제와 오늘, 이틀 연속으로 레이드를 한 셈이다.

아마 수거 작업 후 보스를 처치하고 나면 새벽이 될 터.

내일 레이드를 한다는 말이 선뜻 이해가 가질 않았다.

진우가 관심을 보이자 배 팀장도 흥이 났다.

"내일은 A 공략팀 대신 B 공략팀이 나설 거거든."

B 공략팀?

설마 A급 던전을 2군으로 클리어하겠다는 건가?

"이게 바로 헌터스 길드의 저력이지. 대한민국에 A급 게이트를 두 팀으로 나눠서 공략할 수 있는 길드는 헌터스 뿐일걸?"

배 팀장은 자랑스럽게 말했다.

"헌터스의 레이드는 계속 이런 식이었습니까?"

"아니, 아니. 평소에는 팀을 나눌 만한 일이 없었지. 그런데 이번에는 일정이 겹쳤나 봐."

헌터스가 담당하는 구역에 A급 게이트가 동시에 나타나는 바람에, 두 개 게이트의 허가를 동시에 따내느라 최종인 사장이 진땀을 뺐다고 한다.

'아, 어제 협회에서 최 대표를 만났던 건…….'

최종인같이 바쁜 사람이 아무 이유도 없이 협회를 찾았을 리 없지.

진우는 고개를 끄덕였다.

"그럼 2군으로만 레이드를 시도하는 건 처음이란 말씀이죠?"

"그렇지. 그런데 헌터스의 2군은 2군이 아냐. 어지간한 대형 길드 1군보다 뛰어나다고."

"그래도 오늘보다는 훨씬 위험하겠죠?"

배 팀장은 말문이 막혔다.

당연한 이야기였다.

오늘 레이드는 S급만 두 명이 참가했다.

반면 내일은 A등급 이하로만 공략을 진행한다.

내일 공략할 게이트는 오늘 것보다 규모가 작다고 듣긴 했지만, 그래도 S급 둘이 빠진다는 건 큰 타격이었다.

S급 공격대가 근처에 있는 상황에서도 보스급 마수를 걱정하던

성 씨인데.

'그렇다고 거짓말을 할 수도 없고.'

내일도 같이 작업하며 마음을 돌려 보려고 했던 배 팀장은 이제 다 틀렸다는 생각에 아쉬운 낯빛을 했다.

"훨씬 더 위험한 셈이지. 잘못하다간 레이드 자체를 실패할 수도 있고."

그러자 진우의 눈빛이 변했다.

고민은 길지 않았다.

진우가 말했다.

"알겠습니다."

"성 씨 생각이 정 그렇다면 어쩔 수 없지."

"내일 어디로 가면 되죠?"

"잉?"

뜻밖의 대답에 배 팀장은 눈을 동그랗게 떴다.

'내가 말을 제대로 한 것이 맞나?'

분명 오늘보다 내일이 더 위험하다고 했을 텐데.

이야기를 들은 성 씨 표정이 그다지 좋지가 않아서 깔끔하게 단념하려던 차였다.

한데 이게 웬일.

성 씨 덕분에 내일 다시 보충 멤버를 구해야 하는 수고를 덜게 생겼다.

'어디 그뿐이야?'

혼자서 네다섯 사람 몫을 뚝딱 해치우는 성 씨다.

그것도 첫날에.

채굴팀의 에이스, 목진수를 감탄시킨 그의 작업 속도를 목격했을 때의 충격은 정말이지…….

진우가 오겠다는 소리에 배 팀장은 천군만마를 얻은 듯 든든해졌다.

"성 씨, 잘 생각했어!"

배 팀장이 콧수염을 씰룩거리며 환한 미소를 지었다.

그리고 하룻밤 사이에 진우의 마음이 바뀌기라도 할까 봐 이례적인 조건을 제시했다.

"내가 담당자랑 상의해서 성 씨 내일 일당은 특별히 두 배로 달라고 할게."

"그래도 괜찮으세요?"

"암, 내가 성 씨한테 그 정도도 못해 줄까 봐?"

배 팀장은 자신의 가슴을 팡팡 두드렸다.

"성 씨는 걱정 말고 내일 나오기만 해."

아무렴.

4, 5인분을 해내는 일꾼에게 그깟 일당 두 배가 아까울까?

자신이 사장이었다면 두 배가 아니라 세 배, 아니 앞날을 생각해서 그 이상도 줄 수 있었다.

'내가 헌터스 사장이 아닌 게 아쉬운 날도 있네.'

배 팀장은 속으로 웃음을 삼켰다.

그때 진우가 물었다.

"참, 내일 저녁에 약속이 있는데, 내일은 몇 시쯤 작업이 끝날까요?"

오늘 아침 유진호에게서 전화를 받았다.

"형님, 제가 한번 찾아봬도 되겠습니까?"

초췌한 목소리.

'이 녀석, 어제까지만 해도 일이 잘됐다고 좋아하더니…….'

진우는 적잖이 놀랐다.

하지만 하필 광부 모집에 지원하고 난 뒤였던 터라 약속은 내일로 미룰 수밖에 없었다.

배 팀장은 껄껄 웃었다.

"듣자 하니 내일 던전은 오늘 것보다 규모가 작다고 하더만. 6시 전까지는 충분히 끝날 거여."

오늘도 5시에 작업이 끝나지 않았는가.

내일은 더 빠르면 빨랐지 늦어지진 않을 듯했다.

진우는 고개를 끄덕였다.

그 정도면 충분했다.

"그럼 내일 뵙겠습니다."

"그려. 조심히 들어가."

돌아서는 진우를 보면서 배 팀장은 흐뭇한 미소를 지었다.

'내가 결혼을 했으면 저만한 아들이 있을 것인데.'

뒷모습도 어쩜 저리 듬직한지.

세상에 성 씨 같은 신입들만 있으면 얼마나 좋을까?

배 팀장의 얼굴에서 연신 미소가 떠나지 않았다.

하지만 웃고 있는 사람은 배 팀장만이 아니었다.

버스 정류장 쪽으로 걸음을 옮기는 진우의 입가에 옅은 미소가 떠올랐다.

'내일 공격대가 실수하길 바라는 건 아니지만…….'

만약 문제가 생길 경우 자신의 존재가 공격대나 채굴팀에게 큰 도움이 될 수 있었다.

달리 마음을 바꾼 것이 아니었다.

아이러니하게도 사실 A급 게이트는 아래 등급 게이트들보다 공략 성공률이 높은 편이다.

일단 협회에서 아무 길드에게나 허가를 내주지 않고, 기회를 얻은 길드도 전력을 다해 덤비기 때문이었다.

'헌터스 길드는 내일 공략에 전력을 다하지 않을 셈이군.'

하나의 정예 공격대를 두 개로 나눠 두 개의 A급 게이트를 노리다니.

업계 1위다운 자신감이었다.

그러나 그만큼 위험천만한 짓이기도 했다.

'어느 쪽이라도 내가 손해 볼 일은 없어.'

레이드가 무사히 끝나면 최고의 결과.

반대로 사고가 터지면 헌터스를 도와주는 대신 상급 마수들을 차지한다.

'좋아.'

진우는 미소를 머금은 채로 버스에 올랐다.

* * *

늦은 밤.

차해인은 이리저리 몸을 뒤척였다.

'왜 그 사람만 다른 걸까?'

보스 방에서 만났던 남자 생각에 쉽게 잠을 이룰 수가 없었다.

능력을 각성하고 2년 동안 많은 헌터들을 만나 왔지만 한 번도 예외는 없었다.

헌터들, 정확히는 각성자들에게 다가가면 불쾌한 냄새가 코를 자극했다.

처음엔 병인가 싶어 많은 의사들을 만났다.

하지만 차도가 없었다.

그때 상담을 나눴던 한 의사는 조심스럽게 자신의 견해를 털어놓았다.

"혹시 차 헌터님은 후각으로 마력을 느낄 수 있는 게 아닐까요?"

설득력 있는 추측이었다.

등급이 높은 헌터일수록 악취는 심했고, 등급이 낮은 헌터일수록 악취가 덜했다. 당연히 일반인에게선 아무 냄새도 나지 않았다.

그런데.

'……좋은 냄새가 났던 건 그 사람이 처음이야.'

오늘 일을 떠올리자 갑자기 가슴이 두근거렸다.

어떤 사람인지 궁금해져서 레이드가 끝나자마자 협회 사이트에 들러 남자의 신원을 조회했었다.

E급.

성진우.

헌터 자격증에서 봤던 남자의 정보가 그대로 나와 있었다.

'연락처가 없네…….'

연락처를 알아내서 뭘 어떻게 할 생각이었을까?

협회 사이트에서 더 이상 알아낼 정보가 없다는 사실을 깨닫고, 자신도 모르게 영입담당부 부장 조명기의 번호를 누르고 말았다.

-아니, 차 헌터님이 이 시간에 무슨 일이세요?

그때 시간이 벌써 새벽 1시.

발신인이 대한민국의 유일한 여성 S급 헌터이자, 자신이 속한 헌터스 길드의 부사장이 아니었다면 절대 받지 않았을 전화였다.

잠이 덜 깬 조명기의 목소리에 괜한 짓을 했나 하는 후회도 잠시.

차해인은 어렵게 입술을 뗐다.

"성진우 헌터에 대해 좀 알아봐 줄 수 있나요?"

-예? 설마 협회 소속이었던 E급 헌터 말씀이십니까?

차해인은 깜짝 놀랐다.

조명기는 대한민국 최고의 길드에서 영입부장을 맡고 있는 사람이다.

그런 사람이 어떻게 E급 헌터의 이름을 아는 걸까?

"아는 사람인가요?"

-아, 그게…… 어제 최 대표님께서 같은 부탁을 하셨거든요. 그 사람에 대한 정보를 알아보라고요.

"최 대표님이요?"

-네.

"무슨 일인지 아시나요?"

-글쎄요, 저도 그것까진…….

"……그래서 어떻게 됐나요?"

수화기 너머에서 한숨 섞인 목소리가 흘러나왔다.

-저도 알아본다고 애를 써 봤는데, 협회에서 락을 걸어 놨더라고요. 최상급 헌터도 아니고 일반 헌터의 정보를 막아 놓은 경우는 저도 처음 봅니다.

"아……."

-그런데 차 헌터님은 무슨 일로 그 사람을 찾으시는 겁니까? 제가 도와드릴 일이 있을까요?

"아니에요. 늦은 시간에 죄송했습니다."

딸깍.

그게 3시간 전의 대화였다.

어떤 사람인지 알고 싶어 용기를 냈는데, 그랬다가 오히려 궁금한 점만 더 늘었다.

헌터스의 대표가 정체를 알고 싶어 하고, 협회가 정보를 숨기려 드는 E급 헌터라.

'분명 뭔가 있어.'

아니, 제발 뭔가가 있었으면…….

간절히 바랐다.

어쩌면 2년 전, 능력을 각성했던 21살부터 지금까지 줄곧 자신을 괴롭혀 온 이 특이체질의 비밀을 풀어 줄 단서가 될지도 모르는 사람이니까.

'그 사람, 다시 만날 수 있을까?'

혹시 영영 다시 만나지 못하는 것은 아닐까?

막연한 불안감이 들었다.

그러나 다행히 그때 차해인은 성진우의 안전모를 떠올렸다.

그의 안전모와 작업복에 헌터스 길드의 마크가 찍혀 있었다는 사실이 기억났다.

'그러고 보니 채굴팀에 있었지.'

본인이 속한 A공략팀과 달리 채굴팀은 오늘도 작업이 있었다.

만약 성진우가 아직도 채굴팀을 떠나지 않았다면 다시 만날 수 있을지도 몰랐다.

'한번 가 보자.'

길드의 부사장인 자신이 레이드 현장을 방문하는 것은 전혀 이상한 일이 아니었다.

'자연스럽게 가서 그 사람이 있는지 없는지만 보고 오는 거야.'

어째서일까?

그 수상한 헌터를 다시 만날 수 있을지도 모른다고 생각하자 마음이 한결 편해졌다.

'그러려면 좀 자 둬야 해.'

오늘의 일정을 위해 차해인은 감기지 않는 눈을 억지로 붙였다.

* * *

동도 트기 전.

진우는 새벽같이 약속 장소로 출발했다.

레이드 도중 합류해서 여유가 있었던 어제와 다른 점이었다.

'괜한 걱정이었나?'

너무 일찍 나온 게 아닐까 걱정했는데, 게이트 앞에는 이미 많은 헌터들이 도착해 있었다.

"어어? 성 씨! 성 씨!"

가장 먼저 배윤석 팀장이 알은척했다.

"성 씨 왔네."

"여어, 성 씨!"

다른 헌터들도 어제와 다르게 눈인사를 보내거나 가슴께까지 손을 들어 진우를 반겼다.

채굴은 일손 하나하나가 중요하다 보니, 솜씨 좋은 동료는 언제든 환영이었다.

채굴팀 헌터들의 표정에서 반가움이 드러났다.

'뭔가…… 어색하네.'

E급 헌터가 되고 나서 항상 박대만 받아 오다가 처음으로 환대를 받으니 얼떨떨했다.

그래도 그들의 솔직한 반응이 기분 나쁘지는 않았다.

"……."

진우는 말없이 고개를 숙여서 인사에 답했다.

"하나, 둘, 서이."

팀원들의 수를 헤아려 보던 배 팀장이 쪽지에 숫자를 적었다.

"열여덟, 열아홉. 거의 다 왔네."

이만하면 충분했다.

뭐, 오늘 같은 날은 한두 사람쯤 빠져도 괜찮았다.

'에이스가 둘이나 있으니까.'

목진수, 성진우와 눈이 마주친 배 팀장이 배시시 웃자 목진수는 시선을 피했고, 성진우는 고개를 갸웃거렸다.

그때.

"저기, 배 팀장님."
"아이, 깜짝이야."
갑자기 옆에서 흘러나온 목소리에 배 팀장이 어깨를 움찔 떨었다.
기척 없이 움직일 수 있다는 것은 실력이 뛰어나단 증거.
아니나 다를까.
배 팀장의 원망스러운 시선을 받고 있는 이는 이번 공격대의 리더 손기훈이었다.
"아이고- 간 떨어지겠습니다, 손 헌터님."
"죄송합니다. 던전에서 하는 버릇이 습관이 돼서 그만."
겸연쩍게 웃는 손기훈.
손기훈 뒤에서 수거팀 팀장이 불쑥 튀어나왔다.
"영감이 주책은……."
"얼레? 자네까지? 채굴팀 현장에 무슨 일이여?"
"무슨 일이긴 무슨 일이야. 볼일이 있으니까 왔지."
배 팀장은 의아한 눈빛으로 손기훈을 바라보았다.
손기훈이 채굴팀 헌터들을 둘러보며 입을 열었다.
"저희 짐을 들어 주실 분이 안 와서요. 아무래도 채굴팀 한 분을 빌려야겠습니다."
"잉?"
배 팀장이 눈을 동그랗게 떴다.
"힘 좋고 짐 잘 나르는 수거팀이 있는데 왜 우리 팀에서……?"
그러자 기다렸다는 듯 수거팀 팀장이 발끈했다.
"어제 우리 애들 저녁도 못 먹고 3시간 내내 잔업해서 겨우 작업 끝냈어. 그런데 이제는 짐꾼까지 뽑아 가라고?"

어제 수거팀이 저녁도 못 먹고 잔업을 해야 했던 이유는 하나.

채굴팀 작업이 너무 빨리 끝났기 때문이다.

'하긴 평소 같았으면 7시까진 해야 했을 일을 성 씨 덕에 5시 좀 넘어서 끝내 버렸으니…….'

수거팀 팀장이 도끼눈을 뜨고 목에 핏대를 세우자 배 팀장은 할 말이 없어졌다.

설명은 이쯤 하면 됐다고 생각했는지, 손기훈이 채굴팀 헌터들에게 물었다.

"혹시 공격대와 같이 가실 분 있습니까? 위험수당은 레이드가 끝나는 즉시 추가로 드리겠습니다."

"……."

손기훈이 애타는 눈빛을 이리저리 보내 봤지만 아무도 나서려는 사람은 없었다.

다들 발끝을 보거나 하늘을 바라보며 시선을 피했다.

당연히 그럴 수밖에.

'돈 몇 푼에 목숨 걸 일 있나?'

'때려죽여도 못 하지…….'

채굴팀 헌터들은 제일 높은 등급이 C급.

대다수가 D급이었다.

심지어 일부는 E급도 있었다.

그런데 지금 손기훈이 데려가려는 곳은 최상위로 분류되는 A급 던전이었다.

B급 던전이라고 해도 갈까 말까 한데 무려 A급이라니?

스쳐도 죽는다.

아니, 발만 한 번 헛디뎌도 목숨을 잃는다.

하급 헌터들이 감당할 수 있는 장소가 아니었다.

짐꾼이 하는 일이라고 해 봐야 공격대 멤버들의 짐을 들어 주는 게 다였지만, 채굴 작업에 비해 너무 위험했다.

"아무도…… 안 계십니까?"

손기훈의 표정이 점점 굳어졌다.

다시 짐꾼을 구하려면 시간이 얼마나 걸릴지 모른다.

까딱하다가는 반나절, 운 없으면 하루를 그냥 날릴 가능성도 있었다.

'이거 큰일인데.'

그러다 한 명의 헌터와 눈이 마주쳤다.

'어?'

옆의 헌터들과 달리 그는 자신의 눈을 똑바로 쳐다보고 있었다.

진우였다.

'흠…….'

손기훈이 자신을 바라보는 동안 진우도 손기훈의 면면을 찬찬히 살폈다.

'탱커치고는 샤프한데?'

리더는 대개 탱커가 맡는 것이 상식.

손기훈은 여타 탱커들에 비해 호리호리한 체격이었다.

키도 훤칠하게 커서 헌터라기보다는 농구 선수에 가까운 이미지였다.

'…….'

손기훈을 응시하던 진우의 시선이 다른 곳으로 옮겨 갔다.

"후아-."

그제야 손기훈이 참았던 숨을 토해 냈다.

왜일까?

방금 숨을 안 쉬고 있다는 걸 잊어버렸을 정도로 몸이 경직되어 있었다.

영문 모를 일이었다.

'내가 리더를 맡는 첫 레이드라서 너무 긴장했나?'

항상 부탱커로만 레이드에 참여해 왔다.

그래서 오늘 기회는 그에게 더 특별했다.

이런 날 실수를 할 수는 없지.

기역 자로 엎드려서 가쁘게 숨을 내뱉고 들이마시던 손기훈이 상체를 들었다.

웅성웅성.

자신의 추태 때문인지 주위가 소란스러웠다.

그러나 곧 자신 때문이 아니란 사실을 깨달을 수 있었다.

채굴팀 헌터들 쪽으로 돌아간 손기훈의 시야에 하늘로 향한 손 하나가 들어왔다.

애타게 기다리고 있던 짐꾼 지원자였다.

손기훈의 표정이 밝아졌다.

진우가 한 걸음 앞으로 나서자 모두의 시선이 진우에게 모였다.

"제가 하겠습니다."

4. S급 짐꾼

4. S급 짐꾼

E급 헌터가 A급 던전에 들어가겠다니!

아주 난리가 났다.

"상급 마수들이 눈을 시퍼렇게 뜨고 있는데 거길 들어가려고?"

"성 씨, 대체 어쩌려고 그래?"

"아직 앞날이 창창한 사람이 그렇게 돈 몇 푼에 목숨을 걸면 못써!"

채굴팀 팀원들이 우르르 진우에게 몰려왔다.

배 팀장은 손기훈에게 설명했다.

"아이고, 저 친구가 어제 일을 처음 시작해서 아무것도 모르고 손을 들었나 봅니다."

"저분 랭크가 어떻게 됩니까?"

"그게……."

진우 쪽을 살짝 돌아본 배 팀장이 작은 목소리로 말했다.

"E등급입니다. 아무리 그래도 등급이 너무 낮은데 다른 헌터를 데려가시죠. 저 친구를 데려가는 건 너무 위험합니다."

손기훈의 표정이 진지해졌다.

'저 사람이 E등급이라고……?'

아까 눈이 마주쳤던 남자.

확실히 그에게서 남다르다고 할 만한 마력이 감지되지는 않았다.

하지만 뭐라고 할까.

말로는 설명할 수 없는…… 날카롭고 잘 정돈된 기운 같은 것이 느껴졌다.

'E급은 아닌 거 같은데.'

암만 봐도 최하급 헌터로는 보이지 않았다.

물론 배 팀장이 거짓말할 이유는 없지만 적어도 자신이 보기에는 그랬다.

'그리고 짐꾼 등급이 뭐 그리 중요하겠어?'

짐꾼은 짐만 잘 들면 된다.

공격대 말미에 위치한 짐꾼이 위험할 정도의 상황이라면 이미 그 레이드는 완전히 실패했다고 봐야 한다.

그렇게 되면 A급도 목숨을 장담할 수 없는데, 짐꾼 등급이 C급이건 E급이건 무슨 소용일까?

어차피 죽는 건 다 똑같다.

생각이 거기까지 미치자 이렇게 고민하는 시간도 아까워졌다.

아직 레이드는 시작도 못 했는데 너무 오래 지체했다.

손기훈은 진우를 바라보며 말했다.

"아뇨, 저 사람으로 할게요."

* * *

“무겁지는 않습니까?”

손기훈이 물었다.

진우는 고개를 저었다.

“괜찮습니다.”

등에 멘 짐에는 공격대가 쓸 여분의 옷이나 무기, 방어구 등이 잔뜩 들어 있었다.

부피는 상당했지만 정말로 무겁지는 않았다.

근력 스탯의 힘이었다.

‘무리하는 거 같이 보이지는 않네.’

진우의 안색을 살피던 손기훈이 게이트 쪽으로 돌아섰다.

진우도 고개를 돌렸다.

눈앞에는 어제 봤던 것만큼이나 거대한 게이트가 떠 있었다.

‘아니, 이쪽이 좀 더 큰가?’

그래도 마력량은 오늘 게이트가 어제보다 더 적다고 한다.

공략 난이도는 게이트의 크기가 아니라 마력량으로 결정되기 때문에 2군이 이번 게이트를 맡게 되었으리라.

‘진짜…… 흘러나오는 마력은 어제에 비해서 턱없이 적네.’

게이트 앞에 서니 확실히 알 수 있었다.

협회의 측정 결과가 틀리진 않은 듯했다.

그런데 왜일까?

전에 레드 게이트 앞에 섰을 때처럼 묘하게 불길한 느낌이 스쳐 갔다.

'……기우겠지?'

손기훈이 지시를 내렸다.

"들어가죠."

게이트 앞에서 잠시 대기했던 공격대가 지시에 따라 다시 움직이기 시작했다.

헌터들이 하나둘 던전 안으로 들어갔다.

'…….'

게이트를 올려다보던 진우도 그들을 따라 들어갔다.

[던전에 입장하였습니다.]

던전 안은 평범했다.

묘한 느낌에 긴장하고 있던 진우는 어제보다 훨씬 작은 규모의 통로를 보고 한숨을 놓았다.

'휴.'

다행히 다른 세계로 이동되지도 않았다.

하기야 레드 게이트에 발을 들여도 클리어가 가능한 수준의 멤버들이다.

A급 11명, B급 6명.

헌터스가 아니라 다른 길드였다면 절대 2군으로 분류되지 않을 구성원들이었다.

진우는 피식 웃었다.

'공격대 일원으로 낀 것도 아닌데 너무 신경 쓰지 말자.'

어제와 오늘.

굳이 따지자면 놀러 온 것에 가까웠다.

오늘은 좀 더 구경거리가 늘었을 뿐.

예민하게 굴 필요가 없었다.

그렇게 생각하니 마음이 좀 편해졌다.

"너무 긴장하지 마세요."

옆에서 치유 계열의 여성 헌터가 말을 걸어왔다.

나이는 20대 후반쯤?

표정이 딱딱하게 굳어 있으니 긴장감을 좀 풀어 주고 싶은 모양이었다.

"기훈 오빠, 아니 리더님을 비롯해서 여기 계신 분들은 진짜 다 쟁쟁한 헌터분들이시거든요. 저만 빼고."

싱긋 웃는 힐러.

처음부터 공포심 같은 건 없었지만, 여자 헌터의 태평한 얼굴을 보고 있자니, 바람 새는 풍선처럼 긴장감이 빠져나갔다.

진우는 실소를 머금고 고개를 끄덕였다.

"아, 예."

성과에 만족했는지 힐러는 뿌듯한 얼굴이 되었다.

마침 입구 근처에 마수가 없다는 사실을 확인한 선두가 출발 사인을 내렸다.

"이동."

진우와 힐러도 공격대의 보조에 맞춰 천천히 걸음을 옮겼다.

주변을 경계하며 이동하는 바람에 속도는 느렸다.

"무거우면 제가 좀 도와드릴까요?"

진우의 짐을 힐끔거리던 힐러가 물어 왔다.

진우는 말없이 왼손에 들고 있던 물통을 건넸다.

"꺅!"

그러고는 휘청거리는 힐러의 손에서 잽싸게 물통을 낚아챘다.

급정지한 공격대 전원이 힐러를 응시했다.

"죄송합니다, 죄송합니다."

힐러는 이쪽저쪽으로 연거푸 고개를 숙여야 했다.

당연히 그 뒤부터 도와준다는 소리는 일절 들리지 않았다.

따가운 눈빛은 덤.

진우는 큭큭 웃음을 삼키며 모른 척 걸었다.

던전에서 오랜만에 웃어 보는 것 같았다.

잠시만 한눈을 팔아도 금방 위험해지는 곳이 바로 이 던전이다.

요즘 들어서 특히.

악마성 상층의 난이도는 지금 돌이켜 봐도 몸서리쳐졌다.

그런데 오늘은 다르다.

가끔은 이렇게 제삼자로서 레이드에 끼는 것도 괜찮은 느낌이었다.

그때.

진우의 걸음이 멈췄다.

진우보다 한발 늦게 공격대 헌터들도 이변을 알아차렸다.

"옵니다!"

손기훈의 명령이 떨어지기도 전에 공격대 헌터들 전부가 전투태세를 갖추었다.

그야말로 눈 깜짝할 사이.

진우는 감탄했다.

'이게 상급 헌터들의 레이드…….'

그동안 봐 왔던 어중이떠중이 공격대들과는 급이 달랐다.

어수룩해 보이던 여힐러의 손에서도 벌써 맑고 투명한 빛이 넘실거리고 있었다.

'내가 나설 차례는 없겠네.'

진우는 안심되면서도 한편으로는 아쉬운 마음도 들었다.

그사이 마수가 도착했다.

짐승? 개?

손기훈의 눈이 가늘어졌다.

다다다다다다.

하이에나와 흡사한 생김새의 마수들이 떼 지어 몰려왔다.

크기가 중형차 한 대만 한 놈들이었다.

손기훈이 고개를 갸웃거렸다.

'던전 자칼?'

가까워지니 확실히 알 수 있었다.

던전 자칼이었다.

방패를 앞세우고 있던 손기훈은 도발 스킬도 쓰지 않고 방어 자세를 풀었다.

그러고는 자신의 목을 노리고 뛰어오른 던전 자칼을 방패로 내려찍었다.

"캐갱!"

"뭐야?"

"던전 자칼이야?"

잔뜩 긴장하고 있던 다른 팀원들도 고개를 갸웃거리며 움츠리고 있던 몸을 폈다.

곧 자칼들의 단말마가 동굴 안에 울려 퍼졌다.

"키잉!"

"캥!"

"캐갱!"

자칼들은 금방 정리됐다.

십여 마리가 넘던 자칼들이 순식간에 사체로 변했다.

헌터들은 손을 탁탁 털면서 의아해 했다.

"뭐지?"

"나 캐스팅한 마법 쓸 시간도 없이 끝났어."

"왜 던전 자칼이 A급 던전에서 나와?"

"그러니까."

"협회 놈들 또 삽질한 거 아니야?"

목소리가 높아졌다.

원래 던전에서는 큰 소리를 내지 않는 것이 원칙.

하지만 그런 기본적인 것도 잊어버릴 만큼 던전 자칼의 등장은 충격적이었다.

"흠……."

자칼들의 사체를 들여다보던 손기훈이 뒷머리를 긁적거렸다.

'왜 C급 던전에서나 나오는 마수가 여기서?'

손기훈이 어이없다는 얼굴로 주변을 둘러보았다.

다들 비슷한 표정들이었다.

그런데 단 한 사람.

진우만이 심각한 눈빛으로 자칼의 사체를 응시하고 있었다.

‘평범한 자칼이 아니다.’

진우의 눈이 가늘어졌다.

자칼들의 목 주변에 털이 눌린 자국이 선명했다.

어딘가에 묶여 있었다는 증거였다.

‘이 녀석들을 기르던 놈들이 따로 있다는 이야기…….’

지성을 가진 마수라.

진우는 레드 게이트에서 만났던 백귀들을 떠올렸다.

지성을 가진 마수들은 어떤 종족이든 상대하기가 쉽지 않다고 알려져 있다.

‘어쩌면…… 내 예감이 맞을지도 모르겠군.’

좋은 징조는 아니었다.

“뭘 그리 심각하게 봐요?”

여힐러가 진우처럼 자칼을 뚫어져라 응시했다.

“쉿!”

진우가 검지를 들었다.

저벅저벅.

저벅저벅.

동굴 안쪽에서 발맞춰 걷는 소리가 들려왔다.

‘진짜들이 온다.’

진우가 몸을 일으켰다.

헌터들도 그제야 뭔가 잘못됐다는 걸 눈치챘다.

“맙소사…….”

“저…… 전투 준비!”

손기훈이 억지로 목소리를 쥐어짜 냈다.

드디어 동굴의 어둠 저편에서 적들의 윤곽이 서서히 드러났다.

헌터들의 눈이 커졌다.

"하이오크?"

"아니, 왜 하이오크가?"

잘 훈련된 것으로 보이는 하이오크 전사들이 열을 맞춰 서 있었다.

숫자는 스물둘.

평범한 하이오크도 아니고 하이오크 전사 스물두 마리라면 쉬운 상대가 아니었다.

"뭔가…… 뭔가 잘못됐어."

누군가 중얼거렸다.

하급 마수가 튀어나온 직후에, 느닷없이 상급 마수들 중에서도 강하기로 이름난 마수들이 나오다니.

척! 척!

하이오크들의 긴 창이 헌터들을 향했다.

'헌터들이나 하이오크들이나 기세는 비슷하다.'

진우는 구석으로 피했다.

조용히 돌아가는 상황을 지켜보다 자신이 나설 타이밍을 잡기 위해서였다.

하지만 여힐러는 다르게 생각했나 보다.

"거기 얌전히 숨어 계세요! 다치지 않게."

묘하게 열받는다.

진우는 눈을 감고 조용히 심호흡을 하며 열을 가라앉히기 위해 노력했다.

곧 전투가 시작됐다.

"크아아아아!"

덤벼드는 하이오크들을 향해 손기훈이 광역 도발 스킬을 시전했다.

하지만 하이오크들은 쉽게 도발에 걸리지 않았다.

곧 하이오크들과 전투 계열 헌터들이 뒤섞였다.

쉬익!

쉭!

콰직!

선혈이 튀어 오르고 비명이 터져 나왔다.

"으아악!"

이내 마법 계열 헌터들 쪽에서 날아온 마법들이 하이오크들에게 쇄도했다.

퍼벙! 퍼버벙!

빛의 화살에 맞은 하이오크들의 머리통이 날아갔다.

하지만 다음 공격은 날아오지 않았다.

마법의 효과는 좋았지만 캐스팅에 시간이 걸린다는 단점이 있었다.

"으아아악!"

백병전에서는 하이오크들이 우세했다.

"힐! 힐!"

"빠, 빨리!"

부상자가 속출했고, 힐러들이 바빠졌다.

"히…… 힐러님!"

여힐러도 여기저기 분주히 뛰어다니느라 정신이 없었다.

"갑니다! 갈게요!"

한쪽 팔을 잃고 끙끙거리는 헌터 옆에 꿇어앉은 여힐러가 주문을 외웠다.

~~우우우웅-~~

그러자 눈 부신 빛과 함께 천천히 팔이 자라나기 시작했다.

A급 힐러만이 가능한 재생의 빛이었다.

그렇게 환자의 상처에 집중하고 있는 그녀의 눈앞에 긴 그림자가 드리웠다.

힐러는 고개를 들었다.

죽은 줄 알았던 하이오크 한 마리가 도끼를 들고 거친 숨을 몰아쉬었다.

"아……."

힐러의 얼굴색이 창백해졌다.

안타깝게도 주변에는 아군이 없었다.

오크가 도끼를 쳐들었을 때, 힐러는 도망가는 대신 환자를 몸으로 덮었다.

"안 돼!"

그런데 아무리 기다려도 통증이 느껴지지 않았다.

1초가 1분 같은 시간.

힐러는 빼꼼 고개를 들었다.

그러자 신기한 광경을 볼 수 있었다.

"크…… 크엑……."

공중에 뜬 오크가 바들바들 떨어 대고 있었다.

"왜……?"

무슨 일이 일어나고 있는 걸까?

힐러는 눈을 동그랗게 떴다.

그때.

투둑.

하이오크의 머리가 뽑혀 나가며 척추 일부가 딸려 올라왔다.

무시무시한 힘이었다.

털썩.

'……?'

바닥에 떨어진 하이오크의 몸뚱이를 보며, 여힐러는 이해할 수가 없다는 얼굴을 했다.

"어……?"

하이오크의 머리가 아직 공중에 떠 있었기 때문이다.

'……피 튀었네.'

진우는 눈살을 찌푸리며 들고 있던 하이오크의 머리통을 내던졌다.

빡!

난데없이 동료의 머리에 맞은 하이오크 하나가 바닥을 뒹굴었다. 목이 이상한 방향으로 틀어진 게 회생은 어려워 보였다.

'둘 해치웠고.'

진우가 방향을 틀었다.

지금은 은신 상태.

하이오크들이나 헌터들은 자신의 존재를 전혀 인식조차 하지 못하고 있었다.

괜히 나섰다가 남의 레이드를 방해했다고 손가락질당할까 싶어 적당한 시기를 엿보고 있었는데, 뒤늦게 '은신' 스킬이 떠올랐다.

이거라면 마음대로 날뛰어도 거치적거릴 게 없지 않은가?

진우의 입꼬리가 올라갔다.

‘그럼 시작해 볼까?’

그때.

“으아아아-!”

마침 하이오크 세 마리와 혈투를 벌이고 있는 공격대 리더, 손기훈의 모습이 눈에 들어왔다.

5. 하이오크의 습격

5. 하이오크의 습격

진우의 다리가 빠르게 움직였다.

멀지도 가깝지도 않은 거리.

다리에 조금 힘을 주는 것만으로 땅과 순식간에 멀어져, 다시 바닥에 내려설 때는 어느새 하이오크들의 넙적한 등이 눈앞에 있었다.

착.

착지하는 동시에 생각한다.

'이대로 하이오크들을 해체해 버리는 건 쉬워.'

하지만 그래서는 은신 스킬로 몸을 숨긴 의미가 없다.

손기훈을 포함해 주위의 헌터들은 모두 국내에서 최고라 일컬어지는 헌터스의 정예들.

하이오크들이 보이지 않는 힘에 찢어지는 걸 보이면 푼수기가 다분한 여힐러가 아니고서야 금세 은신을 깨달을지도 모른다.

'뭐, 들켜도 문제가 될 건 없지만.'

등급 재측정 결과가 나오기 하루 전날인 오늘 괜한 시비를 불러 일으키고 싶지는 않았다.

그래서 레이드가 완전히 실패할 때까지 기다려 볼까 생각도 잠시 했지만, 그랬다가는 헌터들의 피해가 너무 커질 것 같았다.

당장 여힐러만 해도 방금 한 번 죽을 뻔했고.

진우의 눈에서 광채가 번들거렸다.

'눈에 띄지 않게 취할 것만 취한다.'

이번 전투의 방식을 정했다.

여기까지 고민하는 데 걸린 시간이 1, 2초.

직후, 의식의 명령보다 빠르게 반사적으로 불러낸 '바루카의 단도'와 '나이트 킬러'가 양손에 들려 있었다.

'언제 불러왔지?'

피식 웃음이 나왔다.

익숙한 그립감에 쿵쾅거리던 심장의 박동이 차차 안정을 찾아 갔다.

다행이었다.

은신 상태라 아무도 표정을 볼 수 없는 것이.

인간들과 하이오크들이 엉망으로 뒤엉켜 싸우는 전장 한가운데서 혼자 웃고 있는 미친놈이 되고 싶지는 않았으니까.

특히나 하이오크 셋에 둘러싸여 진땀을 흘리고 있는 공격대의 리더가 보면 환장할 노릇이리라.

'일단은 이놈들부터.'

진우가 움직였다.

몸을 숙이고서 역수로 쥔 단검으로 하이오크 하나의 아킬레스건을 그었다.

"크아아아악!"

난데없이 뒤쪽 발목이 끊어진 하이오크 전사가 고통에 울부짖었다.

그게 시작이었다.

춤을 추듯 매끄러운 연속 동작으로 그 옆 놈의 옆구리에 '바루카의 단도'를 찔러 넣었다 뺀 다음, 다른 한 놈은 무릎 뒤쪽을 베었다.

"크르륵!"

"크학!"

전투의 흥분만으로는 통증을 무마시키기 역부족이었는지, 전혀 생각하지 못한 타이밍에 급소를 공격당한 하이오크들의 몸이 일순간 빳빳하게 경직되었다.

그걸로 충분했다.

물꼬를 트자 격류가 쏟아져 들어오는 것처럼, 하이오크들이 당황한 틈을 타 손기훈의 반격이 시작되었다.

푹!

"크르…… 크르륵."

"하아, 하아."

손기훈이 고개를 들었다.

자신의 손에서 길게 이어진 검이 하이오크 하나의 심장을 관통해 있었다.

"끄륵."

입가를 부르르 떨며 노려보던 하이오크는 곧 눈을 까뒤집고서 뒤로 쓰러졌다.

털썩.

손기훈이 주먹을 움켜쥐었다.

'좋아! 할 수 있다!'

자신을 포위한 하이오크들을 하나씩 쓰러뜨리며 손기훈이 속으로 쾌재를 부르는 동안, 진우는 쉴 틈 없이 던전 구석구석을 누볐다.

"크아아악!"

"크으윽!"

느려진 시간 속에서 홀로 자유롭게 움직이며 티 나지 않게 조금씩 균형을 무너뜨려 갔다.

스윽!

진우가 스치고 지나갈 때마다 하이오크들의 몸에 크고 작은 상처가 생겨났다.

"크르륵!"

"크악?"

하이오크들이 갑작스러운 상처에 몸이 경직되며 신경이 분산되면 그걸로 끝.

빈틈을 놓치지 않는 최상급 헌터들의 공격이 이어졌다.

'뭔가…… 싸우기가 편해졌다.'

'뭐지?'

'이렇게 많은 하이오크들을 상대로 피해 없이 이기는 건가?'

공격대는 의아해 하면서도 한편으론 가슴이 벅차올랐다.

적어도 한둘은 죽을 각오를 하고 임했던 전투에서 모두가 기대 이상으로 잘 싸우고 있었던 까닭이었다.

퍼걱!

헌터 하나가 휘두른 메이스에 하이오크 한 놈의 머리가 깨졌다.

그때 진우의 귓가에 반가운 소식이 들려왔다.

[레벨이 올랐습니다!]

'오.'
힘들게 돌아다닌 보람이 있었다.
레벨이 올라갔다.
적의 숨통을 끊거나 치명상을 입히지 않아도 경험치는 들어오는 모양이었다.
'직접 처치한 게 두 마리.'
처치하는 걸 도운 것이 13마리 이상.
경험치가 아예 들어오지 않는 게 아니라면 레벨업이 될 만했다.
흥이 난 진우의 움직임이 더욱더 빨라졌다.
스걱!
푹!
"크아아악!"
진우의 암약에 힘입어 전투도 슬슬 막이 내려가고 있었다.
'후-!'
한 걸음 뒤로 물러선 진우가 단검들을 창고로 돌려보내고서 주변을 둘러보았다.
'이 정도면…….'
상황은 거의 정리된 듯했다.
거기에 보너스로 1업까지.
문득 진우의 시선이 아래로 내려갔다.

바닥에는 스무 구에 가까운 하이오크들의 사체들이 뒹굴고 있었다.

'혼자서 이 녀석들을 다 잡았다면 1레벨은 더 올랐을 거 같지만.'

아쉽게도 여긴 헌터스가 큰돈을 주고 공략을 허가받은 그들의 사냥터였다.

이 정도가 최선이 아닐까.

'좋아.'

진우는 만족스러운 얼굴로 원래 짐꾼이 숨어 있어야 할 곳, 던전의 으슥한 구석으로 돌아갔다.

"크아아아!"

어느새 입장이 뒤바뀌어 헌터들에게 포위당한 마지막 하이오크 한 놈이 비명을 질렀다.

놈의 비명이 동굴 안을 쩌렁쩌렁 울렸다.

진우는 하이오크가 쓰러지는 걸 보면서 은신을 해제했다.

스르르.

헌터들은 가쁜 숨을 몰아쉬었다.

두리번두리번.

고개를 돌려 봐도 서 있는 하이오크는 없었다.

"이…… 이긴 건가?"

"끝났어?"

"잠깐."

승리의 기쁨을 만끽하기에 앞서, 리더인 손기훈이 부상자를 확인했다.

"다친 사람! 누구 다친 사람 없어?"

사실 상급 힐러가 있는 공격대에서 부상자는 잘 나오지 않는다.

목숨만 붙어 있다면 마법으로 금방 치료할 수 있기 때문이다.

손기훈은 부상자의 여부를 물은 것이 아니었다.

그는 팀 내에 죽은 사람이 있는지를 간접적으로 돌려 묻고 있었다.

눈이 마주친 여힐러가 고개를 저었다.

부상자는 있으되 사망자는 없었다.

그리고 방금 모든 부상자의 치료가 끝이 났다.

"그럼……."

그러자 공격대 전원의 얼굴이 희열로 물들었다.

"이겼다!"

"이겼다고!"

"와아-!"

헌터들은 서로를 얼싸안고 기뻐했다.

진우는 팔짱을 끼고 흐뭇한 표정으로 헌터들을 지켜보았다.

'하이오크란 놈들이 그렇게 강한가?'

체감상으로는 글쎄…….

상급 던전 레이드 경험이 없는 진우에게는 공격대의 환호가 피부로 잘 와닿지 않았다.

진우는 몰랐다.

A, B급의 상급 던전들은 등급뿐만 아니라 마력량까지 세부적으로 계산해 공략을 시도한다는 사실을.

하이오크는 A급 던전에서도 높은 수준의 마수였다.

그것도 평범한 하이오크가 아니라 20마리 이상 모인 하이오크 전사들이라면, 지금의 결과는 기적에 가까웠다.

기적의 원인이 된 주인공, 진우는 자신이 한 일의 가치도 알지 못하고 그저 조용히 공격대의 승리를 축하해 주었다.

'음?'

그 와중에 여힐러가 진지한 얼굴로 손기훈에게 다가갔다.

뭔가 하고 싶은 이야기가 있다는 눈빛이었다.

진우는 그쪽에 귀를 기울였다.

"저기 기훈 오빠."

"응?"

"아까 하이오크랑 싸울 때요……."

여힐러는 조심스럽게 방금 전 자기가 본 일을 천천히 설명했다.

공중으로 떠오른 하이오크가 자기 머리를 뽑아 버리더니 다른 하이오크를 공격해 죽였다는 이야기를.

아주 심각한 표정으로.

"……."

손기훈은 할 말을 찾지 못했다.

"진짜라니까요!"

붉게 상기된 얼굴로 억울함을 호소하는 여힐러를 보면서 진우는 끅끅 웃음을 눌러 삼켰다.

그렇게 승리의 여운을 즐기는 것도 잠시.

헌터들이 하나둘 리더인 손기훈 주변으로 둥글게 모여들었다.

"대장, 계속하실 겁니까?"

"이거 좀 위험하지 않아요? 입구에서 얼마 떨어지지도 않았는데 하이오크라니."

"일단은 철수하는 게 어때요?"

손기훈은 동굴 저편을 보면서 입을 굳게 다물었다.

'쉽지 않겠지.'

진우는 손기훈의 마음을 이해할 수 있었다.

S급 헌터가 둘이나 있는 헌터스에서 손기훈이 정예 공격대를 맡는 일은 이번이 처음이자 마지막이 될지도 모른다.

자신의 첫 커리어나 마찬가지인 레이드에서 이렇게 단시간 만에 후퇴라니.

'누구나 클리어에 욕심이 날 만한 상황이다.'

하지만 현명한 대장이라면…….

결심을 굳혔는지 손기훈의 입술이 천천히 달싹거렸다.

진우의 눈매가 가늘어졌다.

다행히 손기훈은 어리석은 사람이 아니었다.

"일단 철수하겠습니다."

던전에서 리더의 결정은 절대적.

공격대의 일원으로 속한 이상, 공격대 대장이 내린 결정에는 무조건 복종해야 한다는 불문율이 있었다.

왜, 전시에 명령 불복종 병사는 즉결 처형한다고도 하지 않는가?

던전은 어떤 의미에서는 전장보다 훨씬 더 위험한 곳이었다.

그래서 어떤 리더를 만나는가가 생사와 직결되는 문제 중 하나였는데, 손기훈은 팀원들을 실망시키지 않았다.

손기훈의 후퇴 지시에 공격대 전원이 가슴을 쓸어내렸다.

"휴우-."

"난 또 손 형이 끝까지 가 보자고 할까 봐 가슴 졸였네."

손기훈은 씩 웃으며 발언의 주인공 어깨를 툭 쳤다.

"나도 그렇게 꼴통은 아니다."

"알지. 그런데 봐 봐, 형. 나 손 떨리는 거."

"엄살은 그만하고. 자, 다들 이동합시다."

진우는 짐 가방을 둘러멨다.

손기훈의 지시에 따라 공격대의 이동이 재개됐다.

방향은 반대가 됐지만.

진우가 씁쓸히 웃었다.

'좀 더 안쪽으로 들어가 보고 싶었는데.'

어쨌거나 자신은 손님이었다.

손님 입장에서 주인의 결정에 왈가왈부할 수는 없는 일.

아쉽지만 오늘은 여기까지인 듯했다.

"아……."

여힐러는 자기 말을 눈곱만큼도 믿어 주지 않는 대장이 야속한지 툴툴거리며 진우 곁으로 왔다.

"진짠데."

입이 삐죽 튀어나와 있던 그녀가 한 가닥 희망을 걸고 진우를 바라보았다.

"저기 혹시 아까 하이오크가."

"못 봤습니다."

"히잉……."

기대는 여지없이 무너졌다.

진우는 웃음을 삼키고 있는 걸 들키지 않도록 애를 써야 했다.

그런데 얼마나 이동했을까?

갑자기 선두에서 급하게 걸음을 멈췄다.

손기훈이 오른손을 들었다.

"저, 정지!"

그의 목소리에서 당혹감이 묻어 나왔다.

지친 걸음으로 걷던 다른 헌터들과, 혹시나 추격해 오는 마수가 없는지 후미에서 촉각을 곤두세우고 있던 진우도 일제히 멈춰 섰다.

웅성웅성.

헌터들의 목소리가 높아졌다.

"이게 어떻게 된 일이야?"

"이건 또 뭐야?"

"왜 길이 막혀 있는 건데? 올 때는 멀쩡했잖아?"

소란스러운 그들을 지나친 진우가 앞으로 나와 손을 뻗어 보았다.

진우의 눈이 커졌다.

'막혀…… 있다?'

길이 보이지 않는 투명한 벽으로 가로막혀 있었다.

처음엔 인던을 떠올렸다.

인던과 현실 세계의 경계를 나누어 주던 벽들.

그러나 곧 고개를 저었다.

'아니, 그것과는 다르다.'

이 벽에서는 인위적인 냄새가 강하게 났다.

마력이 섞여 있는 걸 봐서는 지성 있는 마수가 걸어 놓은 마법인 듯했다.

'하지만 어째서?'

왜 오는 길을 막은 게 아니라 나가는 길을 막은 걸까?

그때.

진우가 고개를 휙 돌렸다.

'……?'

마치 기다렸다는 듯 끔찍한 양의 마력 파장이 저 멀리 동굴의 끝쪽에서부터 성난 해일처럼 밀려왔다.

'이럴 수가…….'

이게 이번 던전의 보스라고?

게이트 밖에서나 처음 던전 안에 들어섰을 때 느낄 수 있었던 마력 파장과는 스케일이 달랐다.

다른 헌터들도 그 어마어마한 마력을 느꼈는지 오싹 몸을 떨었다.

"뭐, 뭐야?"

"갑자기 소름이 돋는데?"

점점 창백해져 가는 헌터들의 얼굴을 보면서 진우는 한 가지 가설을 떠올렸다.

'설마 자신의 기척을 숨길 수 있는 보스가 있다고 한다면…….'

오는 길에는 없었던 벽.

그리고 벽을 생성하고 난 뒤 이빨을 드러내기 시작한 보스.

'설마…… 함정을 파고 헌터들을 끌어들인 건가?'

그렇게 생각하자 등줄기가 서늘해졌다.

아니나 다를까.

저벅저벅.

저벅저벅.

던전의 어둠 너머에서 아까와는 비교가 되지 않는 무수한 발소리가 울려 퍼졌다.

신기한 현상이었다.

저편에서 들리는 발소리가 크고 가까워질수록 헌터들이 내는 소리가 점점 줄어들어 갔다.

"손 형……."

"……."

일대에 정적이 내려앉았다.

쫑긋.

진우의 귓바퀴가 움직였다.

주변이 조용해진 틈을 이용해 진우는 들려오는 발소리로 놈들의 숫자를 가늠해 보았다.

저벅저벅.

저벅저벅.

발달된 청각과 높은 감각 스탯 덕분에 발소리 하나하나를 구별할 수 있었다.

'48, 49, 50, 51.'

전부 51개의 발소리.

아까 전 하이오크 전사들이 내었던 발소리와 같았다.

진우는 주변을 둘러보았다.

'…….'

헌터들의 얼굴엔 긴장한 기색이 역력했다.

그들 또한 기척을 통해 적들의 대략적인 규모를 눈치챈 것이다.

방금 22마리의 하이오크 전사들을 상대로도 아슬아슬하게 승리를 거뒀던 공격대다.

그런데 이제는 51마리.

두 배가 넘는 숫자.

'……승산이 없어.'

이들, 공격대에겐 말이다.

문득 진우는 자신의 그림자를 돌아보았다.

그림자가 일렁이는 것 같았다.

우우우-

피를 보고 싶어 하는 그림자 병사들의 원성이 들려오는 듯했다.

진우는 다시 고개를 돌렸다.

쿵, 쿵, 쿵.

여태까지 잠잠하던 심장이 거세게 요동치기 시작했다.

'기다려…….'

아직은 때가 아니다.

그렇게 스스로를 다독인 진우는 조용히 전방을 응시했다.

마침내 놈들이 모습을 드러냈다.

척.

하이오크들은 약간의 거리를 두고 헌터들 앞에 멈춰 섰다.

"크르르르."

"크륵."

금방이라도 달려들 듯 으르렁거리는 하이오크들.

쉰이 넘는 하이오크 전사들의 위압감은 말로 이루 다 표현할 수가 없었다.

싸우지 않아도 결과는 뻔했다.

"미치겠네."

"이런 말도 안 되는 경우가……."

"으……."

헌터들은 탄식했다.

위압감에 짓눌려 주춤주춤 뒤로 물러섰지만, 안타깝게도 퇴로는 막혀 있었다.

이제 어떻게 할 것인가?

다들 싸울 준비는 한참 전에 끝냈지만, 아무도 나서지 못하고 리더인 손기훈의 눈치만 살폈다.

손기훈은 입을 일자로 꾹 다물었다.

'젠장…….'

이럴 때 최종인 대표나 차해인 헌터, 둘 중 어느 한 사람만 있었어도…….

그의 미간이 구겨졌다.

S급에겐 불리한 전황을 뒤집을 수 있는 막강한 힘이 있었다.

그들만 있다면 이런 하이오크들쯤이야 아무것도 아닐 텐데.

'왜 하필 이럴 때에…….'

그 두 사람이 없는 걸까?

항상 그들과 함께 싸웠던 손기훈은 자신이 얼마나 무력한지를 지금 절실히 느끼고 있었다.

S급의 부재가 너무도 뼈아팠다.

하지만 언제까지고 한탄만 할 수는 없었다.

이제는 결단을 내려야 했다.

'여기서 싸우는 건 개죽음이야.'

하지만 뒤가 막혀 있는 이상 선택의 여지는 존재하지 않았다.

헌터가 되겠다고 마음먹었을 때, 던전에 첫발을 내디뎠을 때, 그리고 중상을 입고 처음 의식을 잃었을 때.

언제가 이런 날이 오리라 막연히 짐작하고 있지 않았던가.

'그래, 그랬었지.'

죽음을 각오한 손기훈이 장검을 빼 들었다.

스르릉.

손기훈이 돌아보자 리더의 지시를 기다리고 있던 헌터들이 고개를 끄덕였다.

손기훈의 고개가 다시 앞을 향했다.

턱밑까지 방패를 치켜든 그는 아직까지도 움직일 기미가 보이지 않는 하이오크들을 뚫어져라 노려보았다.

'드디어 결심이 섰나?'

진우도 준비를 갖췄다.

등 뒤로 감춘 오른손에 '바루카의 단도'가 스르르 나타났다.

그리고 눈을 감았다.

미칠 듯이 박동하던 심장이 전투를 앞두고서는 오히려 차분히 가라앉아 갔다.

두근, 두근, 두근.

쓸데없는 힘을 빼고, 고르게 호흡을 한다.

'……좋아.'

다시 뜬 진우의 두 눈에서 예리한 안광이 번뜩였다.

꼴깍.

헌터들이 잘 넘어가지 않는 마른침을 억지로 삼켰다. 그들의 이마에 식은땀이 맺혀갔다.

반면 진우는 군침을 삼켰다.

꿀꺽.

'이놈들은 경험치를 얼마나 줄까?'

진우의 입가에 옅은 미소가 번져 갔다.

그런데 그때.

하이오크 하나가 앞으로 나섰다.

앞서 있던 오크들을 거칠게 헤치고서 걸어 나온 놈은 짐승처럼 번들거리는 두 눈으로 헌터들을 둘러보았다.

"그르르르……."

다른 놈들보다 덩치가 훨씬 크고 어금니가 긴 녀석.

'저놈이 대장인가?'

진우의 눈매가 가늘어졌다.

지금 당장 저 녀석을 해치워 버리면 싸움이 훨씬 쉬워지지 않을까.

어떡한다?

진우가 '바루카의 단도'의 손잡이를 만지작거리며 고민하는 사이, 하이오크의 입이 열렸다.

"크레락 투 쉬나 위그두 아락나카."

우렁찬 목소리.

하이오크의 시선은 공격대의 선두 손기훈에게 고정되어 있었다.

"크레락 투 쉬나 위그두 아락나카!"

웅성웅성.

헌터들의 시선이 분주해졌다.

"뭐지?"

"지금 우리한테 말을 거는 거?"

"뭐라고 하는 거야?"

그 순간.

하이오크의 안면 근육이 부르르 떨리기 시작했다.

그리고 그 떨림이 멈췄을 때, 놈의 입에서는 방금 전과는 전혀 다른 목소리가 흘러나왔다.

"인간들……."

마치 놈의 입을 빌려 다른 사람이 말하는 것처럼.

"인간들이여……."

자세히 보니 멀쩡했던 놈의 눈도 죽은 지 오래된 생선처럼 흐릿하게 변해 있었다.

헉!

헌터들은 뒤통수를 세차게 얻어맞은 듯 경악했다.

오크가 인간의 언어로 말하다니!

'어떻게 오크가 우리말을?'

'마법? 마법인가?'

예상치 못한 사태에 헌터들은 입을 다물지 못했다.

대장 하이오크의 목소리가 이어졌다.

"나는…… 카르갈간…… 너희…… 인간들을…… 만나고…… 싶다…… 이…… 녀석을…… 따라와라."

마수가 사람과 대화를 나누고 싶어 한다고?

지금껏 한 번도 보고된 적 없는 일이었다.

유례없는 상황에 손기훈은 물론, 공격대 전원이 크게 혼란스러워했다.

"기훈이 형, 설마 마수가 하는 말을 믿는 건 아니겠죠?"

"무시하세요."

"기훈아, 이거 함정이야. 죽이 되든 밥이 되든 그냥 여기서 끝장을 보자."

“그래도 말이 통하는 오크라면 혹시…….”

“너 인마, 그렇게 던전을 들락날락해 놓고 아직도 마수들을 모르냐?”

짧은 시간, 자기들끼리도 의견이 엇갈렸다.

이내 침묵을 지키던 손기훈이 목소리에 응답했다.

“카르갈간, 동굴을 막은 것은 너인가?”

“그렇다…… 나는…… 긍지…… 높은…… 오르크의…… 대주술사…… 내…… 마법은…… 너희…… 인간의…… 힘으로…… 부술…… 수…… 없다.”

“이 동굴 안에 너보다 강한 존재가 있는가?”

“누가…… 감히…… 이…… 나에게…… 대적한단…… 말인가!”

쩌렁쩌렁 목소리가 울리며 헌터들의 고막을 때렸다.

많은 헌터들이 인상을 쓰거나 귀를 막았지만, 손기훈만은 침착하게 고개를 끄덕였다.

예상이 맞았다.

지금 저 하이오크의 입을 빌려서 말하고 있는 존재는 이번 던전의 보스가 틀림없었다.

던전 브레이크 전까지는 보스 방을 벗어날 수 없기 때문에, 헌터들을 자신이 있는 곳으로 불러들이는 거다.

‘이유는 모르겠지만…….’

손기훈의 대답이 늦어지자 대장 하이오크가 머리 위로 도끼를 치켜들었다.

“선택해라…… 여기서…… 내…… 병사들에게…… 죽든가…… 아니면…… 내…… 병사들을…… 따라오든가.”

"가겠다."

손기훈의 즉답에 헌터들의 눈이 커졌다.

"훈이 형!"

"기훈 씨!"

만류하는 동료들을 저지한 손기훈이 하이오크의 반응을 지켜보았다.

"따라와라…… 인간."

그 말을 끝으로 대장 하이오크의 탁한 눈이 원래의 색을 되찾았다.

짐승같이 흉흉한 두 눈빛.

놈이 말했다.

"아쉬 투 레카."

그 한마디에 방금 전까지 적의를 불태우고 있던 하이오크 전사들이 거짓말처럼 철수하기 시작했다.

철수하지 않고 남아 있던 대장 하이오크가 손기훈에게 따라오라는 듯 손짓했다.

"우리도 가죠."

손기훈이 가장 먼저 발을 뗐고, 주저하던 헌터들도 이내 하나둘 손기훈의 뒤를 따랐다.

'무슨 생각이지?'

진우는 의아한 눈빛을 보냈다.

보스 방에는 보스를 비롯해 이것보다 더 많은 하이오크들이 있을 테고, 당연히 싸워 이길 확률은 더 낮아진다.

그런데도 놈들을 따라가려는 손기훈의 의도를 짐작할 수가 없었다.

'보스와 협상이라도 해 보려는 걸까? 살아서 돌아가기 위해?'

성공 가능성은 낮아 보인다만…….

아니.

어쩌면 잘된 일일지도 모른다.

잡몹 몇 마리 잡는 데서 그칠 줄 알았던 이번 레이드에서 보스를 만날 수 있게 되었으니까.

진우는 쥐고 있던 단검을 창고로 돌려보냈다.

그리고 천천히 일행을 따라갔다.

얼마나 걸었을까?

서서히 걸음을 늦춘 손기훈이 어느새 옆까지 와 있었다.

그가 낮은 목소리로 진우를 불렀다.

"헌터님."

"예."

진우는 앞을 보며 대답했다.

손기훈 역시 전방에서 앞장서 걷는 하이오크들의 등에서 눈을 떼지 않고 말을 이었다.

"우리는…… 보스와 만나게 되면 놈을 급습할 겁니다. 그러면 기습이 성공하든 못하든 놈은 길을 막고 있던 마법을 유지하지 못하게 되겠죠."

가정은 그럴듯했다.

저주 계열 마법이 아닌 이상, 마법을 유지하고 있으려면 그쪽에 정신을 집중해야 했다.

특히 수준 높은 마법일수록 고도의 집중력을 필요로 했다.

하지만 그게 뭐 어쨌다는 걸까?

보스를 죽이는 데 성공하거나 보스의 마법을 막는다고 해도, 금방 하이오크 전사들에게 포위당해 보스 방에서 옴짝달싹 못 하게 될 텐데.

공격대가 살아 돌아갈 가능성은 여전히 희박하다는 이야기였다.

진우의 궁금증을 해소해 주려는 듯, 손기훈은 비장한 얼굴을 하고서 말했다.

"놈들의 시선이 저희에게 팔린 사이 헌터님은 보스 방에서 달아나세요. 던전을 빠져나가 메인 공격대에 연락해 주십시오."

S급 헌터가 포함된 공격대가 여기 도착할 때쯤이면 이미 모든 게 끝나 있을 터.

손기훈은 죽음을 각오하고 있었다.

"보스를 잡고 당신들도 죽겠다는 겁니까?"

진우가 슬쩍 손기훈의 안색을 살폈다.

그의 표정은 굳어 있었지만 눈빛에는 흔들림이 없었다.

"우리 일은 던전에서 살아나가는 게 아니라 게이트를 닫는 겁니다. 그걸 위해 많은 사람들이 우리에게 큰돈을 지불하고 있죠."

손기훈은 힘주어 말했다.

"우리는 그동안 우리가 배웠던 대로 우리 일을 할 겁니다. 하지만 당신은 아니에요. 당신은 여기서 죽을 필요가 없습니다. 부디 살아서 여길 나가세요."

그의 목소리에서 강한 신념이 느껴졌다.

필사의 각오가 담겨 있었다.

여기선 어떤 말을 해도 손기훈에게 도움이 될 것 같지가 않았다.

그래서 진우는 고개를 끄덕이는 것으로 대답을 대신했다.

*　*　*

차해인이 현장에 도착했다.

모자를 푹 눌러쓰고 와서 알아보는 사람은 드물었다.

그녀는 채굴팀 헌터들을 찾아 걸음을 옮겼다.

몇몇 헌터들이 그녀 옆을 지나치며 힐끔거렸지만 길드 관계자겠거니 하고 크게 관심을 기울이지는 않았다.

멀리 배 팀장이 보였다.

그의 근처에 모여 있는 채굴팀 헌터들도.

두근, 두근.

심장이 뛰기 시작했다.

그녀는 한 발짝 떨어진 곳에서 채굴팀 헌터들의 면면을 훑어보았다.

'그 사람은……?'

진우는 보이지 않았다.

뭐라고 할까?

맥이 탁 풀리는 느낌이 들었다.

'채굴 일은 그만둔 걸까?'

1분만 더 기다려 보자.

잠깐 자리를 비운 것일 수도 있으니까.

3분만 더.

아니, 5분만 더.

그렇게 15분을 기다려 봤지만 끝내 진우의 모습은 어디에도 보이지 않았다.

"후-."

긴 한숨과 함께 차해인이 돌아섰다.

그러나 이내 몇 발짝 떼지 못하고 다시 서 있던 곳으로 되돌아왔다.

모자를 벗고 심호흡하던 그녀가 배 팀장에게 걸어갔다.

채굴팀 헌터들의 시선이 그녀를 향했다.

다행히 채굴팀 모두 낮은 랭크의 헌터들이라 그런지 냄새는 심하지 않았다.

"어어?"

차해인을 알아본 배 팀장이 냉큼 달려왔다.

"차 헌터님, 오늘은 쉬시는 날 아니셨습니까?"

"안녕하세요."

간단히 인사를 주고받은 차해인은 누구 듣는 사람이 있는지를 살피다가 조심스럽게 물었다.

"혹시 여기…… 성진우 헌터라고 있나요?"

"성 씨요?"

뜻밖의 이름에 배 팀장이 의아한 표정을 지었다.

"성 씨라면 아까 짐꾼 대타로 들어갔는데……."

"짐꾼요?"

차해인은 화들짝 놀랐다.

"게이트로 들어갔단 말씀이신가요?"

배 팀장은 자신도 어이가 없다는 듯 강하게 고개를 끄덕였다.

"그렇다니까요."

E급 헌터가 A급 던전에 자원해서 짐꾼으로 들어갔다고?

목숨이 수십 개 있는 것도 아닌데.

'무슨 생각인 걸까?'

그러고 보니 그 사람 어제도 보스 방에서 무기를 들고 서 있었지.

역시 잘못 본 게 아니었다.

수상한 건 또 있었다.

어제는 그럴 수도 있겠다 싶어 그냥 넘어가긴 했지만, 곰곰이 생각해 보니 헌터 경력 4년 차가 던전에서 길을 잃은 것도 충분히 이상한 일이었다.

'알아봐야겠어.'

대체 성진우란 사람이 헌터스 길드에서 뭘 하려는 건지 두 눈으로 직접 확인해 봐야겠다는 생각이 들었다.

그걸 알려면 던전으로 직접 들어가 볼 수밖에.

자신은 헌터스의 부사장이자, 현직 S급 헌터였다.

헌터스의 레이드가 한참인 던전에 들어가겠다고 해도 말릴 사람은 없을 터.

엄지손톱 끝을 깨물며 고민을 거듭하던 차해인이 결정을 내렸다.

"저, 게이트에 들어가 봐야겠어요."

배 팀장이 눈을 동그랗게 떴다.

"헛…… 사고라도 생긴 겁니까? 길드에 증원 요청이라도 할까요?"

"아뇨. 개인적인 일입니다. 그 사람한테 개인적인 용무가 있는 거니까 걱정 안 하셔도 돼요."

"아…… 알겠습니다."

차해인은 게이트 쪽으로 몸을 틀었다.

그런데 옆구리가 허전했다.

'아…… 내 무기.'

허리 주변을 더듬거리던 그녀는 검을 집에 두고 왔다는 사실을 뒤늦게 떠올렸다.

비번인 오늘 던전에 들어가게 될 줄 어떻게 알았을까?

차해인의 미간이 곱게 구겨졌다.

'리더를 맡고 있는 기훈 씨는 믿을 만한 사람이고, 팀원들도 모두 훌륭한 헌터들이지만.'

그래도 무기 없이 던전에 발을 들인다는 것은 상상할 수 없는 일.

잠깐의 고민 끝에 배 팀장을 돌아보았다.

"하실 말씀이라도……?"

배 팀장은 눈을 말똥말똥 떴다.

"팀장님, 혹시 무기 좀 빌릴 수 있을까요?"

"예?"

망설이던 배 팀장이 근처를 지나가던 헌터에게 지시했다.

"이봐, 석 씨. 가서 장비 하나 갖고 와 줘."

"예."

석 씨가 재빠르게 가져온 장비는 채굴팀이 쓰는 곡괭이였다.

"……."

차해인의 얼굴이 굳어졌다.

"저기…… 다른 건 없나요?"

"다른 거라면……?"

"검이라든가, 창이라든가."

"저희한테서 그런 걸 찾으시면……."

"……."

차해인은 작게 한숨을 내쉬었다.

"알겠습니다."

배 팀장이 건네주는 곡괭이를 정중히 사양한 그녀가 게이트를 향해 걸어갔다.

배 팀장은 멀어지는 차해인의 뒷모습을 향해 걱정스럽게 물었다.

"차 헌터님, 빈손으로 괜찮으시겠어요?"

우뚝.

그 자리에 멈춰 선 차해인이 잠시 고민하더니, 이내 빠른 걸음으로 되돌아와 배 팀장이 들고 있던 곡괭이를 받아 들었다.

배 팀장은 껄껄 웃었다.

"잘 생각하셨습니다. 아무래도 던전에서 맨손은 좀 위험하죠."

"그럼……."

돌아서는 그녀의 귓바퀴가 붉게 물들어 있었던 것을 배 팀장은 발견하지 못했다.

* * *

공격대 전원의 얼굴에서 비장감이 맴돌았다.

모두 다가올 운명을 예감하고 있는 듯 입을 굳게 다물고 걷는 와중에, 여힐러가 다가와 진우의 짐을 뒤적거렸다.

진우가 목만 옆으로 돌리고는 물었다.

"뭐 해요?"

"잠시만요."

그녀 손에 딸려 나온 것은 아기자기한 여성용 가방이었다.

"예전부터 가방이 멀리 떨어져 있으면 이상하게 불안해서요."

묻지도 않았는데 친절한 설명까지.

가방 안에서 수첩과 펜을 꺼낸 여힐러가 수첩에 뭔가를 꼬물꼬물 적기 시작했다.

앞을 안 보고 걷는 바람에 몇 번이나 진우의 어깨에 머리를 콩콩 부딪쳤다.

슥.

잠시 뒤 그녀가 수첩을 닫았다.

글을 적는 동안 어깨에 둘러메고 있던 자기 가방은 진우의 짐 가방 안에 도로 집어넣었는데, 수첩은 여전히 손에 남아 있었다.

뭘 어쩌려는 건가 유심히 보고 있던 진우에게 여힐러가 수첩을 내밀었다.

"……?"

수첩을 받아 든 진우가 고개를 갸웃거리자 여힐러가 울먹이며 말했다.

"가족들한테 하고 싶었던 말 적었거든요. 밖에 나가시면 꼭 전해 주세요."

여기서 웃어 버리면 상처받겠지.

진우는 웃음을 꾹 눌러 참으며 수첩을 주머니에 넣었다.

"일단 가지고 있긴 하겠지만 이걸 배달할 일은 없을 겁니다."

"괜찮아요."

여힐러는 고개를 끄덕였다.

'하이오크 전사들이 저렇게 눈을 시퍼렇게 뜨고 감시하는데 무사

히 빠져나가긴 힘들겠지.'

짐꾼 씨는 E급에 불과하니까.

아직 그녀는 진우의 말이 무슨 뜻이었는지 이해하지 못했다.

곧 보스 방이 드러났다.

헌터들의 긴장감이 공기를 타고 넘어와 피부로 전해졌다.

드넓은 공동.

'…….'

진우는 보스 방 안을 훑어보았다.

어제 거인이 있었던 방보다 더 컸다.

하지만 어제와 달리 보스 방이 크다는 느낌은 별로 들지 않았다.

안을 가득 메운 하이오크들 때문이었다.

공격대를 데리러 왔던 하이오크들의 두 배 넘는 숫자가 거기에 있었다.

'한 백 마리……. 아니, 좀 더 되나?'

던전 내부에 마수가 하나도 없었던 대신, 전부 보스 방에 몰려 있었다.

줄지어 늘어선 하이오크들을 둘러보는 손기훈의 안색이 창백히 식어 갔다.

'이 정도 숫자의 하이오크들이 게이트를 빠져나간다면…….'

최상급 헌터들이 도착하기 전까지 작은 시 하나는 박살 낼 수 있는 규모였다.

등 뒤에 식은땀이 흘렀다.

'적어도 보스만이라도 해치워야 한다.'

마른침을 힘겹게 목 안으로 넘기듯, 굳은 각오를 마음속 깊이 꾹

꾹 눌러 담았다.

보스 방에 있던 하이오크들이 길을 터 주었다.

"아 샤크."

대장 하이오크가 다시 손짓했다.

안내를 맡았던 하이오크들과 뒤를 따르는 공격대는 보스 방 구석에 있는 제단 쪽으로 걸었다.

"저기!"

헌터 하나가 제단 위를 가리켰다.

거기에는 가면과 뼈 목걸이, 뼈 귀고리 등 장신구로 전신을 주렁주렁 치장한 하이오크 주술사가 있었다.

'저놈이 보스…….'

손기훈의 얼굴이 굳어졌다.

던전 안을 채운 무시무시한 마력은 대부분 놈에게서 흘러나온 것이라는 사실을 알 수 있었다.

그리고 놈의 주변.

놈을 지키고 있는 예리한 눈빛의 호위들 넷에게서도 범상치 않은 기운이 느껴졌다.

'좋지 않아.'

저 호위들을 제치고 주술사를 단번에 처치할 수 있을까?

헌터들 모두 다들 비슷한 생각을 했다.

공격대는 주술사 앞에 멈춰 섰다.

공격대 헌터들과 일정한 거리를 두고 둘러싸고 있는 하이오크들 사이에 묘한 긴장감이 흘렀다.

"흐흐."

하지만 주술사는 주변 분위기에 아랑곳하지 않고 가면 밑으로 드러난 흉측한 아가리를 벌리며 킥킥 웃었다.

“인간들이여, 환영하노라.”

공격대 헌터들은 서로 눈빛을 교환했다.

‘손 형이 신호하면.’

‘다 같이 뛴다.’

‘무조건 주술사만 노려.’

공격할 타이밍을 잡기 위해서였다.

그런데.

별안간 주변의 공기가 싸늘히 얼어붙기 시작했다.

공격대는 모두 일류 헌터들.

그들은 갑작스럽게 쏟아지는 한기에 일제히 고개를 돌렸다.

원인은 주술사.

놈이 쓰고 있던 가면을 벗고 있었다. 그러자 감추고 있던 놈의 마력이 가감 없이 드러났다.

화악—

전율스러운 마력 파장이 놈을 중심으로 동심원을 그리며 사방으로 뻗어 나갔다.

평범한 인간이 바로 코앞에서 사자나 호랑이와 마주친 것처럼, 헌터들의 몸이 돌처럼 굳어 버렸다.

“마, 맙소사…….”

“어떻게 이 정도의 마력이……?”

“이, 이런 놈과 싸우라고?”

좌절, 한탄, 원망, 후회.

갖가지 형태의 절망들 앞에서 주술사는 음흉한 미소를 지었다.

"내가 두려운가, 인간들이여?"

아랫입술을 질끈 깨문 손기훈이 어렵게 한 발 앞으로 나섰다.

그러고는 물었다.

"왜 우리를 여기까지 불러왔지? 우리를 죽이는 건 전사들만으로도 충분했을 텐데."

주술사가 씩 웃었다.

보는 것만으로 소름이 돋는 미소였다.

"여흥이다."

"뭐?"

손기훈은 말문이 콱 막혔다.

겨우 그런 이유로 자신들을 여기까지 불러왔단 말인가?

주술사는 말을 이었다.

"여기서 남은 시간 동안 너희들을 하나씩 죽이며 병사들의 흥을 돋울 것이다!"

우워어어어어-!

하이오크 전사들이 흥분에 찬 함성을 내질렀다.

헌터들은 오크들의 위압감에 짓눌려 숨도 제대로 쉬기 힘들었다.

눈물을 보이는 헌터도 있었다.

"한데……."

주술사의 말이 끊겼다.

놈의 시선이 일행의 맨 끝에 있는 진우에게 멈춰졌다.

"……인간 중에 묘한 것이 섞여 있구나."

순간 손기훈의 눈이 번뜩였다.

'주술사가 한눈을 파는 지금이 타이밍이다!'

그의 목에 핏대가 섰다.

"지금!"

목청껏 외친 손기훈이 검을 뽑으며 뛰쳐나갔다.

하지만 뒤가 조용했다.

'어째서……?'

달리며 뒤를 돌아보니 동료들은 감히 움직일 생각도 못 하고 모두 뻣뻣이 굳어 있었다.

너무도 압도적인 힘 앞에 그들은 이미 전의를 상실해 버린 상태였다.

심장이 덜컥 내려앉았다.

'아…….'

그러나 누군가는 해야 할 일이었다.

여기서 멈출 수는 없는 노릇.

시선이 다시 앞을 향했다.

허를 찔렸는지 주술사는 아직 웃고 있었고, 호위들 역시 별다른 반응을 보이지 않고 있었다.

처음이자 마지막일지도 모르는 기회.

운이어도 좋다.

요행이어도 좋다.

제발 이 검이 닿을 수만 있다면…….

탓, 탓, 탓!

맹렬히 돌진하던 손기훈이 검을 뒤로 젖혔다.

"으아아아-!"

그러나 검을 휘둘러 보지도 못하고 무언가에 부딪혀 튕겨 나갔다.

쾅!

실드 마법이었다.

"컥!"

반동으로 나가떨어진 손기훈이 바닥을 데굴데굴 굴렀다.

허나 그것도 잠시.

"여기 첫 번째 지원자가 나왔구나."

주술사의 조롱과 함께 손기훈의 몸이 공중으로 붕 떠올랐다.

우우웅-

역중력 마법.

"……."

주술사의 입술이 끊임없이 움직이고 있었다.

손기훈을 2층 건물 높이까지 들어 올린 주술사는 이번엔 다른 주문을 외웠다.

"……."

중력 가속.

쾅!

송기훈은 그대로 바닥에 처박혔다.

"커헉!"

그러나 고통에 몸부림칠 새도 없이 다시 공중으로 떠올랐다.

"역중력."

킥킥킥.

주술사는 물론이고, 하이오크들 모두 긴 어금니를 내보이며 조소를 흘렸다.

콰앙!

"커헉!"

우우웅-

콰앙!

"컥!"

주술사는 몇 번이고 손기훈을 들어 올렸다 떨어뜨리며 그를 농락했다.

네 번째 바닥에 부딪혔을 때, 손기훈의 입에서 왈칵 핏물이 쏟아졌다.

그 모습을 보는 헌터들의 얼굴이 점점 새파랗게 질려 갔다.

그러나 어느 누구도 나설 엄두를 내지 못했다.

"기, 기훈 형……."

모두가 덜덜 떨며 손기훈이 망가지는 장면을 보고만 있었다.

털썩.

여힐러는 서 있을 힘도 없는지 그만 주저앉았다.

주술사는 기어코 다섯 번째로 손기훈을 공중으로 띄웠다.

"목숨 한번 질긴 놈이군."

"으으……."

손기훈의 입에서 신음이 흘러나왔다.

그러나 아직 끝나지 않았다는 듯 손에 쥔 검만큼은 끝까지 놓지 않았다.

우우웅!

쿵!

우우웅!

쿵!

우우웅!

허공과 바닥을 수차례 왔다 갔다 하는 사이, 손기훈은 마침내 쥐고 있던 검을 손에서 놓쳤다.

챙그랑.

그때.

바닥으로 낙하하던 손기훈이 휙 하고 사라졌다.

"응?"

주술사의 눈이 커졌다.

전신의 뼈가 조각났을 인간 놈이 어디로 사라졌단 말인가?

주술사가 손기훈의 기척을 찾아 눈을 굴렸다.

'저건……?'

얼마 떨어지지 않은 구석에서, 누워 있는 손기훈을 발견했다.

그와 동시에 옆에 앉은 사내를 보았다.

진우였다.

진우는 손기훈을 바로 눕히고, 주술사를 노려보며 물었다.

"리더 씨, 하나만 물어볼게요."

"……?"

그때까지 손기훈은 자신에게 무슨 일이 일어났는지 알지 못했다.

"내가 여기 있는 마수들을 다 죽여도 되겠습니까?"

"당신…… 무슨 소리를……?"

인상을 찌푸리던 주술사가 턱짓하자, 주술사의 호위 하나가 곡도를 빙글 돌리며 진우에게 달려왔다.

놈을 노려보는 진우의 눈빛에 광채가 흘러나왔다.

진우는 손을 뻗었다.

'지배자의 손길.'

그러자 마치 보이지 않는 거대한 손에 움켜잡힌 것처럼 호위가 공중으로 떠올랐다.

"크, 크롸?"

놈이 허공에서 발버둥 쳤다.

'아니……!'

주술사의 눈이 커졌다.

진우가 손끝을 아래로 내리자…….

쾅!

호위가 바닥에 처박혔다.

어찌나 세게 박았는지 바닥에 금이 쫙 갔다.

하지만 진우는 거기서 그치지 않고 주술사가 손기훈에게 했던 것처럼 호위를 다시 공중으로 띄었다.

쾅!

쾅!

쾅!

호위는 바닥과 손을 오가는 농구공처럼 천장과 바닥을 번갈아 처박으며 굉음을 내다가, 결국 천장에 머리가 처박혔다.

쾅!

후두두둑.

돌가루가 떨어져 내렸다.

대롱대롱 흔들리는 호위의 목 아래를 보면서, 하이오크들과 헌터들 모두 경악을 금치 못했다.

손기훈이 파르르 떨며 물었다.

"당신…… 도대체 정체가……?"

"다시 묻겠습니다."

여기는 헌터스의 사냥터다.

지금 여기서 헌터스를 대표할 수 있는 사람은 오직 한 사람.

진우는 마지막으로 물었다.

"여기 있는 마수들…… 전부 제가 가져도 되겠습니까?"

왜일까?

이제 짐꾼의 정체 따윈 아무래도 상관없다는 생각이 들었다.

그저 분했다.

장난감처럼 마수 따위에게 농락당한 자신이 분했다.

손기훈의 눈에서 주르륵 눈물이 흘렀다.

"부탁…… 부탁합니다."

됐다.

진우가 일어서자 하이오크들이 다가왔다.

그 뒤에는 주술사가 있었다.

주술사가 비웃었다.

"인간 주제에 제법 신기한 재주를 가지고 있구나."

그가 손짓하자 하이오크들이 진우를 둥글게 둘러쌌다.

"그러나 그 재주가 어디까지 통할 성싶으냐?"

진우의 시선이 차갑게 변했다.

단 한 번도 마수가 좋았었던 적은 없었지만, 이렇게까지 베어 버리고 싶은 놈은 처음이었다.

"너는 제일 마지막이다."

즐거움을 알고 있다면 두려움 또한 느낄 수 있겠지.

진우가 읊조렸다.

"그림자들……."

진우의 양손에 두 개의 단검이 스르르 나타났다.

"나와라."

* * *

끼익.

도로 옆에 검은색 승용차 한 대가 멈춰 섰다.

선글라스와 블랙 슈트.

운전석에서 내려선 남자는 헌터협회 감시과 과장 우진철이었다.

이어 조수석과 뒷자리에서도 세 명의 남자가 나왔다.

모두 감시과의 헌터들이었다.

"과장님, 저희 협회로 가던 길 아니었습니까?"

"여기 볼일이 좀 있어서."

우진철은 고개를 돌려 먼발치에 있는 게이트를 바라보았다.

'A급 게이트는 언제 봐도 무시무시하군.'

우진철은 눈살을 찌푸렸다.

만약 저 거대한 구멍의 문이 열리고 마수들이 한꺼번에 뛰쳐나온다면…….

상상만 해도 몸서리쳐지는 일이었다.

'그런데 그 남자는 왜 이런 끔찍한 곳에 광부로 지원한 걸까?'

그것도 하루가 아니라 이틀씩이나.

고건희 협회장님의 개인적인 부탁이 아니었더라도 한 번쯤 알아보고 싶었던 일이었다.

'뒷조사는…… 불가능하다.'

상대는 S급의 각성자다.

A급에 불과한 자신이 들키지 않고 S급을 몰래 조사하는 것은 현실적으로 불가능한 일이었다.

그래서 그냥 당당하게 찾아왔다.

마침 근처에 일이 있기도 해서 지나던 길에 들렀다고 인사하고, 몇 가지 간단히 물어볼 생각이었다.

'설마 물어보는 걸 이상하게 여기지는 않겠지?'

이미 S급 판정이 확정된 헌터가 던전에서 땅이나 파고 있다면 누구라도 사정이 궁금할 거다.

게다가 성진우는 현재 헌터협회의 관심을 한 몸에 받고 있는 존재 아닌가?

특히 협회장님께서는 그가 마음에 드셨는지 그의 동향 하나하나에 눈과 귀를 기울이고 계셨다.

'이상한 건 내가 아니야.'

궁금한 게 당연한 거고, 물어보는 게 정상인 거다.

우진철은 그렇게 되뇌며 헌터스 길드의 관계자를 찾았다.

"채굴팀을 찾고 있습니다."

"누구…… 시죠?"

"협회에서 나왔습니다."

우진철의 신분을 확인한 길드 직원은 채굴팀이 대기하고 있는 장소를 손가락 끝으로 가리켰다.

"저쪽으로 가시면 됩니다."

"감사합니다."

네 명의 감시과 헌터들이 채굴팀을 방문했다.

미리 연락을 받았는지 팀장 배윤석이 헐레벌떡 뛰어나왔다.

"아이고, 협회 감시과 헌터분들이 여긴 어쩐 일로 다 오셨습니까?"

편히 쉬고 있던 채굴팀 헌터들의 얼굴에 긴장한 낯빛이 스치고 지나갔다.

헌터들에게 '감시과'란 단어가 주는 압박감은 컸다.

같은 헌터로서도 감당할 수 없는 각성자들을 잡아들이고, 교화시키고, 때로는 제거하기도 하는 존재들.

그런 공권력이 바로 '감시과'였다.

"무슨 일이래?"

"감시과 헌터들이 왔대."

"감시과가 여길?"

무슨 일이 터지겠구나.

채굴팀 헌터들이 호기심을 보이며 하나둘 배 팀장 곁으로 모여들었다.

우진철은 선글라스를 벗었다.

'……'

성진우가 있는지 훑어보던 우진철이 결국 배 팀장에게 그의 행방을 물었다.

"성진우 헌터님은 어디에 계십니까?"

"내 그럴 줄 알았지!"

갑자기 헌터들 사이에서 한 명이 뛰어나왔다.

어제 던전에서 성진우와 어깨를 부딪쳤던 이성구였다.

이성구가 침을 튀기며 열변을 토했다.

"그 새끼가 나를 돌아보면서 씩 웃는데 아주 사람을 잡아먹을 눈빛이었다니까! 어휴, 어찌나 간이 떨리던지 지금 생각해도 진짜."

우진철의 미간이 살짝 구겨졌다.

'사람을 잡아먹을 눈빛?'

대체 무슨 일이 있었던 걸까?

웅성웅성.

헌터들의 목소리가 높아졌다.

우진철은 소음을 무시하고서 이성구에게 물었다.

"무슨 일이 있었습니까?"

"아, 그게……."

이성구는 대답을 하려다가 자기가 잘한 게 하나도 없다는 걸 깨닫고는 손을 내저었다.

"그거는 크게 중요하지 않고요, 그 사람 눈이 되게 무섭더라고요."

"……."

우진철의 시선이 다시 배 팀장에게로 향했다.

"성진우 헌터님은 어디 계시죠?"

"성 씨는…… 지금 게이트 안으로 들어갔는데요."

성진우가 레이드 진행 중인 A급 게이트 안으로?

우진철의 눈이 커졌다.

"성진우 헌터님이 왜 던전에?"

"오늘 짐꾼이 안 나왔거든요. 던전에 대신 들어가려는 사람이 아무도 없어서 성 씨가 짐꾼으로 지원해서 들어갔습니다."

“…….”

“근데 참 요상하네요.”

“무슨 말씀이시죠?”

“아니요, 별건 아닌데…… 방금 차 헌터님, 아니 차해인 헌터님도 성 씨를 찾더니 게이트 안으로 따라 들어갔거든요? 참 요상하다 싶어서…….”

배 팀장은 그렇게 말하며 고개를 갸웃거렸다.

대답을 듣고 있던 우진철의 머릿속이 복잡해졌다.

‘헌터스의 부사장인 차해인이 성진우를 찾는다? 그것도 모자라서 그를 따라 던전에까지 들어가?’

일이 어떻게 돌아가고 있는 건지.

성진우에게 안부를 물으러 온 것뿐인데, 뭔가 일이 커져 가는 느낌이었다.

‘일단 게이트로 가 보자.’

지금 할 수 있는 것이라곤 그 정도가 최선인 듯했다.

“잠깐 게이트 좀 둘러보고 가겠습니다.”

“예, 그러세요.”

배 팀장이 허허 웃으며 고개를 끄덕였다.

우진철이 부하 직원들과 함께 돌아서려는데 이성구가 급하게 붙잡았다.

“저기 헌터님!”

이성구는 무언가 잔뜩 기대하는 얼굴로 물었다.

“그놈, 성진우라는 놈이 사고라도 쳤습니까? 혹시 사람 죽인 거 아닙니까? 그러고도 남을 놈처럼 보이긴 하던데.”

우진철은 눈살을 찌푸렸다.

문득 성진우가 이 남자에게 무서운 눈빛을 보냈던 이유가 이해될 것 같았다.

'성진우가 콧방귀만 껴도 날아갈 것 같은 놈이…….'

그래도 여긴 보는 눈이 많았다.

협회 소속의 헌터로서 함부로 타인에게 짜증을 낼 수는 없었다.

이래서 공인은 귀찮다.

한숨을 푹 내쉰 우진철은 최대한 점잖게 대답했다.

"내일 저녁 뉴스를 보시면 알게 될 겁니다."

어느 정도 원하던 대답이 됐는지, 이성구는 역시 그럴 줄 알았다며 목소리를 높였다.

"거봐, 내가 그랬지? 그 인간 수상하다고."

"그렇게는 안 보이던데……."

"그러게. 일도 싹싹하게 잘하고."

이성구는 동료들의 미적지근한 반응에도 아랑곳하지 않고 자신의 안목이 얼마나 대단한지를 늘어놓았다.

'쯧.'

그런 그를 한심하게 쳐다보던 우진철은 부하들을 데리고 게이트 쪽으로 이동했다.

그런데.

멈칫.

게이트를 몇 발짝 앞둔 위치에서 우진철은 본능적으로 발을 멈추었다.

"과장님?"

부하들은 갑자기 얼굴이 굳어 버린 우진철을 의아하게 바라보았다.

'이럴 수가…… 이건 말도 안 돼.'

우진철은 폰을 꺼냈다.

그러고는 협회 정보실에 들어가 오늘 헌터스가 공략하기로 되어 있는 A급 게이트의 정보를 열람했다.

우진철의 눈이 커졌다.

'왜 이렇게 마력값이 낮은 거지?'

저절로 고개가 가로저어졌다.

'측정 결과가 잘못됐어.'

A급 헌터라도 다 같은 A급이 아니다.

우진철은 A급 중에서도 가장 위쪽에 위치한 헌터였다.

그런 감각이 말해 주고 있었다.

마력 측정값이 틀렸다고.

우진철은 옆의 부하에게 재빨리 지시를 내렸다.

"마력측정기."

그의 표정이 심상치 않다는 걸 느낀 부하 직원이 빠르게 차가 주차된 곳으로 달려갔다 왔다.

감시과에서 쓰는 소형 마력측정기는 일반적인 협회 직원들이 쓰는 측정기와 궤를 달리하는 물건.

10억을 호가하는 최고급 마정석을 이용해 만든 측정기답게 오류나 오차는 거의 발견되지 않는다.

삑.

결과가 나왔다.

'역시…….'

협회 측정 결과와는 뚜렷한 차이를 보이고 있었다.

만약 협회의 발표를 믿고 공격대를 꾸렸다면 큰 위기가 발생할 수도 있는 상황.

'안에 S급이 둘이나 들어갔다니 별일은 없겠지만…….'

우진철이 땅에 놓은 측정기를 들고 일어서려는 그때.

우웅—

게이트가 진동했다.

갑자기 터져 나온 강력한 마력 파장에 우진철은 물론 그보다 감각이 떨어지는 부하 세 사람조차도 움찔하며 몸을 떨었다.

"과, 과장님?"

"이게 대체?"

우진철은 안색이 창백하게 변한 막내를 바라보았다.

"괜찮나?"

"괘, 괜찮습니다."

막내는 대답 후 조심스럽게 자신의 손등을 바라보았다.

좁쌀 같은 소름이 돋아 있었다.

우진철이 몸을 일으켰다.

"안으로 들어간다."

"예?"

"저길 들어간단 말씀이십니까?"

우진철은 단호했다.

"무서운 사람은 빠져도 좋다."

측정 결과가 잘못됐다는 사실을 알고 있는 사람은 지금 자신뿐.

어떻게든 안에 있는 헌터들에게 알려야 했다.

헌터들을 관리하고, 감시하며, 헌터들의 일을 돕는 것. 그게 협회 소속 헌터들의 임무였다.

“아, 아닙니다.”

“같이 가시죠.”

우진철은 고개를 끄덕였다.

“막내, 넌 여기 남아서 측정 결과를 협회에 보고해라.”

“네, 네?”

“할 수 있겠지?”

우진철이 어깨를 툭 치자 얼어 있던 막내가 힘겹게 고개를 끄덕였다.

“네, 알겠습니다.”

우진철은 고개를 돌렸다.

게이트가 보였다.

지나치게 높은 자체 마력량에도 불구하고 방금 또다시 거대한 마력 해일이 게이트 바깥까지 밀려 나왔다.

‘대체 안에서는 지금 무슨 일이 일어나고 있는 걸까?’

우진철을 시작으로, 감시과 헌터 두 사람은 게이트 안으로 동시에 몸을 던졌다.

* * *

그 시각.

차해인은 던전 안에서 공격대의 흔적을 쫓아가고 있었다.

'이상하네. 왜 마수들의 흔적이 보이지 않는 걸까.'

평범한 던전이라면 입구 근처에서부터 보스 방까지 여기저기 마수들의 사체가 있어야 한다.

그런데 어디를 둘러봐도 마수들의 사체가 보이지 않았다.

마수들이 어디 한곳에 모여 있기라도 한 걸까?

그런 생각을 하며 걸음을 옮기는 와중에.

'어?'

드디어 사체를 발견했다.

탓, 탓, 탓.

S급의 전투 계열 헌터답게 차해인은 눈 깜짝할 사이 전투가 벌어졌던 곳에 도착했다.

'이럴 수가!'

그녀의 눈이 동그랗게 변했다.

사체들은 전부 하이오크들.

평범한 오크들과 다르게 붉은 피부와 긴 어금니를 가진 놈들이라 쉽게 분간이 가능했다.

'어떻게 손기훈 씨 팀이 이 정도 숫자의 하이오크들을 상대로 이길 수 있었던 거지?'

어디 그뿐인가?

단 한 명의 피해자도 없었다.

물론 피해자가 나왔다면 이렇게 번거롭게 찾아갈 필요도 없이 알아서 공격대 쪽이 후퇴를 했겠지만.

'내가 A, B급 헌터들을 너무 과소평가하고 있었나?'

어쩌면 그럴지도.

현장을 둘러보니 전투는 아주 일방적이었던 것 같았다.

그런데.

'이건……?'

무언가를 발견한 차해인이 자세를 낮추고 사체를 살폈다.

그녀의 눈이 더욱 커졌다.

몸을 일으킨 그녀가 다른 사체들을 빠르게 하나씩 살피기 시작했다.

'여기도…… 또 여기도…….'

의심은 점점 확신으로 변해 갔다.

'어떻게……?'

이런 일이.

거의 모든 하이오크들의 사체에 짧고 날카로운 무기로 공격당한 것 같은 흔적이 남아 있었다.

'숨통을 끊을 만큼 치명적인 공격은 아니지만…….'

하이오크들의 행동을 억제할 만큼의 위력은 충분히 느껴졌다.

결국 다른 헌터들은 다 차려 놓은 밥상에 숟가락만 얹었을 뿐.

한 사람의 헌터가 20마리의 하이오크들을 대량 학살한 것이나 다름없었다.

그중 두 마리의 하이오크만이 다른 형태로 죽어 있었다.

하나는 목이 강한 힘에 뜯겨 나갔고, 하나는 머리에 둔기를 맞고 죽었다.

'그럼 이 둘을 제외한 나머지 오크들은 누군가가 혼자서 다 빈사 상태로 만들었다?'

이게 가능한 일일까?

속도에 자신 있는 그녀도 같은 상황에서 같은 일을 할 수 있을지 장담할 수 없었다.

그리고 그녀가 알고 있는 한, 손기훈 팀에 단검이나 단도를 쓰는 암살자형 헌터는 없었다.

'단검?'

그때 어떤 광경이 머릿속을 팟 스쳐 지나갔다.

어제 보스 방 앞에 서 있었던 남자.

성진우는 분명 양손에 무언가 짧은 무기를 쥐고 있었다.

'설마 그 남자가?'

거기까지 생각이 미쳤을 때, 차해인의 고개가 던전 안쪽으로 휙 돌아갔다.

그녀의 얼굴이 굳어졌다.

던전 저 깊숙한 곳에서 여태까지 경험해 본 적 없는 강한 마력 파장이, 아니 마력 진동이 일어나고 있었다.

공기가 떨렸다.

'안 돼!'

차해인이 아랫입술을 깨물었다.

이것이 만일 보스급 마수의 마력이라면 손기훈 팀은 결코 단 한 사람도 살아남지 못한다.

그녀는 보스 방을 향해 전속력으로 달려갔다.

* * *

"나와라."

모든 것은 그 한마디에서 시작되었다.

화악-

주술사에게서 흘러나왔던 마력 파장보다 훨씬 더 거대한 진동이 사방으로 뻗어 나갔다.

그러나 변화는 그것만으로 그치지 않았다.

마력 개방과 동시에 진우의 발밑에서 그림자가 번져 나갔다.

그림자는 곧 수면에 검은 잉크를 들이부은 것처럼 무서운 속도로 바닥을 뒤덮었다.

"헉!"

"뭐, 뭐야?"

손기훈 팀 헌터들은 발밑을 지나가는 그림자를 보고 경악했다.

이걸 어떻게 해석해야 할까?

경험 많은 헌터들조차도 난생처음 보는, 심지어 들어 본 적조차 없는 현상이었다.

덜덜덜.

막연한 두려움이 밀려들었다.

바닥에 힘없이 누워 진우를 바라보던 손기훈도 전율에 몸을 떨었다.

'무얼…… 대체 뭘 하려는 겁니까?'

손기훈의 의문에 대답이라도 하듯 그림자가 보스 방의 바닥 전체를 덮었을 때.

스르르륵.

그림자의 표면이 일렁이며 칠흑의 갑주로 무장한 병사들이 하나둘 올라왔다.

['스킬 : 군주의 영역'이 시전되었습니다.]

[시전자의 그림자 위에서 싸우는 그림자 병사들의 능력치가 50% 상승합니다.]

진우가 옅은 미소를 지었다.

'좋아.'

악마성에서 70레벨을 달성하고 새로이 습득한 직업 전용 스킬이었다.

한층 더 강해진 병사들의 사기가 느껴졌다.

자연히 만족스러운 얼굴이 되었다.

소환된 그림자 병사 50기는 진우를 호위하려는 것처럼 진우 주변을 둘러쌌다.

"크, 크르륵!"

"그륵!"

용맹하기로 둘째가라면 서러운 하이오크 전사들이 진우와 그의 병사들이 주는 위압감에 지레 겁먹고 한 걸음, 한 걸음 뒤로 물러났다.

"오, 오크들이 물러서고 있어!"

"이게 대체 무슨 일이야……."

헌터들은 믿기 힘든 장면에 파르르 몸을 떨면서도 실낱같은 희망을 가지기 시작했다.

"너도 느꼈어?"

"그래."

"이게…… 이게 말이 돼?"

마력에 민감한 마법 계열 헌터들은 빨라지는 심장박동을 자의로 멈출 수가 없었다.

고작 E급으로 알고 있던, 그것도 대타로 데려온 짐꾼에게서 압도적인 양의 마력이 흘러나오고 있었다.

'아니, 애당초 이게 마력이 맞긴 한 건가?'

'하이오크 주술사의 것보다 더 불길한 마력이라니……!'

보스 방을 가득 메운 마력의 압력에 숨쉬기가 힘들 정도였다.

이만한 힘이 자신들에게 적대적이지 않다는 사실에 절로 안도가 되었다.

반면 하이오크들 사이에선 극도로 고조된 긴장감이 흘렀다.

그림자 병사들의 출현으로 1 대 150이었던 격차가 50 대 150으로 줄었다.

더욱이 그 50은 단순한 50이 아니었다.

숫자로 취급할 수 없는, 궤를 벗어난 강함!

그 사실을 증명이라도 하려는 듯 진우가 가장 먼저 튀어 나갔다.

그러자 주술사가 소리쳤다.

"뭐 하느냐! 당장 저 인간 놈을 쳐 죽이지 않고!"

마력을 가득 실은 목소리에 등이 떠밀린 하이오크들이 괴성을 지르며 무기를 들었다.

"크아아아아아!"

샤샤삭, 스걱!

군주의 영역 스킬은 그림자 병사들만을 위한 것.

하지만 능력치 상승 버프가 없어도 진우는 차원이 다른 강함을 보여 주었다.

"크아아악!"

"크아, 크아아!"

하이오크들이 비명을 질렀다.

진우의 단검 두 자루에 잘려 나간 하이오크들의 신체가 피와 함께 사방으로 흩날렸다.

어찌나 빠른지 일류급 헌터들의 눈에도 잔상이 새겨질 정도였다.

"저거……."

"그래, 꼭 부사장님처럼."

차해인의 별명은 무희였다.

평소에는 얌전하다가도 일단 전투에 돌입하면 빠른 템포의 춤을 추는 듯 기민하게 마수들을 베어 넘기는 모습에 붙은 별명이었다.

부끄럽다는 이유로 당사자가 금지시키는 바람에 널리 쓰이지는 못했지만 지금도 종종 언급되는 별명이었다.

지금 짐꾼은 그런 차해인과 동등한, 아니 그 이상의 움직임을 보여 주고 있었다.

차해인의 동작이 춤이라면, 진우의 그것은 폭풍이었다. 폭풍의 중심에서 마수들을 분쇄하고 있었다.

그어어어!

그림자 병사들도 지지 않았다.

아이스 베어의 우두머리였던 탱크의 앞발을 시작으로 그림자 병사들의 진격이 시작되었다.

아이언이 선두로 나섰다.

아이언은 언제나처럼 본격적인 전투에 들어가기 앞서 가슴을 펴고서 함성을 내질렀다.

우워어어어어!

[아이언이 '스킬 : 도발의 함성'을 사용합니다.]

[대상들의 저항력이 높아 효과가 발동하지 않습니다.]

자신의 스킬이 먹히지 않자 화가 난 아이언이 괴성을 질렀다. 그러고는 육중한 쇠망치로 하이오크들을 박살 내기 시작했다.

부우웅-

콰직!

빠각!

"크하악!"

"키엑!"

오죽하면 아이언 앞에 있는 하이오크들이 불쌍할 지경이겠는가.

반면 이그리트는 아이언과 대조될 정도로 우아하고도 효율적으로 적들의 목을 베어 갔다.

이그리트에게 걸린 하이오크들은 비명을 지를 새도 없이 숨이 끊어졌다.

스걱!

이그리트의 검이 원을 그리자 또 하나의 하이오크가 머리를 잃었다.

일반 병사들은 하이오크들을 상대하기가 버거웠으나 그들에게는 지치지 않는 체력과 무한에 가까운 재생력이 있었다.

그렇게 시간을 끌기만 하면 어김없이 마법병의 불벼락이 떨어져 내렸다.

쿠아아아앙-!

화르륵!

하이오크들의 수가 가파르게 줄어 갔다.

주술사가 돼지 같은 볼살을 푸르르 떨었다.

'이 건방진 인간 놈이!'

놈의 시선은 진우에게 고정되어 있었다.

일단은 저 인간 놈을 잡아야 했다.

검은 갑옷을 입은 병사들은 인간 놈이 소환해 낸 소환수!

인간을 죽이면 병사들 또한 사라질 터.

진우를 잡기 위해 주술사가 주문을 외웠다.

"……."

주술사의 입술이 빠르게 움직였다.

둔화의 노래, 실명의 노래, 고열의 노래, 격통의 노래, 수마의 노래.

다섯 가지의 강력한 저주가 순식간에 완성되어 상대에게 날아갔다.

"됐다!"

주술사의 입꼬리가 올라갔다.

저주가 완성되는 순간 진우도 마력의 이동을 느꼈다.

'마법?'

진우와 주술사의 눈이 마주쳤다.

주술사가 히죽 웃었다.

'이미 늦었다, 인간.'

저주는 평범한 마법과 달리 피할 수가 없다.

발동되는 순간 끝장인 것이다.

온갖 저주로 걸어 다니는 시체가 된 놈은 이제 전사들의 곡도에

갈기갈기 찢겨 죽을 운명.
분수도 모르고 설쳐 대는 인간에게 어울리는 최후였다.
그러나 그때.
진우의 귓가에 익숙한 기계음이 들려왔다.
띠링.

[이상 상태가 발생하였습니다.]
['버프 : 면역'의 효과로 이상 상태가 제거됩니다.]

띠링, 띠링, 띠링.
기계음이 빠르게 이어졌다.

['저주 : 둔화'가 사라집니다.]
['저주 : 실명'이 사라집니다.]
…….
…….

다섯 개의 저주가 발동할 틈도 없이 제거됐다.
씨익.
이번엔 진우가 웃었다.
자신에겐 플레이어가 되면서 받았던 버프가 있었다.

[대주술사 칸디아루의 축복]
-지속 효과 '무병장수' : 모든 질병과 독성 및 이상 효과에 면역

상태가 되며, 수면 시 재생 능력이 폭발적으로 증가합니다.

덕분에 저주 같은 상태 이상 마법은 무서워할 필요가 없었다.

"아, 아니!"

주술사는 흠칫 몸을 떨었다.

A급 던전의 보스답게 놈은 자신이 건 저주가 무언가 다른 힘에 무력화되었음을 금방 눈치챘다.

'어떻게 이 몸이 건 저주를?'

말이 되지 않는 일이었다.

저주를 무력화시키려면 그보다 더 뛰어난 힘을 가진 자의 축복이나 해제 마법이 필요하다.

'인간 중에 이 몸보다 뛰어난 주술사가 존재한단 말인가?'

그러나 고민이 길어지기 전 발등에서 올라오는 격통에 주술사는 비명을 질러야 했다.

"크아아아아아아악-!"

아래를 내려다보니 발등에 단검이 하나 박혀 있었다.

"끄ㅇㅇㅇ……."

진우의 단검 '나이트 킬러'였다.

주술사는 고개를 들어 핏발 선 눈으로 진우를 노려보았다.

"네놈이 감히……."

자신에게 달려드는 하이오크 하나를 베어 넘긴 진우가 주술사에게 입 모양으로 의사를 전달했다.

―얌전히 차례를 기다려라.

쓸데없는 짓 하지 말고.

진우를 응시하던 주술사의 얼굴이 잘 익은 감처럼 붉게 달아올랐다.

"인간 따위가!"

아직도 화를 낼 여력이 있구나.

진우의 표정이 싸늘히 식었다.

사실 마음만 먹었으면 전투가 시작하자마자 주술사를 제거할 수 있었다.

하지만 그러지 않았다.

주술사가 헌터들에게 그랬던 것처럼 주술사에게도 두려움이란 감정을 심어 주고 싶었다.

그런데 저 오만한 마수의 두려움을 일깨우기란 이 정도로는 부족한 듯했다.

놈의 눈빛은 여전히 살아 있었다.

그렇다면.

'재미있는 광경을 보여 주마.'

지금부터가 진짜 네크로맨서의 영역이었다.

그림자 군주로서 바라보는 주변의 광경은 그야말로 산해진미로 가득한 축제의 현장이었다.

검은 연기가 곳곳에 널브러진 하이오크들의 사체에서 진우의 부름을 기다리는 듯 스멀스멀 피어 올라왔다.

진우는 그들을 불러냈다.

"일어나라."

[그림자 추출을 시도합니다.]

스킬이 발동되었음을 알려 주는 시스템 메시지와 함께 어디선가 에서 단말마를 닮은 끔찍한 비명 소리들이 들려왔다.

으아아아아아아-

주술사의 눈이 커졌다.

"이 무슨!"

주술사는 뒷말을 잇지 못했다.

말을 맺기도 전에 하이오크 사체들의 그림자에서 검은 손들이 솟아 올라왔기 때문이다.

[그림자 추출에 성공했습니다.]

진우는 그림자 군단에 합류한 신참들을 보고 미소를 지었다.

'내 전사들이 언데드로……!'

주술사는 부르르 떨었다.

목숨을 잃은 전사들의 숫자가 대략 오십.

딱 그 정도의 숫자가 검은 갑옷의 병사들로 변했다.

'그렇다면 저놈이 가진 병사들 또한 전부……?'

주술사는 드디어 정체불명의 인간이 평범한 소환수를 다루는 게 아니라는 사실을 깨달았다.

그리고 상대의 힘이 자신들에게 얼마나 불리하게 작용하는지도.

50 대 150의 싸움이 100 대 100으로 바뀌었다.

자신보다 강한 적을 상대로도 용맹하게 싸우던 하이오크족 전사들이었지만, 그림자 병사들로 되살아난 동료들을 보고는 급격히

전의를 상실해 갔다.

"크…… 크르륵."

"크륵."

"크악."

피 보기를 두려워하지 않는 하이오크 전사들이 대놓고 뒷걸음질 치기 시작했다.

죽어서 전사들의 성지로 올라가지 못하고 적의 꼭두각시가 되어야 한다는 사실은 하이오크 전사들에게 악몽과도 같았다.

확실히 그림자 추출 스킬을 보여 준 효과가 있었다.

'전사들에겐 먹혔는데, 주술사는 어떤지 볼까?'

진우는 주술사의 안색을 살폈다.

'오.'

진우의 얼굴이 밝아졌다.

드디어.

놈의 눈동자에서 공포심을 발견했다.

주술사는 부르르 떨면서 죽은 자를 그림자로 되살리는 능력을 지닌 존재를 기억해 냈다.

그런 힘을 가진 이가 둘 이상 있을 리가 없었다.

그는 그다.

'저분이 바로…… 그렇다면 우리는 어째서 여기에?'

주술사가 '자신'과 '자신들'에 대해 인식한 순간, 머릿속이 새하얘지며 기억이 깨끗하게 사라졌다.

그 자리에 남은 감정은 두려움뿐이었다.

진우는 만족스러운 표정을 지었다.

'그래, 그렇게 있어라.'

주술사 놈은 맨 마지막에.

주술사를 마지막까지 두려움에 떨게 만들겠다는 계획은 성공적이었다.

그렇게 웃으며 돌아서는데, 멀리 입구 문턱에서 낯익은 여자가 하나 보였다.

진우가 고개를 갸웃했다.

'누구더라?'

낯익다기엔 또 거리감이 느껴지는.

잠깐의 시간이 지난 뒤에야 그녀의 이름을 떠올릴 수 있었다.

헌터스 소속의 S급 차해인.

'근데 저 여자가 왜 여기 있지?'

진우가 차해인을 보고 놀란 것과는 비교할 수 없을 만큼 놀란 차해인이 눈을 동그랗게 뜨고서 진우와 그림자 병사들을 바라보고 있었다.

6. 어금니

6. 어금니

'소환수?'

차해인은 그림자 병사들을 보고 가장 먼저 소환수를 떠올렸다.

하지만 소환수라고 하기엔 그 숫자가 너무 많았다.

소환 마법이 특기인 마법 계열 헌터들이 다룰 수 있는 소환수의 숫자는 끽해야 하나둘.

둘만 다뤄도 대접이 달라지며 셋을 다루는 소환사는 찾아볼 수가 없었다.

그런데 저 숫자는 뭐란 말인가?

'이게 말이 돼?'

한 사람이 불러낸 소환수가 100여 마리를 넘어서고 있었다.

그것도 소환하는 데 오래 걸리지가 않았다. 수십의 소환수를 한꺼번에 불러냈다.

'내 눈으로 직접 본 게 아니라면 믿기 힘들었을 거야.'

한국에서 열 손가락 안에 드는 헌터인 그녀가 다른 헌터의 능력을 보고서 말을 잇지 못하고 있었다.

하지만.

'이러고 있을 때가 아니야.'

그녀의 시선이 그림자 병사들을 지나쳐 공격대를 향했다.

다들 안색이 좋지 않았다.

몇몇은 다리에 힘이 풀렸는지 주저앉기까지 했다.

성진우라는 남자의 정체가 무엇이든, 어떤 능력을 가지고 있든간에 일단은 그를 도와 한시바삐 하이오크들을 정리해야 했다.

생각은 간단히, 행동은 빠르게.

차해인은 무기를 양손으로 고쳐 쥐고서 하이오크들을 향해 한 발을 내디뎠다.

그러나 그때.

성진우와 눈이 마주쳤다.

그의 눈빛이 강하게 말하고 있었다.

필요 없다고.

방해하지 말고 지켜만 보라고.

차해인은 이해할 수가 없었다.

'어째서……?'

성진우가 많은 소환수를 다룰 수 있다는 건 알겠다.

하지만 아직 비슷한 숫자의 하이오크들과 필시 강한 힘을 가지고 있을 보스가 남아 있었다.

저리 많은 소환수들을 불러냈고, 또 유지하고 있으니 이미 마력이 바닥났거나 슬슬 바닥나 가고 있을 텐데.

'혼자서 뭘 어쩌려는 걸까?'

의아했지만 결국 차해인은 순순히 무기를 늘어뜨렸다.

그 무기가 채굴팀에서 빌린 곡괭이여서만은 아니었다.

저 남자, 성진우라는 헌터가 하이오크들을 상대로 무엇을 하려는지 한번 지켜보고 싶어졌다.

기대감.

이성적인 판단과 기대감의 대결에서 기대감이 압승을 거뒀다.

왠지 모르게 가슴이 두근거렸다.

'휴, 다행이다.'

진우는 차해인의 반응을 보고서 속으로 안도의 한숨을 내쉬었다.

이제부터가 진짜인데 훼방꾼이 있어서야 안 되지.

혼자 마수들을 차지하기 위해, 보스에게 공격당하는 손기훈을 일부러 아슬아슬한 순간까지 방치했다.

'여력이 남아 있으면 어떻게든 함께 싸우려 들 사람이었으니까.'

그래서 손기훈의 손에서 검이 떨어졌을 때야 비로소 움직였다.

당장 달려 나가 빌어먹을 주술사 놈의 머리를 날려 버리고 싶었던 마음을 꾹꾹 눌러 참으면서 말이다.

바로 이 순간을 위해.

'역시 감이 좋은 여자야.'

차해인이 눈치가 빨라서 다행이었다. 언성을 높일 필요 없이 알아서 물러나 줬으니까.

진우가 웃으며 돌아섰다.

"그림자들!"

내부를 쩌렁쩌렁 울리는 진우의 외침에 그림자들이 조금의 어긋

남도 없이 일제히 전투태세를 갖추었다.

착!

짧은 순간 정적이 내려앉았다.

정적을 깨부순 것은 진우가 하이오크 주술사를 가리키며 던진 한마디였다.

"가라."

그러자 일백을 넘어선 그림자 병사들이 두려움에 떨고 있는 하이오크 전사 무리를 향해 돌격을 시작했다.

두두두두두-!

병사들의 돌진에 땅이, 동굴이, 그리고 지켜보는 사람들의 눈동자가 쉼 없이 흔들렸다.

* * *

우진철이 헐레벌떡 뛰어왔다.

"헉, 헉, 헉."

어찌나 뛰었는지 입에 단내가 났다.

잠시 숨을 고르고 상체를 일으키니 입구 근처에 서 있는 짧은 머리의 여성이 시야에 들어왔다.

누군지는 한눈에 알아봤다.

'차해인…….'

저만한 기운을 품은 여성 헌터가 달리 어디 있을까?

'그런데 왜 가만히 있지?'

우진철은 전투에 참여하지 않고 지켜만 보는 그녀를 의아하게 생각하며 옆으로 다가갔다.

그리자 안의 상황이 훤히 보였다.

"이, 이게 대체……?"

흑색 갑옷으로 무장한 병사들이 하이오크라는 강한 마수들을 일방적으로 도륙하고 있었다.

"크, 크아아악!"

"키악!"

"크에에엑!"

하이오크들이 내지르는 비명으로 귀가 먹먹해질 지경이었다.

사람의 형상을 한 병사들만 있다면 좀 덜 놀랐을지도 모른다.

한데 저기 저 무식하게 큰 데다 연기까지 올라오는 검은 곰들과 흑빛 갑주를 걸친 하이오크들은 뭐란 말인가?

"오랜만이에요, 우진철 과장님."

"아, 예. 오랜만입니다. 그런데 저것들은 다 뭡니까? 마수 같지는 않은데……."

"저 남자가 불러낸 소환수예요."

우진철에게 먼저 인사를 건넨 차해인은 진우를 가리켰다.

우진철은 선글라스를 벗고 병사들의 중심에 서 있는 진우를 보았다.

그는 단검 두 자루를 쥔 채 최전선에서 하이오크들의 진형을 붕괴시키고 있었다.

'어떻게 봐도 최상급의 전투 계열 헌터가 아닌가?'

그런데 소환 마법까지 쓸 수 있다고?

아니나 다를까.

그의 입술이 움직이자 또 수십의 소환수들이 바닥에서 올라왔다.

"맙소사!"

우진철의 입이 쩍 벌어졌다.

대체 소환수를 몇 마리나 부릴 수 있단 말인가?

'이게 성진우 헌터의 능력…….'

벌린 입을 다물 수가 없었다.

고건희 협회장님은 이런 성진우 헌터의 실력을 일찍이 알아보셨던 걸까?

그렇다면 성진우 헌터에 대한 그분의 높은 관심도 충분히 이해할 수 있었다.

한참 동안 진우에게서 눈을 떼지 못하고 있던 차해인이 뒤늦게 우진철을 돌아보며 물었다.

"그런데 우 과장님이 여기 어떻게……? 벌써 감시과에 연락이 갔던 건가요?"

차해인의 물음에 우진철은 놀란 감정을 가까스로 추스르며 대답했다.

"그건 아닙니다. 우연히 이 근처를 지나가다 여기 게이트에서 이상 현상을 발견해 공격대를 피신시키려고……."

말을 이어 나가던 우진철의 고개가 다시 진우를 향했다.

"한데 그럴 필요가 없게 됐군요."

처음으로 성진우 헌터의 실력을 보았다.

그가 혼자 힘으로 A급 던전을 클리어하고 있는 광경을.

거기엔 누구의 도움도 필요치 않을 듯했다.

"네. 지금은 가만히 있는 게 정답인 것 같네요."

차해인 또한 동의했다.

그의 싸움엔 S급인 자신조차 끼어들 만한 틈이 보이지 않았다.

"저 남자를 아시나요?"

차해인이 물었다.

우진철은 성진우의 정체를 궁금해 하는 것이 아니라 그의 능력에 감탄하고 있었다.

또 그는 성진우의 정보를 차단한 협회의 일원이기도 했다.

'어쩌면 우진철은 저 남자에 대해 알고 있지 않을까?'

예상은 들어 맞았다.

"조금은 압니다."

"저 사람…… 대체 정체가 뭔가요?"

우진철은 다시 선글라스를 쓰며 대답했다.

"알려 드릴 수 없습니다."

* * *

주술사는 분노했다.

이곳에서 눈을 떴을 때 머릿속에서 단 하나의 명령만이 들려왔다.

-인간들을 사냥하라!

하나 지금 이 꼴은 무엇인가?

겨우 인간 하나에게 부족 전체가 사냥당하고 있지 아니한가?

있을 수 없는 일이다.

아니, 있어서는 안 될 일이다.

학살당하는 부하들을 보는 주술사의 눈이 붉어지기 시작했다.

'벌레 같은 놈들, 밟아 죽여 주마!'

적에게 저주가 통하지 않는다면 스스로에게 축복을 걸어 상대하면 된다.

"분노의 노래, 강화의 노래, 거인의 노래, 화룡의 노래."

주문이 완성되며 주술사의 몸이 10미터에 육박할 만큼 커졌다. 근력이, 민첩이, 체력이, 자신감이 증가하며 온몸에 힘이 꽉 들어찼다.

곧이어 주술사는 거대해진 팔로 그림자 병사들을 날려 버리고, 숨을 깊이 들이마셨다.

그리고.

"후우욱-!"

주술사가 숨결을 토해 내자 입에서 검붉은 화염이 쏟아져 나왔다.

화르르르륵!

화염에 직격당한 병사들이 순식간에 증발하여 사라졌다. 스치기만 한 병사도 예외는 아니었다. 다는 아니어도 몸 일부분이 날아가 전투 불능이 됐다.

화염은 한 번으로 끝나지 않았다. 놈의 입에서 두 번의 불길이 연거푸 뿜어져 나왔다.

연이은 공격으로 병사들의 수를 꽤 줄인 주술사가 자신감을 드러내며 목청이 터져라 포효했다.

"이래도 이 카르갈간 님이 우스워 보이느냐!"

대답은 머리 위에서 들려왔다.

"응."

주술사는 화들짝 놀라 고개를 드는 동시에 황급히 방어 주문을 외웠다. 하지만 진우가 한발 더 빨랐다.

진우의 주먹이 놈의 정수리를 내려찍었다.

투쾅-!

콰직!

주술사의 머리가 그대로 바닥에 내리꽂혔다.

바닥에 거미줄처럼 금이 갔다.

이미 주술사보다 덩치가 훨씬 더 컸던 볼칸도 주먹으로 날려 버린 경험이 있던 진우였다.

[던전의 주인을 처치하였습니다.]

착.

사뿐히 바닥에 착지하는 순간 기분 좋은 메시지가 연달아 떠올랐다.

띠링.

[레벨이 올랐습니다!]

"그렇지!"

진우는 주먹을 움켜쥐었다.

아까 은신으로 싸울 때 1업, 여기서 오크들을 때려잡아 1업, 그리고 방금 보스를 잡고 1업.

A급 던전을 클리어하고 레벨을 세 개나 올렸다.

기대 이상의 성과였다.

어제, 내일도 같이 일하지 않겠냐고 제안해 준 배 팀장이 고마워졌다.

'좋았어.'

진우는 기쁜 마음으로 보스에게 다가갔다.

버프로 몸을 키웠던 주술사는 어느새 다시 원래 크기로 돌아가 있었다.

놈의 목걸이에 박힌 씨알 굵은 마정석이 눈에 들어 왔으나 욕심내지 않았다.

'경험치를 얻은 걸로 충분하다.'

여긴 헌터스의 던전.

A급 던전의 마정석이 필요하면 남의 던전이 아니라 자신이 산 던전에서 구하면 되는 일이었다.

진우가 노리는 것은 따로 있었다.

바로 보스의 사체에서 올라오기 시작한 검은 연기.

꿀꺽.

진우가 군침을 삼켰다.

문득 레드 게이트에서 놓쳤던 바루카의 사체가 뇌리에 떠올랐다.

'그때와는 다르지.'

그때는 지금보다 능력치가 많이 달렸기에, 놈을 잡는 것도 쉽지 않았다.

기사 등급인 이그리트와 아이언의 도움을 빌려 간신히 잡았었다.

하지만 이 주술사 놈은 비교적 손쉽게 잡을 수 있었다.

악마성에서의 일주일.

그 고된 7일의 과정이 헛되지 않았다는 증거였다.

진우는 넘실거리는 칠흑의 증기를 향해 명령을 내렸다.

"일어나라."

그와 동시에 스산한 바람이 두 뺨을 스치고 지나갔다.

본능적으로 느낄 수 있었다.

'됐구나!'

진우의 얼굴에 웃음꽃이 피었다.

크아아아아아-!

찢어지는 비명 소리와 함께 주술사의 그림자에서 로브를 뒤집어 쓴 검은 마법사가 올라왔다.

'어?'

진우는 심상찮음을 느끼고 놈의 정보 창을 확인했다.

[?? Lv.1]

정예 기사 등급

'정예 기사?'

지금까지 확인한 그림자 병사들의 등급은 세 가지가 전부였다.

일반 등급.

정예 등급.

기사 등급.

그런데 이번에 처음으로 정예 기사 등급이 나왔다.

기존에 있던 기사 등급에 정예라는 표현이 붙은 걸 봐선, 이그리트나 아이언보다 한 단계 더 높은 병사가 아닐까 하는 생각이 들었다.

'확실히 느껴지는 마력도 두 기사보다 강해.'
과연 A급 던전의 보스로 만든 그림자 병사다웠다.
띠링.

[병사의 이름을 정해 주십시오.]

기사급 이상이 나왔기 때문에 예상대로 이름을 부여해 달라는 시스템 메시지가 떴다.
'이름이라…….'
지금은 로브에 가려져 얼굴이 안 보이지만, 하이오크하면 역시 크고 긴 어금니 아닌가?
'어금니로 하자.'
따로 지시를 내릴 필요 없이 생각만으로 놈의 이름이 정해졌다.

[어금니 Lv.1]
정예 기사 등급

물음표 대신 이름이 생겼다.
죽기 직전까지 오만하게 굴던 주술사 놈이 들으면 기절할 만한 이름이지만, 뭐 어쩌겠어?
이미 죽은 놈인데.
진우는 흡족한 얼굴로 그림자 병사들을 거둬들였다.
저장 가능한 그림자 수는 약 130개.
나머지는 안타깝지만 전부 무(無)로 돌려보냈다.

'이만하면 됐다.'

웃으며 제단 아래로 내려서자 많은 사람들이 진우에게로 몰려들었다.

공격대의 헌터들과, 차해인과, 검은 양복의 사내들.

양복 사내들 중에는 아는 얼굴도 하나 있었다.

'우진철 과장은 또 언제 왔대?'

우진철의 표정을 보아하니 그도 그림자 병사들을 본 모양이었다.

"성진우 씨."

"성진우 헌터님."

"짐꾼 씨?"

동시에 진우를 부른 이들이 각자 서로를 바라보았다.

어차피 힘을 숨길 이유도 없겠다, 원 없이 싸운 것까진 좋았는데…….

'이제 여길 어떻게 빠져나간다?'

진우는 자신을 둘러싼 사람들을 보고 뒷머리를 긁적거렸다.

선수는 우진철이 쳤다.

다들 눈치를 살피는 사이, 진우 옆으로 다가간 그가 자신의 신분증을 꺼내 들어 헌터들에게 보여 준 것이다.

"협회 감시과에서 나왔습니다."

상급이든, 하급이든 헌터들은 감시과라는 이름을 들으면 긴장하기 마련.

작전은 주효했다.

차해인을 제외한 헌터스 길드원들의 얼굴에서 잠깐이지만 긴장된 기색이 스쳐 지나갔다.

우진철은 그 틈을 타 매끄럽게 말을 이었다.

"여기 계신 성진우 헌터님의 신원은 저희 협회에서 전담해 관리하고 있으며, 외부로 일절 발설할 수 없는 상급 기밀 사항입니다."

진우는 우진철의 연기력에 혀를 내둘렀다.

표정과 말투가 너무 자연스러워서 미리 거울을 보고 연습해 온 대사가 아닐까 생각됐을 정도였다.

하지만 그의 의도만은 확실하게 전해졌다.

마침 우진철이 진우에게 눈빛으로 살짝 사인을 보내왔다.

'이곳에서 시끄럽지 않게 나갈 수 있도록 도와드리겠습니다.'

왜 감시과에서 자신을 돕는지는 모르겠으나, 알아서 뒷정리해 주겠다는데 마다할 필요가 있을까?

진우가 고개를 끄덕였다.

바라던 바였다.

눈치 빠른 우진철의 부하 직원들이 금방 진우의 주위를 에워쌌다.

"질문이 있으시다면 차후 협회를 통해서 해 주십시오. 성진우 헌터님은 저희가 모셔 가겠습니다."

이견은 받지 않겠다는 뉘앙스가 팍팍 풍겨 나왔다.

쇠도 잘라 버릴 것 같은 우진철의 단호한 태도에 진우에게 하고 싶은 말, 묻고 싶은 말이 가득했던 헌터스의 헌터들은 전부 꿀 먹은 벙어리가 되었다.

"가시죠."

진우는 감시과의 에스코트를 받으며 헌터들을 지나쳐 갔다.

'고맙기는 한데…….'

조금 묘한 기분이 들었다.

왜 우진철 과장이 부탁하지도 않은 일을 하는 걸까?

헌터들과 거리가 조금 벌어진 후 조용히 물었다.

"갑자기 이러는 이유가 뭡니까?"

"혹시 헌터님께서는 헌터스 길드에 들어가실 생각이십니까?"

진우는 고개를 저었다.

그럴 줄 알았다는 듯 우진철은 재빠르게 대답했다.

"방금 헌터님께서는 대한민국에서 자금과 직원이 가장 많은 길드 앞에서 S급을 능가하는 힘을 보이신 겁니다. 귀찮은 일을 피하시려면 이 방법이 최선입니다."

하기야.

여유가 넘치는 헌터스 길드라면 S급 헌터 하나를 확보하기 위해 어떤 공을 들일지 아무도 모른다.

다른 헌터들이라면 쌍수를 들고 환영하겠지만, 진우는 달랐다.

그리고 그건 헌터협회도 마찬가지였다.

특정 길드에 힘이 집중되는 일을 막으려는 협회와, 길드들의 구애(?)가 귀찮은 진우의 이해가 일치했다.

한쪽의 일방적인 호의라면 모를까 서로에게 도움이 되는 이런 상황은 부담스럽지 않았다.

'협회 덕분에 편하게 됐네.'

일이 생각지도 못한 방향으로 잘 풀린 까닭에, 진우의 입가에 희미한 미소가 떠올랐다.

그렇게 보스 방 입구를 막 빠져나가려고 하는데.

"자, 잠시만요!"

뒤에서 급한 외침이 들려왔다.

무심결에 돌아보니 손기훈이 덩치 큰 동료의 부축을 받아 이리로 오고 있었다.

상처는 말끔히 치료됐지만 피를 많이 흘린 탓인지 안색이 창백했다.

'움직이지 않는 게 좋을 텐데.'

진우의 걱정에도 불구하고 손기훈은 기어이 진우 앞에 섰다.

그러고는 고개를 깍듯이 숙였다.

"감사합니다."

이어 손기훈은 가식 없는 본심을 털어놓았다.

"헌터님 덕분에 저희가 무사할 수 있었습니다. 공격대 전원을 대신해 제가 감사를 드리겠습니다."

감시과 헌터의 말을 따르면 진우에게는 자신의 정체를 드러내서는 안 될 무슨 사정이 있는 듯했다.

'그 정도 힘을 가지고 있다면 어떤 사정이 있어도 이상하지 않아.'

그런데.

정체가 발각될 위험까지 무릅쓰고서 자신과 자신의 대원들을 도왔다.

어디 그것뿐인가?

그는 아무 대가도 요구하지 않았다.

헌터스 길드에 마수들의 사체나 공격대의 목숨 값을 청구할 수 있었는데도, 군말 없이 물러났다.

이러니 어찌 허리를 굽히지 않을 수 있을까?

"……감사합니다!"

감정이 격해진 손기훈이 다시 한번 허리를 90도로 숙였다. 갑작스러운 움직임에 몸이 비명을 질렀지만 그것마저 달가웠다.

마수에게 농락당한 자신을 대신해 그가 마수를 똑같은 방법으로 처치해 줬을 때, 가슴이 울컥했었다.

그 순간을 떠올리면 이까짓 '감사하다'는 말 정도는 골백번도 더 할 수 있었다.

공격대 헌터들은 고개 숙여 인사하는 자신들의 리더를 보고, 그제야 혼란스러움에서 벗어났다.

'저 사람이 아니었으면…….'

'생명의 은인이잖아?'

'그러면 여기서 이렇게 멍하니 보고 있을 게 아니지.'

모두 앞다투어 달려와 고개를 숙였다.

"고맙습니다, 짐꾸…… 아니, 헌터님."

"진짜 헌터님 아니었으면……."

"덕분에 제 마누라가 과부 신세를 면했네요."

손기훈이 공략 포기를 결정했을 때 손을 내보이며 엄살을 떨었던 어린 남자 헌터는 눈물을 글썽이며 다가왔다.

"헌터님, 저기…… 너무 고마워서 그러는데 제가 한번 안아 드려도 될까요?"

"에이, 너무 갔다."

"쟤 또 저러네, 누가 좀 말려 봐."

"그럼 형이라도 안아 주든가!"

와락.

"으헉! 소름 끼치니까 떨어져!"

와하하하하—

이번 A급 던전에 들어오고 처음으로 공격대 멤버들 사이에서 웃음소리가 터져 나왔다.

진우도 그런 헌터들의 모습을 흐뭇하게 바라봤다.

공치사를 위해 그들을 도운 것은 아니었지만, 진심으로 감사하는 모습에 미소가 저절로 새어 나왔다.

"아."

진우는 구석에서 팔딱팔딱 뛰며 기뻐하는 여힐러에게 다가갔다.

'체구가 작아서 뒤에 서 있으니 잘 보이지도 않네.'

그녀에게 받았던 수첩을 내밀자, 여힐러는 얼굴을 붉히며 두 손으로 다소곳이 받아들었다.

"고, 고맙습니다……."

여힐러는 그러면서 속으로 아까의 자신을 구박했다.

'아휴, 괜히 그런 말을 해 가지고.'

자기 전에 떠오르면 이불을 차야 할 일이 하나 더 늘었다.

던전 보스를 손쉽게 때려잡는 짐꾼 씨 입장에서는 유서랍시고 메모를 해 건네주던 자기가 얼마나 우스워 보였을까?

슬쩍 고개를 들어 보니 다행히 비웃고 있지는 않았다.

아니, 오히려 약간은 엄한 목소리가 나왔다.

"힐러님."

"네?"

여힐러가 태도를 지적당한 학생처럼 고개를 번쩍 들었다.

"앞으로 공격대 짐 가방에 개인 소지품 넣지 마세요. 부피 늘어나니까."

"네?"

여힐러가 할 말을 잃고서 눈을 동그랗게 떴다.
진우는 씩 웃었다.
하고 싶은 말은 다 했다.
저쪽도 대충 하고 싶었던 말은 다 한 듯 보였다.
그래서 벙 쪄 있는 여힐러를 뒤로하고서 쿨하게 돌아섰다.
"갑시다."
진우가 발을 떼자 기다리고 있던 감시과 헌터들도 같이 움직였다.
유일하게 한 사람.
'아…….'
진우에게 말을 붙이지 못했던 차해인만이 손을 뻗으려다가 그만 두었다.
'연락처라도 물어보고 싶었는데…….'
그냥 조금만 시간을 내줄 수 없을지 묻고 싶었던 것뿐이다.
하지만 아직 상황이 정리되지 않은 현시점에서 당사자에게 그 말을 하기에는 오해의 여지가 많았다.
그때.
여자 헌터 하나가 차해인에게 다가왔다.
"저기…… 부사장님."
"네?"
차해인이 돌아보자 여자 헌터는 차해인의 손끝을 가리켰다.
"곡괭이는 왜 들고 오셨어요?"
들어 올린 곡괭이의 머리 부분을 바라보던 차해인의 얼굴이 점점 불그스름하게 변해 갔다.
그녀는 곡괭이를 내리고 물었다.

"저 이상하게 보였을까요?"

여마법사는 고개를 갸웃하며 되물었다.

"누구한테요?"

그러자 차해인의 얼굴이 목덜미까지 붉게 변했다.

게이트에서 막 나왔을 때였다.

우진철이 시계를 보더니 물었다.

"저희는 협회로 돌아갈 예정인데…… 괜찮으시다면 헌터님도 같이 가셔서 협회장님과 식사라도 하시겠습니까?"

"지금 몇 시죠?"

"5시 15분입니다."

'음…….'

빠듯하긴 해도 아직 진호와의 약속에 늦지 않게 도착할 수 있는 시간이었다.

진우는 우진철의 제안을 정중히 사양했다.

"선약이 있어서 이만."

* * *

씁씁, 후후.

유진호는 어떤 영화에서 본 대로 깊은 심호흡을 하며 평정심을 유지하려고 노력했다.

'운명의 시간이 다가온다.'

형님의 선택에 따라 자신의 운명이 결정되는 것이다.

며칠 전, 유진 길드를 맡겨 달라고 아버지와 담판을 지었을 때보다 더 설레고 긴장됐다.

'초심으로 돌아가자, 초심으로.'

약속 장소로 형님과 처음 만났던 카페를 선택한 것도 우연이 아니었다.

'형님의 도움이 아니었으면 내가 여기까지 올 수도 없었겠지.'

그렇게 생각하고 카페 내부를 둘러보니 감회가 새로웠다.

마침 위치도 그때 그 자리였다.

딸랑.

종소리와 함께 문이 열리며 진우가 안으로 들어섰다.

"형님!"

진우를 발견한 유진호가 반가운 얼굴로 벌떡 일어나 깍듯이 허리를 굽혀 인사했다.

진우는 간단히 눈인사로 대신하고 유진호의 맞은편에 앉았다.

그제야 유진호도 앉았다.

"무슨 일이야?"

고개를 들던 유진호의 눈이 커졌다.

"형님, 옷이……?"

"아, 이거?"

하이오크들과 싸우고 바로 이쪽으로 달려온 터라 옷이 좀 더러웠다.

상의에는 하이오크 피까지 약간 튀어 있었다.

진우는 대수롭지 않게 말했다.

"던전에 들렀다 바로 이리로 오느라."

'헉!'

유진호는 다시 한번 놀랐다.

형님에 비하면 보잘것없는 수준에 불과한 자신은 마스터 면허를 따고 난 뒤 술이나 마시며 시간을 보냈다.

그런데 형님은 어떠한가?

그렇게 강한 힘을 가지고 계시면서도 아직도 틈틈이 던전에 들어가 수련을 하고 계시지 않나.

자신이 부끄러워졌다.

'역시 형님이시다…….'

그리고 동시에 형님이 한없이 존경스러웠다.

옷에 튄 피를 닦지도 않고 그냥 다니시는 것 또한 수련의 과정을 숨길 필요를 느끼지 못할 만큼 당당하시기 때문이리라.

'형님께 싸움의 흔적이란 스스로 얻어 낸 훈장 같은 거니까.'

유진호가 굳은 표정을 지었다.

형님이 내린 결정이라면 어떤 방향이든 두말없이 따를 준비가 됐다.

그러니 있는 사실대로 말하자.

"형님, 실은……."

유진호는 그날 아버지와 있었던 일을 하나도 빠짐없이 진우에게 보고했다.

고명환의 증언으로 레드 게이트에서 백호 길드의 헌터들을 구해 준 사람이 누군지 알게 되었다는 사실까지 전부.

'그 아저씨, 쓸데없는 짓을…….'

그래도 나를 위해서 그랬다는데 화를 낼 수도 없고.

어쩐지 레드 게이트의 이야기를 하는 유진호의 얼굴이 조금 상기되어 있었다.

아무튼.

유진호가 하는 말은 알았다.

“그러니까 네가 유진 길드의 마스터가 되려면 내 도움이 필요하다는 거지?”

모든 이야기를 끝맺은 유진호가 차분히 진우의 대답을 기다렸다.

평소처럼 촐싹대지도, 감언이설을 시도하지도 않았다.

전적으로 진우의 뜻에 맡길 생각이었다.

유진호의 고민만큼 깊은 침묵에 빠져 있던 진우가 아래로 내리고 있던 시선을 들어 올렸다.

“진호야, 나는.”

꿀꺽.

유진호는 마른침을 삼켰다.

* * *

헌터스 길드의 최종인 사장도 연락을 받았다.

하던 일도 내팽개치고 개인실로 들어가 목소리를 높였다.

“예? 성진우가 어제 오늘 우리 레이드에 왔었다?”

새로이 나타난 S급 헌터.

그가 자신의 길드 앞에 떡하니 나타났는데 왜 그걸 몰랐을까!

굴러 들어온 호박을 제 발로 걷어찬 것이나 다름없었다.

복장이 터질 일이었지만.

"예에? 어제는 채굴팀에 있었고 오늘은 짐을 날랐다고요?"

……듣고 보니 모를 만했다.

'일단 그가 무슨 생각으로 그랬는지는 접어 두자…….'

어차피 그걸 고민해 봤자 머리만 아프고 결론은 나오지 않을 것 같은 느낌이 드니까.

지금 중요한 건 그런 게 아니었다.

'백호에 이어 우리 헌터스까지 도움을 받았군.'

성진우에게 은혜를 입었다.

그를 포섭하기 전에 최대한 동등한 위치에서 이야기하고 싶었는데, 이제 백호의 입장과 다를 바가 없어졌다.

'그래도 10번째 S급의 존재를 먼저 안 게 어디야?'

그래.

도움을 받았다는 사실보다 더 중요한 것은 그 남자의 능력이었다.

"성진우 헌터, 어떤 타입이었습니까?"

―…….

수화기 너머에서 설명을 듣고 있던 최종인의 말수가 차츰 줄어들었다.

지금 통화를 나누는 상대.

오늘 공격대의 리더를 맡았던 손기훈은 없던 사실을 말하거나 작은 일을 부풀려 말할 친구가 아니었다.

그럼에도 반사적으로 말이 나왔다.

"그게 정말입니까?"

―네. 제가 본 건 그게 답니다.

'그게 다라고……? 그럼 더 있을 수도 있단 말인가?'

만약 그 남자가 그렇게 강하다면…….

"나와 비교하면 그 사람, 어떤가요?"

조금 유치한 질문일지도 모르지만, 상대의 강함을 알기 위해서는 이만한 질문이 없었다.

잠시 뜸을 들였던 손기훈이 말을 이었다.

–대표님께서는 A급 중에서도 상위 던전을 혼자서 클리어하실 수 있으십니까?

"……불가능하죠."

–그런데 그 사람은 해냈습니다. 도우려는 차 헌터님을 말리면서까지.

'차해인이 거기 있었다고?'

조금 의아했지만 지금 그녀가 거기 있었는가는 큰 문제가 아니었다.

"그 던전이 A급 상위 던전이 아니었을 가능성은 없습니까?"

–그랬다면 저희가 애먹을 일도 없었을 겁니다. 그 사람이 저희 모두를 살렸어요.

"……."

최종 병기로 불리는 남자, 최종인.

어떻게 해석하면 무시당했다고도 볼 수 있는 상황이었지만 기분이 나쁘긴커녕 가슴이 두근거렸다.

'나, 차해인, 그리고 성진우.'

정말로 한국, 아니 아시아, 아니 성진우의 실력 여하에 따라서는 세계에서 이름을 날리는 길드가 될 수 있는 기회였다.

–최 대표님, 제가 길드 운영에 대해서 뭐라고 말씀드릴 입장은

아니지만…….

실제로 손기훈은 주제넘게 길드에 대해서 이러쿵저러쿵 나서는 성격이 아니었다.

그래서 더욱 그가 할 말이 궁금해졌다.

"아닙니다. 말씀하세요."

—그 남자…… 성진우 헌터님 꼭 모셔 오세요. 어쩌면 대표님의 꿈이 이뤄질지도 모릅니다.

두근.

최종인은 심장이 뛰었다.

그는 떨리는 목소리를 들키지 않으려고 최대한 애를 쓰며 말했다.

"노력해 보겠습니다."

* * *

한국 헌터협회 건물 앞.

이민성을 취재하려고 몰려든 인파들이 협회 건물 앞에서 장사진을 이루고 있었다.

한국을 넘어 아시아의 슈퍼스타라 불리는 이민성이 헌터가 된다!

온 나라의 카메라들이 전부 여기로 향해 있다고 과언이 아니었다.

발 디딜 틈도 없다 보니 기자들끼리의 신경전도 치열했다.

"저기요! 여기 우리가 맡아 놨던 자린데요?"

"이 사람아! 눈이 있으면 여기 몇이나 왔는지 봐. 네 자리 내 자리가 어디 있어? 서 있는 그 자리가 자기 자리지."

"아오……."

건물 안에서 유리 너머로 차도까지 밀려 있는 기자들을 바라보는 이민성의 만면에는 미소가 가득했다.

“이 정도는 와야지.”

일부러 시간을 끌며 세간의 관심을 끌어모았던 보람이 있었다.

“저기 민성 씨. 내일 헤드라인으로 이렇게 나갈 건데 민성 씨 생각은 어때?”

한국 최고의 신문사 기자가 내일 1면에 게재될 원고를 보여 주며 물었다.

“이걸 제목으로 쓰기엔 너무 밋밋하지 않아요?”

“그래?”

“흠…… 이건 어때요? ‘모든 것을 가진 남자 이민성, 인간을 초월한 힘까지 손에 쥐다’라든가?”

“그렇게 멘트를 세게 치면 일부 독자들이 불편해 하지 않겠어?”

“제가 틀린 말한 것도 아니고, 또 한국에서 누가 감히 나를 욕하겠어요? 언론과 팬들이 두 눈 뜨고 지켜보고 있는데.”

“알겠어. 그럼 그걸로 할게.”

“잘 부탁드리겠습니다.”

이민성은 넉살 좋게 꾸벅 숙였던 고개를 들어 올리며 눈살을 찌푸렸다.

‘어차피 시키면 할 거면서 말은 왜 저리 많은지.’

그때 협회 주차장에 두 대의 고급 외제차가 도착했다.

탁.

탁.

거의 동시에 내린 두 사람은 백호 길드의 백윤호와, 헌터스의 최종인이었다.

"어? 저기!"

"백윤호다!"

"최종인도 왔어!"

문 앞을 가로막고 있던 기자들이 두 사람 곁으로 우르르 몰려들었다.

백윤호와 최종인은 인상을 찌푸렸다.

'뭐야, 이 기자들은?'

'오늘 왜 이렇게 복잡해?'

찰칵찰칵찰칵.

카메라 플래시가 터져 나오는 소리가 요란했다.

기자들은 두 사람을 둘러싸고 질문 공세를 쏟아부었다.

"두 분도 이민성 씨를 영입하기 위해서 협회에 들르신 건가요?"

"대한민국을 대표하는 헌터로서 이민성 씨의 연예계 은퇴 가능성, 어떻게 생각하시나요?"

"이민성 씨의 등급은 얼마나 나올 것 같습니까?"

"이민성 씨에 대해 한마디씩 해 주세요."

성격 급한 백윤호는 귀찮다는 듯 손을 휘이휘이 내저었고.

"그 사람 때문에 여기 온 거 아닙니다. 할 말 없어요."

최종인은 감정 없이 담담히 사실만을 늘어놓았다.

"이민성 씨가 사신 길드와 계약했다는 건 업계 관계자라면 대부분 알고 있는 사실입니다. 오늘은 다른 용무로 협회를 찾은 겁니다."

기대에 못 미치는 대답들이 이어지자 기자들은 투덜거리며 돌아섰다.
'에이, 뭐야.'
'기삿거리 좀 될 줄 알았더니.'
'좋다 말았네.'
그래도 S급 헌터 앞이라 대놓고 불만을 표시하진 못했다.
기자들은 다시 자리를 잡고 이민성이 나오기만을 기다렸다.
기사들이 떠나고서 백윤호와 최종인은 눈이 마주쳤다.
백윤호가 먼저 알은체를 했다.
"이야기는 들었습니다. 어제 헌터스'도' 큰일 날 뻔했다죠."
일부러 '도'를 강조해 말하는 백윤호였다.
"A급 신입까지 잃은 백호만큼 큰일 나긴 했겠습니까."
기자들의 신경전 못지않게 두 사람의 신경전 또한 치열했다.
잠깐 열을 올렸던 백윤호가 한숨을 살짝 내쉬더니 말했다.
"어쨌든 우리와 헌터스 둘 다 그 사람의 도움을 받았군요."
"천만다행이죠. 그가 없었다면 우리 정예 2군 팀이 전멸할 뻔했습니다."
이미 서로 다 알고 있으면서도 마지막까지 이름을 언급하지 않는 것은 최후의 신경전이라 할 수 있었다.
최종인이 백윤호에게 한발 다가갔다.
"그래서 도의적으로 그분을 '꼭' 저희 길드에서 모시고 싶습니다."
백윤호도 지지 않았다.
백윤호는 최종인과 이마가 닿을 정도로 가깝게 다가갔다.
"우리는 피해자까지 나왔습니다. 전력 보충 차원에서도 그분을 저희가 데려가야 하지 않겠습니까?"

"대체 뭘 하시려고 전력 보충을 S급으로 합니까? 어디, 북한이라도 치러 가실 겁니까?"

"그쪽이야말로 언제부터 그렇게 도의를 챙겼다고 도의를 말합니까, 도의를."

두 사람의 눈빛에서 불꽃이 튀었다.

'어?'

기자회견 시간에 딱 맞춰 현장에 도착한 사신 길드의 마스터 임태규는 눈싸움하는 두 사람을 보고 히죽 웃었다.

저런 걸 뭐라더라?

떡 줄 사람은 생각도 안 하는데 김칫국부터 마신다든가?

평소 두 길드에 재원을 뺏기기만 했던 임태규로서는 신나는 일이었다.

자꾸 올라가는 입꼬리를 내색하지 않으려고 애쓰며, 임태규는 두 사람 곁으로 다가갔다.

"어이, 두 사장님들. 설마 우리 민성이 때문에 그러고 있는 거야?"

그러자 백윤호와 최종인이 누가 먼저랄 것도 없이 동시에 임태규를 획 돌아보았다.

'뭐야 이 병신은?'

'이민성인지 이민군지 관심도 없다니까.'

자신을 노려보는 무시무시한 두 사람의 눈빛에 임태규는 흠칫 놀라며 저도 모르게 한 발 물러섰다.

'이놈들 이거 왜 이래?'

* * *

“뭐야? 최종인에 백윤호까지?”

이민성이 씩 웃었다.

그 옆에 있는 임태규 사장은 계약하면서 안면을 익힌 상대였다.

국내 1, 2위 길드를 두고 이전만 못하다는 평가를 듣는 사신 길드와 계약한 것도 사실 다 계산이 있어서였다.

‘그래야 약자의 편에 서는 이미지가 붙지 않겠어?’

연예인은 속되게 말해 이미지를 팔아먹고 산다.

이미지 관리만큼은 철저하게 하는 이민성이었다.

‘국내 최고의 길드들이 나를 두고 다툰다라…….’

오래 할 헌터 생활은 아니었지만 그래도 자연스럽게 어깨에 힘이 들어갔다.

곧 매니저가 문을 열고 들어왔다.

“민성아, 준비 다 됐단다. 일단 인터뷰부터 시작하자.”

“예.”

매니저가 앞장섰다.

유리문이 열리고 이민성이 협회 건물을 나와 모습을 드러내자 카메라 플래시가 무섭게 쏟아졌다.

촤촤촤촤촤촤촤촤-

이민성은 자신을 둘러싼 수백 개의 유리 눈들을 향해 으레 하던 것처럼 가식적인 미소를 지어 보였다.

그때.

진우가 협회 앞에 도착했다.

'……?'

사전에 들었던 대로 3일이 지난 오늘 협회에 방문한 참이었다.

'뭐가 이렇게 복잡해?'

그런데 이 상태론 도저히 안으로 들어갈 수 있을 것 같지가 않았다.

물론 은신을 쓰든, 기자들 머리 위를 뛰어넘든, 심지어 뒷문으로 돌아가든 얼마든지 지나갈 방법은 많았다.

그런데 3일 전에 미리 재측정을 예약까지 하고 온 상황에서 멀쩡한 문을 두고 기자들을 피해 가야 한다는 사실이 마음에 안 들었다.

'내가 무슨 죄를 지은 것도 아니고.'

정문으로 들어가지 못할 이유도 없었다.

진우는 빼곡히 들어찬 기자들을 밀치고 억지로 길을 만들며 안으로 들어갔다.

"좀 지나가겠습니다."

"아이, 뭐야?"

"아나, 이거 원."

"쟤 뭐야?"

S급 헌터의 완력이다.

기자들은 속절없이 밀려나며 눈살을 찌푸렸다.

순식간에 길이 열리고 진우는 협회 입구로 향하는 계단을 밟을 수 있었다.

그런데 채 한 발을 내딛기도 전에 거구의 근육질 남자가 진우의 앞을 가로막고 섰다.

"어이!"

이민성의 매니저였다.

그는 눈을 부릅뜨고 윽박질렀다.

"너 뭐야? 협회 사람이야?"

진우는 매니저의 시선을 조금도 피하지 않고서 고개를 저었다.

'어쭈? 이놈 봐라?'

매니저의 굵은 눈썹이 꿈틀거렸다.

"지금 기자들 쫙 깔려 있는 거 안 보여?"

진우는 잠시 기자들을 돌아보았다. 다들 불만스러운 눈빛으로 이쪽을 노려보고 있었다.

인터뷰로 바쁘다는 사실은 알겠다.

하지만 길을 전세 낸 것은 아니지 않은가?

개인이 기자들을 쫓아낼 수 없듯이, 기자들도 개인을 쫓아내서는 안 되는 게 상식이었다.

그러나 보는 눈도 많은데 언성을 높이기는 싫고 해서 그냥 무시하고 지나치려 했다.

그 순간.

"돌아가. 여기 못 가. 가, 인마."

다시 앞을 막고 선 매니저가 진우의 가슴팍을 밀었다.

진우의 눈빛이 변했다.

'뭐지?'

매니저는 깜짝 놀랐다.

D급의 전투 계열 능력자인 자신이 망신 좀 당해 보라고 힘을 줘서 밀었는데 상대는 다리에 못 박힌 듯 꼼짝도 않는 것 아닌가?

일반인이면 크게 다칠 수도 있는 위력이었다.

진우도 그 사실을 모르지 않았다.

"……."

그래서 그저 말없이 노려보는데, 그것만으로도 매니저의 얼굴이 조금씩 하얘져 갔다.

"뭐야? 왜 저래?"

"어떻게 된 거야? 둘이 시비라도 붙은 건가?"

웅성웅성.

기자들도 심상치 않은 분위기를 느끼고 시끄러워졌다.

매니저는 식은땀을 흘렸다.

보는 눈이 없었다면 그냥 이쯤에서 한 수 접어주고 길을 비켰을지도 모른다.

그런데 지금은 기자는 둘째치고 고용인인 이민성이 보고 있었다.

가까이 다가온 이민성이 인상을 쓰며 작게 말했다.

"아, 형. 뭐야. 개 빨리 치우고 끝내."

"어…… 그, 그래."

여기서 잘못 보이면 직업을 잃을지도 모르는 상황.

매니저가 인상을 쓰며 목청을 돋웠다.

"여긴 못 지나가니까 저리 가라고!"

"누구 맘대로 여길 못 지나간다는 겐가?"

'엇?'

목소리는 앞이 아니라 뒤에서 들려왔다.

매니저의 고개가 뒤로 돌아갔다.

유리문 앞.

거기엔 고건희 한국 헌터협회 회장이 떡 버티고 서 있었다.

기자들의 눈이 휘둥그레졌다.

어찌나 놀랐는지 셔터를 누르는 것도 잊었을 정도였다.

"고건희?"

"고건희 협회장?"

시끌벅적하던 일대의 분위기가 전혀 예상치 못했던 인물의 등장으로 착 가라앉았다.

고건희는 계단 앞까지 다가와서 말했다.

"그분은 우리 손님입니다."

고건희가 이민성을 바라보았다.

"여기서 기자회견을 할 수 있도록 허가해 준 게 누군지는 알고 있겠지요, 이민성 씨?"

이민성은 정신이 번쩍 들었다.

"무, 물론입니다."

헌터가 된 첫날 협회장의 눈 밖에 나 기자회견 장소를 빼앗긴다?

보는 눈이 몇 갠데 그런 바보 같은 꼴을 당할 수는 없었다.

이민성이 얼굴을 찡그리며 매니저에게 눈치를 주자, 매니저가 고건희와 진우에게 차례대로 고개를 숙이고는 순순히 옆으로 물러났다.

"들어가시죠, 성진우 헌터님."

진우가 고건희의 안내를 받아 협회 건물로 사라지고 나자 기자들의 당혹감을 감추지 못했다.

웅성웅성.

"뭐야?"

"저 사람은 누군데 협회장이 저렇게 알아서 챙겨?"

"누구 방금 그 남자 아는 사람 없어?"

기자들은 답답한 마음에 목소리를 높였으나 아무도 대답하는 사람은 없었다.

이민성의 얼굴이 굳어졌다.

기자들을 가로질러 간 남자와, 그 남자를 데려간 고건희 협회장.

"오늘 고건희 협회장 스케줄이 어떻게 돼 있어?"

"오전 일정이 싹 비었다는데요?"

"방금 그 사람 때문에 협회장이 오전을 전부 비웠다는 거야?"

웅성웅성.

두 사람의 등장으로 어수선해진 현장은 더 이상 인터뷰를 진행할 만한 분위기가 아니었다.

오늘을 위해 얼마나 힘을 쏟았던가?

이민성이 벌레 씹은 표정으로 매니저를 쏘아보았다.

'매니저란 새끼가 저런 거 하나 똑바로 처리를 못 해서.'

매니저는 차마 시선을 마주치지 못하고 힘없이 고개를 떨어뜨렸다.

이민성이 A급 각성자가 된 지금, 전과는 달리 이제 완력으로도 그를 당해 낼 수가 없었다.

눈치껏 굽혀야만 했다.

'…….'

한참 매니저를 노려보던 이민성의 고개가 자연스레 옆쪽으로 돌아갔다.

"큐!"

아뿔싸.

엎친 데 덮친 격으로 이제 방송국 카메라까지 돌아가려 하고 있었다.

저건 생방송이다.

이런 산만한 광경이 전파를 타고 전 국민들에게 생중계 된다면, A급 헌터가 되어 브랜드 가치를 한껏 끌어올리려 했던 자신의 모든 노력이 물거품으로 돌아갈 가능성이 있었다.

하지만 인터뷰를 재개해 분위기를 진정시키기에는 고건희 협회장의 등장 여파가 너무 컸다.

하필 그런 거물이 이런 중요한 순간에 등장해 가지고…….

'어떻게 분위기를 반전시킬 방법이 없을까?'

약삭빠른 그의 두뇌가 빠르게 회전을 시작했다.

'그래, 역시 분위기를 반전시키는 데는 큰 거 한 방만 한 게 없지.'

기자들은 등급 심사를 앞둔 자신의 심경 따위가 궁금해서 온 게 아니다.

대스타 이민성이 어떤 등급의 헌터가 될지, 그리고 헌터 자격증을 발급받고 난 다음의 행보가 어떻게 될지, 그걸 알려고 여기까지 찾아온 것이다.

원하던 답을 주면 모든 게 제자리를 찾아가리라.

'일정을 좀 앞당겨서 바로 심사를 시작하자.'

이민성의 얼굴에 비릿한 미소가 떠올랐다.

과연 주위의 평가처럼 이런 쪽으로의 잔머리는 대단히 빨랐다.

"저기, 잠시만요. 협회 관계자분들과 오늘 일정에 대해 잠깐 이야기 좀 하고 오겠습니다."

그렇게 대충 기자들에게 둘러댄 이민성이 협회 건물로 향했다.

바뀐 일정을 '논의'가 아니라 '통보'하기 위해서였다.

'우리 아버지가 지원하는 돈이 얼만데. 협회고 뭐고 당연히 알아서 기어야지.'

그런데.

'어?'

유리문을 밀고 막 들어가기 직전, 이민성은 안에서 우르르 몰려나온 감시과 헌터들에 의해 뒤로 밀려났다.

헌터들은 일렬로 서더니 건물 입구를 봉쇄했다.

'뭐야, 이건 또?'

이민성의 이맛살이 구겨졌다.

이민성은 남자의 가슴에 달린 명찰을 확인했다.

'헌터협회 감시과 과장 우진철?'

이민성이 우진철이란 사내에게 물었다.

"뭡니까? 왜 입구를 막는 거죠?"

우진철은 선글라스를 낀 채로 이민성을 내려다보았다.

"현재 다른 각성자분의 등급 심사 재측정 과정이 진행 중입니다. 심사가 끝나는 11시까지 아무도 건물 안으로 들어가실 수 없습니다."

"뭐라고요?"

다른 각성자라면 방금 협회장을 따라 들어간 그 남자를 말하는 건가?

이민성은 시계를 들여다보았다.

지금은 오전 10시 30분.

11시라면 자신의 등급 심사가 예약된 시간이었다.

그때까지 아무도 못 들어간다?

등급 심사를 앞당겨서 분위기 반전을 꾀하려던 계산이 수포로 돌아가기 직전이었다.

처음에는 좋게 말했다.

"그러지 말고 좀 들여보내 주시죠. 관계자분들과 논의할 게 좀 있다니까요."

"죄송합니다."

우진철은 그 한마디를 끝으로 입을 꾹 다물었다.

답답해진 이민성이 참지 못하고 슬슬 본성을 드러내기 시작했다.

"이봐요. 당신 내가 누군지 몰라? 나 이민성이라고, 이민성."

안 되겠다 싶었는지 이민성의 말투가 격해졌지만, 우진철은 조금도 비켜 줄 기미를 보이지 않았다.

"하-."

이민성이 어이없다는 듯 실소를 내뱉었다.

"어이. 헌터협회의 가장 큰 스폰서가 유진건설이란 건 알지?"

이민성이 입꼬리가 올라갔다.

"유진건설 이원규 부사장님이 내 아버지야. 그리고 저 사람들 보여?"

이민성은 계단 아래 쫙 깔린 기자들을 가리켰다.

"저렇게 많은 기자들이 보고 있는 앞에서 그 유진건설 부사장의 아들을 이렇게 취급해도 돼? 당신 이거 감당할 수 있겠어?"

우진철의 대답은 간단했다.

"감당할 수 있습니다."

"뭐?"

이민성은 기가 막혀 왔다.

도대체 그 남자가 뭐라고 협회장이 마중을 나오고, 등급 심사를 위해서 건물 전체를 통제한단 말인가?

거기다 부장급도 아닌, 겨우 과장 나부랭이가 이렇게 기고만장이라니.

이민성이 양 옆구리에 손을 얹고서 따지듯 물었다.

"그 다른 각성자란 게 뭐 하는 사람인데 이렇게 협회에서 싸고도는 겁니까?"

그제야 우진철이 선글라스를 벗었다.

"그걸 제가 말씀드리면."

흠칫.

맹금류를 닮은 우진철의 부리부리한 눈매가 드러나자 이민성은 자신도 모르게 한 걸음 물러섰다.

우진철은 이민성에게서 눈을 떼지 않고서 나직이 말을 이었다.

"이민성 씨야말로 감당하실 수 있겠습니까?"

* * *

건물 안은 한산했다.

등급 심사 대기자 한 명 없이 텅 빈 홀에는 협회 직원들만 간간이 지나다닐 뿐이었다.

아마도 바깥에 기자들이 잔뜩 몰려와 있는 이유와 무관하지 않은 듯했다.

"이쪽으로 오시죠."

"예."

고건희의 안내를 따라 정밀 측정실로 향하려던 진우의 시선에 낯익은 얼굴 두 사람이 들어왔다.

'어라?'

맞은편 휴게실 의자에 백윤호, 최종인 두 사람이 앉아 있었다.

3일 전 재심사를 받으러 왔을 때 깔끔하게 차려입은 길드 직원들이 몰려 있던 장소였다.

눈이 마주친 두 사람이 동시에 일어나 목례를 보내왔다.

진우도 가볍게 눈인사를 하고서 홀을 지나쳤다.

조용한 복도를 걸으며 고건희가 넌지시 미소를 지었다.

"저 두 사람, 한 시간 전부터 와서 헌터님을 기다리고 있었습니다."

대한민국을 대표하는 두 길드의 수장이 한 시간씩이나 먼저 와 재측정 결과를 기다리고 있었다고?

진우의 눈빛을 읽었는지, 고건희가 평온한 목소리로 대답했다.

"2년 만에 나타난 S급 헌터입니다. 게다가 최종인 쪽은 헌터님의 힘을 보았으니 더 애가 탈 테지요."

진우는 고개를 끄덕거렸다.

"어머."

"협회장님."

가는 도중 만난 협회 직원들이 고건희에게 깍듯이 인사하고는, 옆에 있는 진우를 신기하게 바라보았다.

'옆에 남자는 누군데 협회장님이 직접 안내를 해 주시는 거지?'

'혹시 엄청 대단한 사람 아냐?'

'저렇게 젊은 사람이 어떻게 협회장님을 아는 걸까?'

장관급이 와도 마중 한번 나가는 일이 없었던 고건희가 직접 움직이고 있다는 사실이 직원들에게는 그저 놀라울 따름이었다.

고건희가 앞을 바라보며 말했다.

"어제 이야기는 들었습니다."

말을 건네는 고건희의 표정은 어딘지 모르게 즐거워 보였다.

실제로 고건희는 들떠 있었다.

성진우가 흔해 빠진 헌터들과는 다를 것이라는 자신의 예상이 들어맞았으니까.

우진철에게서 성진우의 활약상을 전해 들었을 때는 마치 본인이 현장에 있었던 것처럼 손에 땀을 쥐었다.

물론 실력도 실력이지만 그 뒤에 성진우가 보여 준 깔끔한 대처는 더욱더 마음에 들었다.

보스를 포함해 던전을 거의 혼자 클리어했는데도 부산물 등에는 일절 욕심내지 않았던 것이 말이다.

그의 목적이 진짜 큰돈을 벌고 유명세를 얻는 대신 마수들과 싸워 사람들을 지키는 것에 있다면, 협회는 아낌없이 지원해 줄 준비가 되어 있었다.

그건 협회의 설립 취지와도 부합하는 일이었으니까.

'할 수만 있다면 무슨 수를 써서라도 협회로 끌어들이고 싶구먼.'

그러나 어쩌겠는가?

일전에 그가 말했던 대로 협회에 들어오게 되면 마수들과 싸울 기회가 거의 없어진다.

어제 전해 들은 성진우의 힘.

던전 바깥에서 썩히기에는 너무 아까운 능력이었다.

이윽고 건물 안쪽에 있는 검사장에 도착했다.

"재측정 전에 헌터님의 능력을 확인해서 계열을 분류할 겁니다."

진우도 알고 있었다.

헌터들은 자신이 가진 능력에 따라 전투, 마법, 치유, 보조 등으로 구별되어 필요한 곳에서 역량을 펼친다.

검사장에서 대기하고 있던 직원이 고건희에게 허리를 90도로 숙이고는 진우를 인계받았다.

"이리로 오세요."

진우는 검사장의 중앙에 섰다.

검사장은 어디서나 쉽게 볼 수 있는 실내체육관 같은 구조였다.

평범한 체육관과 차이점이 있다면, 벽면과 바닥에서 강한 마력이 느껴진다는 것이었다.

만약의 사고를 대비해 마법까지 동원해 튼튼하게 지은 모양이었다.

검사관들이 물었다.

"어떤 능력을 쓸 수 있으시죠?"

아직 돌아가지 않은 고건희 협회장이 구석에서 흥미로운 눈빛으로 검사 과정을 지켜보았다.

그가 진우를 마중 나온 이유.

조금이라도 빨리, 두 눈으로 직접 진우의 능력을 확인해 보고 싶어서였다.

"이런 걸 할 수 있습니다."

진우는 그림자 병사 하나를 불러냈다.

"헉!"

검사관들이 움찔 놀랐다.

전신을 흑색 갑옷으로 무장한 병사가 바닥에서부터 스르륵 올라오는데 어느 누가 태연할 수 있을까?

일부러 일반 병사 중에서도 가장 레벨이 떨어지는 녀석을 골랐는데도 일반인에게는 견디기 힘들 정도의 위압감이 흘러나왔다.

"이건…… 소환수인가요? 소환수를 부리시는 겁니까?"

검사관의 목소리가 떨렸다.

마음 같아서는 전혀 위험하지 않다고 친절히 설명이라도 해 주고 싶었지만.

진우가 안쓰러운 표정으로 대답했다.

"……뭐, 비슷한 거 같네요."

"그, 그렇다면 소환수는 몇 마리나 불러낼 수 있습니까?"

'거짓말은 소용없겠지.'

어제 전부 소환한 그림자 병사들을 본 목격자가 어림잡아 스무 명을 넘어가는데.

진우는 그림자 저장 스킬로 봉인해 둔 병사들의 숫자를 조금 줄여 말했다.

"백 마리 정도……."

100이라는 숫자에 검사관들의 눈이 휘둥그레졌다.

"백, 백이요?"

"네."

반면 진우는 담담했다.

그때 그림자 병사를 바라보는 고건희의 눈빛이 반짝였다.

'저런 걸 백 마리나…….'

병사는 언뜻 보기에 B급 헌터 수준의 마력을 가지고 있었다.

그런 걸 100마리나 불러낼 수 있다면 이미 그 개인으로도 어지간한 대형 길드 하나를 능가하는 힘을 가졌다고 볼 수밖에 없었다.

실로 대단한 능력이었다.

고건희의 뜨거운 시선이 피부로 느껴졌다.

진우는 주변의 반응을 보고 안도의 한숨을 내쉬었다.

'일반 병사 하나에 이 정도 반응이면…….'

병사들 중 가장 레벨이 가장 높은 '이그리트'나 어제 포획에 성공한 보스급 마수 '어금니'를 불러내지 않은 것이 천만다행이었다.

어쨌든 이걸로 어떤 능력을 가졌는지는 증명된 셈이었다.

"그럼…… 성진우 헌터님은 마법 계열이시군요."

검사관은 기록지에 뭔가를 열심히 끄적거리더니, 만족한 듯 고개를 들었다.

"이제 측정실로 가시면 됩니다."

* * *

진우는 새로 발급된 헌터증을 받아 들었다.

성진우, S급, 마법 계열

사진란에 떡하니 자기 얼굴이 박혀 있는데도 믿기지가 않았다.

'좋아. 일단 여기까진 순조롭게 왔다.'

진우는 헌터증을 지갑에 밀어 넣었다.

복도 끝으로 나오자 기다리고 있던 백윤호, 최종인이 다가왔다.

"성진우 씨, 시간 좀 내주시겠습니까?"

"성진우 헌터님."

"죄송합니다. 제가 할 일이 좀 밀려 있어서요."

진우는 그들을 무시하고 유리문으로 걸음을 옮겼다.

"어, 어?"

백윤호가 걱정스럽게 말했다.

"저라면 그리로는 안 나갈 겁니다."

'나가는 걸 후회할 만큼 좋은 조건이 준비되어 있다는 건가?'

어떤 조건이든 관심이 없었던 진우는 백윤호의 만류를 무시하고 유리문을 휙 열어젖혔다.

그러자.

촤촤촤촤촤촤촤촤촤촤촤!

계단 위를 넘어 올라와 감시과 헌터들과 몸싸움을 하고 있던 기자들이 일제히 플래시를 터트렸다.

'뭐야, 이건?'

진우는 눈도 뜨기 힘들 정도로 터져 나오는 불빛 앞에서 할 말을 잃었다.

* * *

진아는 언제나처럼 3교시를 마친 후 매점에 들러 바나나맛 우유 하나를 사 들고 올라왔다.

점심까지 아직 1시간 정도 남은 이 시간.

우유로라도 배를 채워 두지 않으면 허기 때문에 집중이 잘 안 되었다.

아니나 다를까.

꼬르륵.

벌써부터 위장이 연료를 넣어 달라고 아우성치고 있었다.

진아가 허기진 배를 문지르며 교실로 들어서려는데, 놀란 눈으로 튀어나온 친구 하나가 진아를 불렀다.

"진, 진아야!"

"왜, 왜?"

친구가 놀라니 덩달아 진아도 놀랐다.

"너희 오빠! 너희 오빠가 TV에 나와!"

"뭐? 우리 오빠가 왜?"

진아의 가슴이 철렁 내려앉았다.

또 크게 다친 걸까?

그게 아니면 설마…….

친구는 설명할 시간도 아깝다는 듯 진아의 손목을 잡아끌고 교실로 들어갔다.

진아의 눈이 칠판 옆, 커다란 TV 쪽으로 향했다.

그러자.

"오…… 오빠?"

TV 화면을 본 순간 진아의 손에 들려 있던 바나나 우유가 바닥에 툭 하고 떨어졌다.

7. 10번째 S급 헌터

7. 10번째 S급 헌터

10분 전, 헌터협회 앞.

등급 심사를 앞당길 수 없게 되자 위기감을 느낀 이민성이 결국 폭탄 발언을 터트렸다.

"저, 이민성은 심사 결과에 상관없이 연예계를 은퇴하고 헌터로서 여러분들께 봉사할 겁니다!"

고건희의 갑작스러운 등장으로 차갑게 식어 버린 기자회견 분위기를 되살리기 위해 던진 마지막 한 수였다.

효과는 확실했다.

"뭐?"

"이민성이 은퇴하겠다고?"

"등급에 관계없이?"

금방 분위기가 달아올랐다.

찰칵, 찰칵, 찰칵!

수많은 카메라가 이민성을 향했고, 흥분한 기자들의 질문들이 쉴 새 없이 쏟아졌다.

"이민성 씨, 여기 좀 봐 주세요!"

"아시아 최고의 스타라는 이름을 버리고 하급 헌터를 선택할 수도 있다는 이야기입니까?"

"배우로서 쌓아 올린 모든 걸 내려놓고 말입니까?"

'좋았어!'

이민성은 다시금 자신에게로 집중된 관심에 대만족했다.

"만약 결과가 좋지 않아 낮은 등급을 받더라도, 많은 분들이 제게 보내 주신 사랑에 보답하기 위해 저는 마수들과 싸울 겁니다."

물론 새빨간 거짓말이었다.

딱 2년.

2년만 A급 헌터로서 고액의 연봉을 받으며 사신 길드의 홍보 활동을 도울 생각이었다.

아버지의 도움으로 빠졌던 군대 문제나, 요즘 들어 조금씩 슬슬 새어 나오고 있는 잡음들을 한 방에 무마시키기 위해서는 이것이 최선이었다.

최고의 위치에서 내려와 목숨을 걸고 시민들을 보호하다!

흔히 말하는 평생 까임 방지권을 획득할 수 있는 절호의 기회였다.

이민성은 모든 게 계획대로 흘러가고 있다는 짜릿한 기분을 맛보며 인터뷰를 이어 나갔다.

"또 저와 뜻을 함께해 주신 사신 길드의 마스터 임태규 사장님과."

그렇게 한창 기자들이 이민성의 포부를 귀 기울여 듣고 있을 때였다.

띠리릭, 띠리릭, 띠리릭.

핸드폰이 울렸다.

주위 몇몇 기자들이 눈치를 줬다. 핸드폰의 주인은 재빨리 전화를 끊은 후 연신 고개를 숙여 보였다.

그 탓에 인터뷰가 방해받았지만 다행히 중단되는 일은 없었다. 이민성도 못 들은 척 기자회견을 이어 갔다.

그런데 또 다른 누군가의 벨 소리가 울렸다.

"아, 거참."

"누구 핸드폰입니까?"

"인터뷰 전에 폰 체크해 두는 건 상식 아닙니까?"

"당장 꺼요, 좀."

점수를 딸 기회라고 생각한 이민성은 웃으며 말했다.

"전 괜찮습니다. 다들 한 통화씩 하시고 계속하시죠."

하하하하하-

이민성의 순간적인 재치에 여기저기서 웃음소리가 터져 나왔다.

그런데 그게 시작이었을 줄이야.

우우웅- 우우웅-

윙- 윙- 윙-

갑자기 여기저기서 폰이 울려 대기 시작했다.

"뭐지?"

"어, 나도?"

처음에는 황급히 전화를 껐던 기자들도 이쯤 되자 뭔가 이상하다는 사실을 눈치챘다.

연락 내용을 확인한 기자들의 눈이 커졌다.

"협회에서 연락이 왔다고?"

"아니, 왜 그걸 지금 말해!"

기자들은 급하게 협회 사이트로 들어갔다.

그러자 사전에 준비해 뒀다는 듯이 새로운 S급 헌터의 사진과 이름이 올라와 있었다.

측정 결과 발표는 오늘이었다.

'그런데 오전에는 측정실을 쓰지 못한다고 했지 않나?'

'이민성 때문에 그런 거 아니었어?'

'그럼 측정실을 비운 건 이민성의 등급 심사 때문이 아니라 이 S급 헌터를 위해서?'

그때 기자들의 머릿속에 한 남자의 얼굴이 스치고 지나갔다.

설마!

방금 그, 고건희 협회장을 따라 안으로 들어간 남자!

오늘 측정실을 쓴 사람은 그 남자가 유일했다.

지금이라도 따라 들어가면 그 남자를 찍을 수 있지 않을까?

"기, 기자님들?"

굶주린 짐승의 눈으로 변한 기자들이 이민성을 무시하고 협회 건물을 향해 달려들었다.

우르르르-

우진철이 눈빛으로 사인을 보내자 감시과 헌터들이 손을 펼쳐 바리게이트를 만들었다.

"좀 들어갑시다!"

"S급이 나왔다면서요! 그런 건 미리 고지를 해 주셔야 하는 거 아닙니까!"

"비켜 보라고요!"

기자들이 맹렬히 달려들었지만 전원 헌터들로 이뤄진 감시과 직원들의 벽을 넘지는 못했다.

"뭐, 뭐야?"

순식간에 찬밥 신세가 된 이민성이 당황한 얼굴로 매니저에게 달려가자, 매니저가 방금 자신이 확인한 핸드폰 화면을 보여 줬다.

"S급?"

이민성은 넋이 나간 얼굴이 됐다.

"하필 오늘 S급 헌터가 나왔다고?"

A급 헌터가 되어서 세간의 이목을 한 몸에 받으려 했는데, 어디서 튀어나온 S급 헌터 하나가 모든 걸 망쳐 버리다니.

이민성은 고개를 가로저었다.

'아냐, 분명 뭔가 잘못된 거다.'

S급이 무슨 자판기 커피처럼 동전만 넣으면 툭 튀어나오는 등급도 아니고.

혹시 기자들이 여기에 대해 뭔가 알고 있는 게 없을까?

마침 이민성의 눈에 누군가와 통화하며 뒤늦게 계단을 올라가는 기자 한 사람이 들어왔다.

내일 나갈 기사 제목이 어떠냐고 조언을 구하던 그 신문사 기자였다.

"저기, 임 기자님!"

이민성의 다급한 목소리에도 임 기자는 건성으로 대답하고 지나쳤다.

"아, 이민성 씨. 제가 좀 있다 연락드리겠습니다."

"네? 임 기자님, 임 기자님!"

이민성은 임 기자의 등 뒤에서 점점 멀어져 가는 그의 통화 내용을 엿들을 수 있었다.

"……그래, 내일 헤드라인은 '눈물의 E급, 환희의 S급 되다' 이걸로 쫙 깔라니까."

이민성이 힘없는 눈빛으로 주위를 돌아보았다.

이미 자기 주변엔 아무도 없었다.

이민성은 털썩 주저앉았다.

"뭐야…… 이게."

그가 힘없이 중얼거리고 있을 때, 협회 문이 확 열리더니, 대한민국 10번째 S급 헌터가 모습을 드러냈다.

촤촤촤촤촤촤촤촤촤촤촤!

진우가 눈을 휘둥그레 떴다.

'뭐야, 이건?'

카메라 정면에서 대문짝만 하게 찍힌 진우와 그 뒤에서 안타까워하는 백윤호, 그 옆에서 쓴웃음을 짓는 최종인까지 함께 렌즈에 담겼다.

* * *

점심시간.

오전 작업을 마친 채굴팀 헌터들이 옹기종기 모여 앉아 점심을 들었다.

채굴이 주 업무이지만 낙반이나 붕괴 사고가 일어날 일이 없다

보니 분위기는 자유로웠다.

밥 한 공기를 뚝딱 해치우고 드러누운 헌터들도 있고, 핸드폰을 만지작거리며 시시덕거리는 헌터들도, 안주 하나를 놓고 둘러앉아 반주를 즐기는 헌터들도 있었다.

"어?"

핸드폰을 만지작거리던 헌터 하나가 깜짝 놀라며 상체를 벌떡 일으켰다.

"이거 성 씨 아녀?"

이성구가 귀를 쫑긋 세웠다.

"진짜네?"

"성 씨가 뉴스에 나오는데?"

잘못 들은 게 아니었다.

"내 그럴 줄 알았지."

반주 석 잔에 얼굴이 벌게진 이성구가 기다렸다는 듯 동료들이 모인 곳으로 뛰어갔다.

그러면서도 그의 입은 쉴 줄을 몰랐다.

"내 그놈이 눈을 부라릴 때부터 알아봤어! 그 막돼 먹은 놈이 얼마나 몹쓸 짓을 저질렀는지 나도 한번 보자고!"

이성구의 목소리가 하도 컸던 까닭일까?

"성 씨가?"

"성 씨가 뭔 죄를 저질렀댜?"

배 팀장을 포함, 근처에 있던 채굴팀 헌터들이 죄다 몰려왔다.

손바닥만 한 핸드폰 액정을 꽉 채운 진우의 얼굴 아래로 커다란 자막이 지나가고 있었다.

[……황동수, 차해인을 이은 대한민국의 열 번째 S랭크 헌터 성진우 씨가 지금 막…….]

"헉!"

진우를 발견한 이성구의 동공에 지진이 일어났다.

* * *

유진건설 회장실.

문 앞에 선 유진호가 짧게 숨을 내쉬었다.

"후."

덜컥.

매끄럽게 열린 문을 따라 시선을 들어 올리니, 서류를 검토하며 고개도 돌리지 않는 아버지가 보였다.

"들어와라."

대답을 하면서도 유명한은 서류에 사인 중이었다.

유진호는 유명한 곁에 섰다.

잠깐 아들의 얼굴을 확인한 유명한은 계속해서 작업을 이어 나갔다.

'여전하시네, 아버지는.'

예전 같으면 이런 아버지의 모습에 기가 눌려 하고 싶은 말도 제대로 못 하고 도망쳤을지 모른다.

그러나 지금은 달랐다.

"드리고 싶은 말씀이 있습니다."

"성진우 헌터에 대한 이야기냐?"

"네."

유명한이 드디어 고개를 들었다.

"그래. 어떻게 됐……."

그때였다.

유명한의 폰이 울렸다.

드르르르-

"잠깐."

유명한이 손을 들어 유진호의 말을 막았다. 메시지를 확인한 유명한의 눈이 조금 커졌다.

'아버지가 놀라실 때도 있네?'

유진호가 고개를 갸웃거렸다.

"……네가 봐야 할 게 있다."

"예?"

유명한은 대답 대신 빠르게 리모컨을 움직여 벽면에 걸린 대형 TV를 켰다.

그러자 속보가 흘러나왔다.

-네, 방금 확인됐습니다. 오늘 S등급으로 판명 난 헌터는 각성 후 각성을 거친 재각성자이며, 협회 소속으로 활동했었던 E등급 헌터 성진우 씨라고 합니다.

리포터의 들뜬 목소리가 현장의 분위기를 잘 말해 주고 있었다.

무심하게 듣고 있던 유진호가 '성진우'라는 이름에 화들짝 놀랐다.

'헉!'

이어서 바뀌는 화면.

화면 안에는 분명히 자신이 잘 알고 있는 사람이 무표정한 얼굴로 전방을 주시하고 있었다.

형님이었다.

'확실해. 형님은 지금 귀찮으신 거야.'

한동안 형님께 착 달라붙어 지냈더니 표정만 봐도 무슨 생각을 하는지 느껴졌다.

아니, 그것보다 S급이라니?

형님이 대단한 거야 알고 있었지만, 그 대단함의 정도가 자신의 예상을 아득히 초월하고 있었다.

동시에.

'그런 힘을 가지고서도 매일 던전에 들어가 수련에 매진하셨던 건가?'

밀려드는 경외감.

TV에서 진우의 이름을 연신 떠들어 대자 계속해서 그의 옆을 지켰었던 유진호의 가슴이 벅차올랐다.

삑-

TV가 꺼지며 형님의 얼굴도 사라졌다.

유진호는 아쉬운 표정을 했다.

"계속하거라."

이야기를 계속해 보라는 말.

유진호는 미리 준비했던 대로 크게 고개를 숙이며 말했다.

"죄송합니다, 아버지. 형님의 마음을 돌릴 수는 없었습니다."

유명한의 얼굴이 굳어졌다.

"……그래. 성진우 헌터는 뭐라고 말하며 거절하더냐?"

"그게 형님께선……."

머뭇거리던 유진호가 고개를 빼꼼 들고 말했다.

"길드를 만들 거니까 부사장 자리가 탐나면 들어오라고……."

멈칫.

화를 내시거나 무시할 거라고 생각했던 아버지의 얼굴이 순간 경직됐다.

그리고 이내.

피식.

유명한이 소리 없이 웃었다.

포커페이스로 알려진 유명한 회장이 아들 앞에서 표정 변화를 보인 것이다.

'왜 저러시지?'

차마 이유를 묻지는 못하고 눈만 이리저리 굴리는 유진호.

유명한이 웃음기를 지우고 물었다.

"내가 왜 유진 길드를 만들려고 하는 줄 아느냐?"

"헌터 사업은 돈이 되니까……가 아닙니까?"

"아니다."

유명한은 단호히 말했다.

"돈이라면 지금도 썩어 넘칠 정도로 많다. 그 돈 몇 푼을 더 벌자고 대형 길드들과 마찰을 빚을 수도 있는 짓을 진행할 것 같으냐?"

돈 때문이 아니라는 말일까?

유진호가 눈을 동그랗게 떴다.

"그럼……?"

유명한이 들고 있던 펜을 책상 위에 조용히 놓았다.

"우리를 지키기 위해서다."

유명한의 진중한 눈빛에 유진호도 마른침을 꼴깍 삼켰다.

"헌터들의 힘은 점점 더 커지고 있다. 한 사람의 힘이 국가의 무력과 맞먹는 경우도 이제 드물지 않지."

이른바 국가 권력급이라고 불리는 전 세계 최강의 헌터들.

유명한은 그런 이들을 일컫고 있었다.

"이미 약소국 일부에선 헌터들이 왕처럼 군림한다고 하더구나. 이런 상황에서 법과 공권력이 언제까지 우리를 지켜 줄 수 있을 것 같으냐?"

유명한의 목소리는 무거웠다.

하지만 설명을 듣고 있는 유진호는 문득 자신이 기뻐하고 있다는 사실을 깨달았다.

어째서일까?

'아…….'

나까지 포함해서 우리라고 말해 주셨다.

처음으로 부정(父情)의 단면을 엿본 것 같아 유진호는 조금 기뻤다.

유명한의 설명은 이어졌다.

"나는 길드를 만들어 신뢰할 만한 헌터들을 모으고 싶었다. 돈이나 인맥이 필요해서가 아닌, 인간적으로 믿고 의지할 수 있는 헌터들을."

유명한은 다시 얼굴에 희미한 미소를 띠웠다.

"너는 벌써 그런 사람을 얻은 것 같구나."

"예."

유진호는 즉답했다.

아버지가 말하는 의도를 정확히 판단하기는 힘들었지만, 진우를 믿고 의지할 수 있다는 사실만큼은 확실했으니까.

유명한은 고개를 끄덕였다.

"좋다."

"네?"

"합격이다."

무엇을 합격했다는 말일까?

유진호는 여전히 숙이고 있었던 고개를 뒤늦게 들어 올렸다.

"너에게 유진 길드를 맡기마."

"예?"

"유진 길드를 키워 보거라. 믿고 신뢰할 수 있는 강한 헌터들을 네 사람들로 만들어라. 앞으로 그들이 그 어떤 형태의 재산보다 귀해질 것이다."

유명한은 확신에 찬 목소리로 말했다. 그의 확신이 컸던 만큼, 유진호의 기쁨도 컸다.

아마도 태어나서 처음으로 아버지의 인정을 받은 게 아닐까?

"감사합니다, 아버지!"

만면에 미소를 띤 유진호가 90도에 가깝게 깍듯하게 허리를 숙였다.

그 모습을 유명한은 흐뭇하게 지켜보았다.

그런데 이어지는 유진호의 대답은 유명한의 기대와 전혀 다른 것이었다.

"하지만 저는 못할 것 같습니다."

"음?"

유명한의 눈썹이 꿈틀거렸다.

유진건설의 자금력은 차후 만들어질 유진 길드에 날개를 달아 줄 수 있었다.

벌써 S급 헌터 몇몇과는 구체적인 이야기까지 오고 갔다.

유진 길드가 대한민국에서 내로라하는 초대형 길드가 될 수 있음은 자명한 사실.

유진호도 그걸 모르지는 않을 터였다.

'그러니 마스터가 되겠다고 했겠지.'

헌데 막상 길드를 주겠다니 사양하는 것은 또 무엇인가?

그새 겁이라도 난 것일까?

유명한은 유진호에 대한 실망과 분노를 간신히 눌러 참으며 억지로 목소리를 냈다.

"……어째서냐?"

그러자 고개를 든 유진호가 기분 좋아 보이는 얼굴로 미련 없이 대답했다.

"저는 형님 길드로 갈 겁니다."

* * *

기자들에 둘러싸인 진우는 심히 당황스러웠다.

'이 사람들, 찍으라는 이민성은 안 찍고 왜 내 앞에서 이러고들 있어?'

혹시 뒤에 이민성이라도 있나 싶어 잠깐 돌아보았지만 뒤쪽엔 백윤호, 최종인 두 사람뿐이었다.

그때 허벅지가 떨려 왔다.

우우웅– 우우웅–

주머니에 넣어 둔 핸드폰이었다.

'진아가 이 시간에 전화를?'

통화 버튼을 누르자마자 동생의 다급한 목소리가 터져 나왔다.

–오빠! 오빠가 TV에 나와!

당연히 그렇겠지.

여기 있는 방송국 카메라만 몇 댄데. 어떤 채널을 돌려도 마찬가지일 거다.

학교에 있을 동생의 전화라 잠깐 긴장했던 진우는 한숨을 돌렸다.

"음…… 별일은 없지?"

–별일? 지금 그런 말이 나와? 재각성은 뭐야? 또 S급은 뭐고?

목소리를 들어 보니 애가 많이 놀란 것 같긴 했다.

하지만 여건상 하나하나 차분히 설명하고 있을 상황이 못 되었다.

"오빠가 지금 좀 바빠서…… 나중에 집에서 얘기해 줄게."

–오빠? 오빠?

오빠를 애타게 찾는 동생의 목소리에도 불구하고 진우는 전화를 끊었다.

띠릭.

그리고 왜 이런 사태가 발생했는지 알게 되었다.

'……메시지가 와 있었네.'

헌터협회는 어플을 통해 정보를 실시간으로 전달해 준다.

보통은 A급 이상의 던전 위치나 던전 브레이크 발생 장소 등을 알려 주지만, 오늘은 달랐다.

'허.'

메시지를 확인한 진우는 빠르게 협회 사이트에 접속했다.

아니나 다를까.

S급 자격증에 잉크가 아직 마르지도 않았는데 벌써 최상급 헌터 목록이 갱신되어 있었다.

[성진우, S급, 마법 계열]

헌터증에 적힌 그대로였다.

'……이런 건 또 쓸데없이 빠르네.'

전화를 다시 주머니에 구겨 넣은 진우는 앞을 바라보았다.

"성진우 씨! 협회 소속이었던 E급 헌터 성진우 씨 맞습니까?"

"흔치 않은 재각성자가 되셨는데요! 지금 소감이 어떠십니까!"

기자들은 진우의 모습이나 목소리를 조금이라도 더 카메라에 담으려고 필사적으로 몸부림쳤다.

그러나 기자들의 폭발적인 관심은 진우에게 귀찮기만 할 뿐이었다.

'일단 여길 좀 벗어나긴 해야겠는데.'

공손히 비켜 달라고 해 봤자 먹히지도 않을 것 같고.

진우의 눈썹이 꿈틀거렸다.

그냥 그림자 병사들을 불러내서 길을 뚫고 나가 버려?

"여기요! 성진우 씨, 이쪽도 좀 봐 주시죠!"

"성진우 씨! 전 국민들이 다 보고 있는데, 한번 웃어 주기라도 해 주세요!"

점점 가까워지는 카메라 렌즈들과 마이크들 앞에서, 진우는 진짜 '탱크'나 '어금니' 같은 그림자 마수병들을 불러낼까 2초 정도 진지하게 고민했다.

진우의 뒤편.

기자들에게 가로막혀 오도 가도 못하게 된 진우를 보고 있던 최종인.

그가 백윤호에게 다가갔다.

"아무래도 우리 신입 헌터님께서 지나친 관심에 곤란해 하시는 거 같은데."

"누구 맘대로 성진우 헌터님이 댁네 신입이라는 겁니까?"

"농담도 못 합니까, 농담도?"

또다시 눈싸움을 주고받던 두 사람.

결국 최종인이 한발 물러났다.

한숨을 내쉰 그가 말했다.

"어쨌든 여기서 시간을 끌면 다른 길드에게도 기회를 주는 꼴이 될 겁니다."

백윤호도 동의했다.

이민성 때문에 우연히 여기 오게 된 사신 길드 마스터 임태규는 물론이고, 남은 두 대형 길드들도 성진우 헌터와 접촉하기 위해 혈안이 됐으리라.

백윤호가 기자들을 돌아보았다.

"그러니까 최 대표님 말씀은……."

"파리들이 냄새 맡고 몰려오기 전에 우리 두 사람이 성진우 헌터님을 댁까지 모셔 드리자는 거죠. 가면서 같이 이야기도 할 겸."

괜히 라이벌을 늘릴 필요 없이 두 사람이 힘을 모으자는 것이다.

성진우 헌터가 어떤 능력을 가졌든 상급 던전을 돌려면 길드는 꼭 필요할 테니, 오늘 잘만 하면 백호나 헌터스 둘 중 한 곳에 S급이 하나 더 생길 수 있었다.

최종인은 자신이 이끄는 헌터스에 자신이 있었고.

"좋습니다."

백윤호도 나쁘지 않았다.

백호가 헌터스만큼 크지는 않아도 충분히 비전이 있는 길드인데다.

'우리 안 과장과 현 대리는 훨씬 이전부터 성진우 씨와 알고 지냈단 말이지.'

적어도 헌터스보다는 더 밀접한 관계라는 확신이 있었다.

두 사람의 이해관계가 일치했다.

묘한 눈빛을 주고받은 두 사람은 방향을 틀어 진우에게로 다가갔다.

먼저 말을 건넨 사람은 백윤호였다.

"헌터님."

진우가 돌아보았다.

"예?"

선수를 뺏긴 최종인이 속으로 혀끝을 찼지만, 협력하자는 약속대로 훼방을 놓지는 않았다.

백윤호가 최대한 밝은 미소를 지어보이며 말을 이었다.

"기자들이 몰려와서 난처하시죠? 저희가 댁까지 편안하게 모셔 드릴 테니 같이 가시죠. 이런 일은 또 저희가 전문이거든요."

다소 과장이 섞여 있긴 해도 빈말은 아니었다.

S급 헌터라면 누구나 한 번쯤은 겪어 본 일인 데다, 대형 길드를 운영하며 사람들의 관심에 어떻게 대처해야 하는지 배웠기 때문이다.

최종인도 거들었다.

"저희와 같이 가시죠. 가면서 드리고 싶은 말씀도 있습니다."

하지만 진우는 두 사람의 친절을 웃으며 거절했다.

"괜찮습니다."

그리고 티셔츠에 달린 후드를 푹 눌러썼다.

"들러야 할 데가 있어서요."

"예? 지금 사방에 기자들이 쫙 깔렸는데 어떻게 빠져……."

최종인은 말을 잇지 못했다.

휘익!

기자들 쪽으로 돌아선 진우가 수십 미터를 뛰어올라 그들의 반대편에 착지해 버렸기 때문이다.

"어, 어?"

진우는 당황한 기자들이 반응하기도 전에 인파 속에 섞여 사라져 버렸다.

최종인은 할 말을 잃었다.

S급인 자신조차도 제대로 반응하지 못했던 움직임이었다.

일반인인 기자들이 눈으로 좇지 못한 것은 당연한 일.

최종인은 실소를 흘렸다.

'S급 헌터로 등록되자마자 슈퍼맨 놀이인가?'

저런 운동신경을 가지고서 마법 계열 헌터라니.

같은 마법 계열 헌터로서 열받는 일이었다.

그럼 전투 계열 S급의 눈에는 방금 그 모습이 어떻게 비쳤을까?

"방금."

물어보려고 백윤호에게 고개를 돌리던 최종인이 흠칫 놀라며 반사적으로 물러섰다.

"백 사장, 당신 눈이?"

너무 놀라 존칭도 잊었다.

"아……! 미, 미안합니다."

백윤호는 황급히 한 손으로 눈을 가리며 돌아섰다.

잠시 후 다시 그가 눈을 떴을 땐, 괴물 같은 눈동자가 아닌 인간의 눈동자로 돌아와 있었다.

그러나 눈동자가 돌아왔다고 해서 충격까지 가신 건 아니었다.

'어떻게 이럴 수가…….'

백윤호는 몸을 떨었다.

방금 진우가 점프하기 위해 다리에 힘을 주었을 때, 그가 숨기고 있던 마력이 잠깐 모습을 드러냈었다.

아무리 뛰어난 헌터라 할지라도 그 찰나를 간파하기는 거의 불가능하다.

그러나 강한 마력에 백윤호는 자신의 능력, 맹수의 눈을 본능적으로 꺼냈고, 그 눈은 진우의 힘을 감지하는 데 성공했다.

'강하다.'

그가 강하다는 사실은 이미 알고 있던 것이었다.

하지만.

'그게 중요한 게 아니야.'

전에 한번 레드 게이트 앞에서 그와 실랑이가 붙었을 때, 본의 아니게 맹수의 눈을 뜬 적이 있었다.

그때 백윤호는 진우의 힘을 눈에 새겼다.

분명 강했다.

아무리 자신이라 해도 팔 한쪽 정도의 희생이 없으면 이기기 어려울 정도로.

하나 그뿐이었다.

어느 정도의 희생을 감수하면 언제든 이길 수 있는 수준이었던 것이다.

그런데 지금 이 강함의 차이란 무엇인가?

그때와는 비교도 되지 않는 마력이 느껴졌다.

그는 강해졌다.

그때보다 훨씬.

재각성이라면 이미 오래전에 끝났을 텐데.

대체 어떻게?

순간 백윤호의 머릿속에 한 가지 말도 안 되는 가설이 떠올랐다.

'설마 그는…… 성장할 수 있는 건가?'

어쩌면 그는 재각성이 아니라 성장을 통해…….

여기까지 생각이 미쳤을 때.

"이봐요, 백 사장. 당신 괜찮습니까? 안색이……."

최종인이 걱정스럽게 물었다.

백윤호가 두 손으로 얼굴을 쓸어내리더니 고개를 휘휘 저었다.

"갑자기 머리가 좀 어지럽네요. 이젠 괜찮습니다."

"젊은 사람이…… 조심하셔야죠."

백윤호는 최종인과 대화를 계속하면서도 줄곧 진우가 사라진 방향으로 시선을 향했다.

'이미 평범한 S급을 넘어선 그가 여기서 더 힘을 키울 수 있다면…….'

부르르.

백윤호는 전율에 몸이 떨려 왔다.

* * *

"택시."

기자들을 따돌린 진우는 한적한 도로에서 택시를 잡아탔다.

원하던 대로 S급 자격증을 손에 넣었다.

레벨업도 좋고, 던전도 좋지만, 지금 무엇보다 급한 것은 어머니의 치료였다.

'생명의 신수…….'

정말로 '생명의 신수' 아이템이 어머니를 낫게 할 수 있을지는 모른다.

'천분의 일, 아니 만분의 일이라도 가능성이 있다면…….'

최대한 빨리 악마성 던전을 클리어하고 재료를 모아 '생명의 신수'를 만들어 보고 싶었다.

그러기 위해선 악마성의 열기에서 몸을 지켜 줄 아티팩트가 필요했다.

진우는 뒷좌석에 앉으며 목적지를 말했다.

"한국 헌터옥션요."

백미러로 진우를 힐끔 쳐다본 택시 기사는 싱긋 웃었다.

"뭐 좋은 거 파시러 가나 봅니다. 헌터옥션에서 거래하는 물건들은 최소가가 수천 단위라면서요?"

진우는 대답 대신 옅은 미소를 지어 보였다.

꿀꺽.

기사는 침을 꼴깍 삼켰다.

헌터옥션에 뭔가를 팔러 간다는 소리는 당사자가 헌터라는 이야기고, 헌터를 상대할 때는 특히 조심해야 하니까.

헌터 중에는 가진 힘만큼이나 성격이 괴팍한 사람들이 많았다. 잘못해서 시비라도 붙으면 큰 사고로 이어질 수 있었다.

'저 청년은 그렇게 안 보이지만 어쨌든 조심하는 게 좋겠지.'

기사는 진우의 눈치를 살피며 입을 다물었고, 덕분에 택시 안이 조용해졌다.

진우는 헌터옥션에 가는 막간을 이용해 인터넷을 뒤져 보았다.

인터넷 기사나 SNS, 포털 커뮤니티 등등 어느 곳 할 것 없이 전부 다 새로운 S급 이야기뿐이었다.

아침까지만 해도 검색어 순위 1위가 이민성이었는데, 지금은 10위권에서도 찾아볼 수가 없었다.

쯧.

진우는 혀끝을 찼다.

'이 정도까지는 예상 못 했는데.'

어느 정도의 관심은 생각했었지만, 이렇게까지 뜨거울 것이라고는 미처 생각하지 못했다.

하긴.

한국에서 딱 10명.

그것도 죽거나 한국을 떠난 사람을 포함하면 여덟 명이 전부인 S급인데 어떻게 반응이 뜨겁지 않을 수가 있을까?

'그런데 왜 차해인 때는 조용했지?'

아홉 번째 S급이었던 차해인은 언론에 거의 노출이 안 됐기 때문에, 진우는 자신도 그렇게 조용히 넘어갈 줄 알았다.

해서 이리저리 검색해 보니 차해인은 S급이 되고 난 뒤 협회에 정보 보호를 요청했다고 한다.

'협회에 요청만 하면 언론이고 길드고 법적으로는 접근할 수가 없는 거였네.'

이런 편한 방법이 있는데 왜 협회장님은 알려 주시지 않았을까?

아.

진우는 검사장으로 가면서 들었던 질문을 떠올렸다.

협회장이 물었다.

"생각해 둔 길드가 있으십니까?"

"아직은요."

이것 때문에 물어본 거였나?

정보 보호를 신청하면 길드에서도 접근할 수 없기에 협회장이 따로 말하지 않은 듯했다.

'그럼 이건 됐고.'

진우는 온라인으로 협회에 정보 보호 신청을 접수해 두고, 한국 헌터옥션에 전화를 걸었다.

띠릭.

―한국 헌터옥션입니다.

"아티팩트를 감정받고 싶습니다. 지금 헌터옥션으로 가는 중인데 괜찮겠습니까?"

―물론입니다. 그런데 감정받으시려는 아티팩트는 어떤 종류입니까?

"마법을 증폭시켜 주는 효과가 있는 구슬입니다."

―아, 증폭 효과가 있는 마법구……. 그런데 효과를 정확히 아시는 걸 보니 어디 다른 곳에서 감정받은 적이 있으신 물건인가 보군요.

"그렇긴 한데 공신력이 없는 곳이라서 헌터옥션의 평가를 받고 싶습니다."

―하하, 잘 생각하셨습니다. 저희만큼 아티팩트의 가치를 제대로 판단할 수 있는 곳이 없죠.

뭔가를 적는 듯 잠깐 끊겼던 대화는 잠시 후 재개됐다.

―이전 감정에선 증폭 효과가 얼마나 되는 것으로 나왔습니까?

"100퍼센트."

―예?

"100퍼센트의 증폭 효과가 나왔습니다."

―…….

목소리는 잠시 뒤 흘러나왔다.

―죄송합니다만, 혹시 판매자분은 헌터신가요?

"네."

―원활한 감정을 위해 판매자분의 신원이 필요합니다. 등급과 성

함이 어떻게 되십니까?

진우는 입꼬리를 올렸다.

'이럴 줄 알았지.'

E급 헌터가 이런 말도 안 되는 아티팩트를 판다고 했다면 헌터옥션 측에서 상대나 해 줬을까?

이 순간을 위해서 재심사를 받았다고 해도 과언이 아니었다.

진우는 담담하게 말했다.

"S급. 성진우입니다."

* * *

헌터옥션에 도착했다.

본사 건물은 낮은 대신 넓게 지어져 있어 회사 빌딩이라기보다는 박물관이나 미술관을 연상시켰다.

경매 참가자가 백이든, 천이든 전부 수용해 주겠노라 외치듯 드넓은 주차장.

그 주차장 중간에 떡하니 세워진 으리으리한 건물.

헌터옥션이 아티팩트 거래를 통해 얼마나 많은 돈을 벌고 있는지 충분히 짐작할 수 있었다.

택시에서 내려선 진우가 건물 쪽으로 향하자, 채 몇 걸음도 떼기 전에 안에서 격식 있게 차려입은 남자 하나가 뛰어나왔다.

"성진우 헌터님 되십니까?"

"네."

남자는 진우의 얼굴을 확인하고서 놀란 표정을 지었다.

그러나 곧 자신의 본분을 떠올리고는 밝은 목소리로 인사했다.

"연락받았던 헌터옥션 감정팀 김정기입니다. 이리로 오시죠."

진우는 짧게 고개를 끄덕였다.

김정기는 진우를 감정실로 안내하며 오만 생각을 다 했다.

'방금 기자들 앞에서 자취를 감춘 S급 신인이 내 뒤에 있다니.'

처음 연락을 받았을 땐 장난 전화인 줄 알았다.

일단 아티팩트 효과 자체가 말이 되지 않았고, 하필 오늘 S급이 된 헌터라고 밝힌 점에서 더 그랬다.

'하마터면 S급 헌터한테 욕을 날릴 뻔했잖아?'

헌터협회에서 성진우 헌터의 번호가 맞다고 확인해 줬을 땐 어찌나 간담이 서늘하던지.

매뉴얼대로 무례하지 않게 군 것이 천만다행이었다.

—……급으로 새로이 등록된 성진우 헌터는 각성 후 각성을 거쳐 E급에서 S급으로 무려 다섯 단계를 건너뛰었으며, 마법 계열의 능력을 지닌 것으로…….

아직도 건물 내부 곳곳에 비치된 TV에선 그의 얼굴이 나오고 있었다. 본인도 신경 쓰이는지 후드를 다시 눌러썼다.

자기 이야기도 아닌데, 김정기는 연신 진우를 언급하는 뉴스들을 보며 왠지 모르게 우쭐해졌다.

'셀카라도 같이 찍자고 해 볼까?'

고개를 절레절레 저었다.

여기가 직장만 아니었어도 셀카나 사인 같은 걸 요구해 봤을 거다.

하지만 중요한 거래를 위해 찾아온 손님에게 그런 무례를 범할 수는 없었다. 인내심이 필요한 순간이었다.

'입구에서 여기까지 길이 이렇게 짧았었나?'

여러 생각이 교차하는 사이 금방 감정실이 나왔다.

김정기는 아쉬운 얼굴로 말했다.

"이쪽입니다."

넓은 방 안에는 점심도 포기하고 달려온 감정팀 팀장과 수석 감정사가 초조하게 기다리고 있었다.

진우를 발견한 팀장은 눈을 동그랗게 떴고.

'진짜 뉴스에 나오는 그 사람이네?'

수석 감정사는 마른침을 힘겹게 꼴깍 삼켰다.

'그럼 마법 증폭구도 정말로……?'

아니야, 아직은 모른다.

사람이 진짜라고 물건까지 진짜란 법은 없지.

수석 감정사는 자신을 달래듯 그렇게 속으로 되뇌었다.

세계에서 가장 뛰어난 아티팩트 제작자가 최고의 재료들로 혼신을 기울여 만든 마법 증폭구의 증폭률이 50퍼센트를 조금 넘는 수준이었다.

그마저도 재료 모으기가 쉽지 않고, 제작에 필요한 인원과 시간이 많이 필요하여 몇 년에 한 번 볼 수 있을까 말까다.

사겠다는 마법 계열 헌터들이 전 세계에 까마득히 줄지어 서 있는데도 물건이 없어 팔 수가 없는 것이다.

뭐, 세계까지 갈 것도 없다.

국내에서만 해도 최종 병기라 불리는 마법 계열 헌터, 최종인이

50퍼센트 이상의 증폭구 구매를 벼르고 있었다.

그런데 등급만 S급일 뿐이지 아직 이름도 잘 안 알려진 헌터가 증폭률이 100퍼센트나 되는 물건을 들고 왔다고?

'말도 안 되는 소리…….'

상대가 최상급 헌터만 아니었어도 엉덩이를 걷어차서 내쫓았을 만큼 허무맹랑한 이야기였다.

하지만 S급 헌터를 문전박대할 수는 없는 노릇이었다.

만약 이번 일이 해프닝으로 끝난다고 해도 앞으로 오랫동안 중요한 거래처가 될 사람이니까.

'밑져야 본전이다.'

수석 감정사는 약간의 기대감과 그 몇 배 이상의 의구심이 섞인 낯빛으로 진우에게 말했다.

"그…… 아티팩트를 보여 주실 수 있겠습니까?"

김정기와 감정팀 팀장도 잔뜩 긴장한 얼굴로 진우를 응시했다.

"그러죠."

진우는 주머니에서 꺼내는 척하며 창고에 있는 '탐욕의 구슬'을 불러냈다.

"이게 그……."

수석 감정사는 안경을 고쳐 썼다.

아름다운 핏빛의 구슬.

보는 사람으로 하여금 탄성을 자아내게 만드는 힘이 담긴 물건이었다.

감정팀 두 사람은 작게 감탄했다.

"흐음-."

하지만 수석 감정사는 안경을 만지작거리며 고개를 갸웃거렸다.

"이건 마정석이나 마석의 힘으로 만든 아티팩트가 아니군요?"

"아닙니다."

수석 감정사는 고개를 끄덕였다.

'역시.'

감정사를 시작한 지 7년.

꽤 오랜 시간 아티팩트들을 관찰해 왔지만 붉은색을 띠는 수정구는 여태 본 적이 없었다.

평범한 수정구는 맑고 푸른빛을 띠며, 상급으로 갈수록 검은색에 가까워진다.

그런데 붉은색이라?

수석 감정사는 거듭 고개를 갸우뚱거리다가, 수정구를 넘겨받았다.

그러자.

'뭐, 뭐지?'

돌연 등줄기가 서늘해졌다.

수정구에서 느껴지는 알 수 없는 힘 때문이었다.

'설마……?'

그는 소스라치게 놀라며 마법구를 내려다보았다.

수석 감정사 자신도 B급의 마법 계열 각성자.

자신이 들고 있는 것이 어떤 물건인지 바로 직감할 수 있었다.

전신에 식은땀이 흘렀다.

'맙소사!'

마법구에서 퍼져 나오는 힘에 소름이 돋아 황급히 고개를 쳐드니, 진우가 담담히 바라보고 있었다.

'이걸 가져온 사람이 낮은 등급의 헌터였으면…….'

이런 느낌은 처음이었다.

그간 초고가의 아티팩트를 수도 없이 접해 왔지만, 감정을 맡긴 사람을 때려눕히고 아티팩트를 강탈하고 싶어진 적은 이번이 유일했다.

그런데 상대는 S급.

'……?'

진우가 말끄러미 쳐다보았다.

그의 시선에 감정사는 간신히 자신의 욕망을 추스를 수 있었다.

'S급을 상대로 강탈을?'

감히 시도는커녕 상상도 해 보기 힘들 정도의 격차가 있는 헌터였다.

감정사가 마법구를 보고 그랬던 것처럼, 진우도 감정사를 보고 고개를 갸웃했다.

'왜 저러지?'

어디 아프기라도 한 걸까?

어쨌든 감정사는 이마에 맺힌 식은땀을 훔쳐 내며 팀장에게 물었다.

"팀장님, 카메라 켜 주세요."

"아! 예, 예."

카메라를 켜 달라는 건 지금 감정사가 들고 있는 물건이 엉터리가 아니라는 뜻.

팀장의 심박이 빨라졌다.

진우의 연락을 처음 받았던 김정기의 표정도 다르지 않았다.

"촬영 시작합니다."

팀장은 카메라 렌즈를 감정사 쪽으로 돌렸다.

감정사는 원판형의 마력측정기 앞에 섰다.

측정기에 마법구를 올려 두자.

삑-

수치가 나왔다.

그러고는 마법구를 손에 쥐고 다시 한번 측정했다.

그러자 감정사에게서 흘러나오는 마력 측정값이 순식간에 두 배로 증가했다.

삑-

측정 결과를 확인한 김정기의 안색이 파래졌다.

"이럴 수가……."

팀장도 달려와 결과를 확인했다.

'100퍼센트? 정말로 100퍼센트의 증폭률을 가진 마법구라고?'

심장이 벌렁거렸다.

헌터옥션에서 아티팩트 거래를 돕고 받는 수수료가 평균 5퍼센트 가량.

천억만 받아도 50억을 챙길 수 있는 장사다.

그런데 이 붉은 마법구의 가격이 얼마나 나갈지는 자신의 오랜 경력으로도 도저히 예측이 불가능했다.

'대박이다! 대박이야!'

보는 눈들만 없었다면 당장 만세를 부르며 옆의 부하 직원을 끌어안고 싶은 기분이었다.

거래에 성공하면 인센티브는 얼마쯤 나올까?

흥분에 숨이 콱 막혀 왔다.

김정기의 반응도 상관과 별반 다르지 않았다. 상기된 얼굴로 주먹을 꽉 쥐었다.

'좋았어!'

이번 일만 제대로 맡으면 승급은 따 놓은 당상이었다.

"시…… 시연을 해 보겠습니다."

감정사가 떨리는 목소리로 간신히 말하자 붙어 있던 감정팀 두 사람이 멀찍이 떨어졌다.

진우도 눈치껏 물러섰다.

카메라는 아직 잘 돌아가고 있었다.

구매자들에게 어필하려면 단순한 수치보다는 영상 쪽이 훨씬 더 효과적이었다.

감정사의 시선이 카메라를 향했다.

"시작합니다."

감정사의 오른손 위에 트럭 바퀴만 한 규모의 눈보라가 휘몰아쳤다.

감정사는 말을 이었다.

"마력을 그대로 유지하면서 마법구에 접촉해 보겠습니다."

그의 왼손이 '탐욕의 구슬'에 닿는 순간.

휘이이이잉-!

손 위에서 춤추던 눈보라가 방 전체를 뒤흔들었다.

"헉!"

깜짝 놀란 감정사가 즉시 마법을 거두지 않았다면 방 전체가 얼어붙을 뻔했다.

"카메라 꺼 주세요."

"예, 예."

팀장이 고개를 주억거리며 달려가 카메라를 껐다.

이로써 아티팩트 감정 과정이 모두 끝이 났다.

'후-.'

감정사의 손끝에서 순간적으로 폭발하는 마력을 느끼며 조마조마했었던 진우는 안도의 한숨을 내쉬었다.

그런데 진우뿐 아니라 방에 있는 모두가 떨리는 가슴을 진정시키느라 한숨을 내쉬었다.

일시적으로 방 안에 정적이 내려앉았다.

진우가 물었다.

"얼마나 나가겠습니까?"

이걸 팔면 원하는 아티팩트를 구할 수 있을까?

아니, 새 아티팩트의 구매 여부도 기대가 되었지만, 지금은 100퍼센트 증폭 마법구라면 얼마나 받을 수 있을지 순수한 호기심이 일었다.

감정사는 믿기지 않는다는 얼굴로 '탐욕의 구슬'을 들여다보았다.

"이걸…… 이런 물건에 제가 어떻게 가격을……."

그의 시선이 진우에게로 옮겨 갔다.

꿀꺽.

그는 마른침을 삼켰다.

이 남자는 대체 어디서 이런 아티팩트를 구해 왔단 말인가?

감정사가 관여할 문제는 아니지만, 그걸 알면서도 참지 못하고 물었다.

"어디서 구하신 겁니까?"

진우는 감정사가 아니라 김정기 쪽을 바라보며 되물었다.

"그것도 원활한 판매를 위한 질문인가요?"

김정기는 머쓱한지 시선을 피하며 목 뒤쪽을 긁적였다.

감정사는 고개를 저었다.

"아니요, 아닙니다. 단지 저는…… 너무 놀라워서. 하지만 이런 마법구가 존재한다는 사실이 밝혀지면 모두들 어디서 나온 물건인지 궁금해 할 겁니다."

과연 다른 두 사람도 궁금해 죽겠다는 눈치였다.

'뭐, 상관없나?'

물어본다면 말 못 해 줄 이유도 없긴 했다.

떳떳하지 못한 방법으로 습득한 것도 아니고, 알려 준다고 남이 구할 수 있는 것도 아니니.

진우의 입술이 떨어졌다.

진우를 제외한 세 사람은 과연 어떤 대답이 나올지 숨소리도 멈추고서 대답에 집중했다.

진우는 웃으며 말했다.

"던전에서 주웠습니다."

* * *

백윤호는 사장실로 들어갔다.

"혼자 있고 싶으니까 아무도 들이지 마세요."

비서에게 따로 지시한 것도 모자라 문을 걸어 잠근 그는 컴퓨터를 켰다.

그리고 S급 헌터이자 길드 마스터라는 자신의 권한을 이용해 손에 넣을 수 있는 모든 정보를 열람하기 시작했다.

'있을 수 있는 일인가?'

백윤호의 머릿속에 진우에 대한 생각이 떠나지 않았다.

성장이 가능한 헌터라니?

그러나 그게 아니라면 며칠 사이에 몰라보게 달라진 그의 힘은 어떻게 설명할 것인가?

그의 손가락이 바삐 움직였다.

전 세계의 최상급 헌터들만 이용할 수 있는 헌터 사이트에서도 관련 자료를 찾아보았다.

그러나 허사였다.

'없어…….'

스스로 능력치를 끌어올릴 수 있는 헌터는 없었다.

각성이나 재각성이라는, 순전히 기연을 통해서만 성장할 수 있을 뿐.

헌터를 달리 신의 선택을 받은 자라 부를까?

수많은 창이 떴다가 사라지기를 반복하고, 수없이 많은 글자들이 화면 위를 쉴 새 없이 오갔다.

그러길 3시간째.

장시간 검색에 지친 백윤호가 의자에 등을 기대었다.

'내가 너무 과민하게 반응한 건가?'

어쩌면 그럴 수도 있다.

성진우 헌터가 생각보다 강한 힘을 가지고 있어서 놀란 나머지, 말도 안 되는 가정을 떠올려 버린 건지도 모른다.

"하하."

한창 바쁜 시간에 뭐 하는 거람?

이럴 시간에 성진우 헌터에게 문자나 한 번 더 보내야 하는 건데.

약삭빠른 최 대표가 벌써 성진우 헌터를 찾아가 계약서를 들이밀고 있을지도 모르는 일 아닌가?

백윤호는 실소를 흘리며 창을 하나씩 꺼 나갔다.

그리고 마지막 창이 남았을 때.

'가만…….'

반쯤은 장난으로 검색 사이트에 '헌터 성장 능력'이라고 쳐 넣었다.

물론 성과는 없었다.

백윤호도 딱히 뭔가를 기대하고 한 행동은 아니었다.

그저 검색이 필요할 때마다 하던 행동을 무의식적으로 반복한 것에 불과할 뿐.

'그러고 보니…… 오늘 점심도 안 먹었구나.'

뒤늦게 느껴지는 허기에 배를 문지르며 입맛을 다시던 백윤호가 검색창을 끄려는 순간, 그의 눈이 번뜩였다.

'……?'

검색 결과 다섯 번째 페이지쯤에 링크된 글 하나.

링크 주소가 헌터들만 가입 가능한 전용 카페의 주소가 아니었다면 그냥 넘겨 버렸을 글.

백윤호는 마우스를 움직였다.

[제목 : 이상한 일이 일어났습니다.]

[내용 : 갑자기 게임처럼 능력치가 보이고, 능력치를 올릴 수 있게 되었습니다. 혹시 저와 같은 일을 겪고 계신 분 있나요?]

익명으로 쓰인 글이었다.

그런데 왜일까.

글을 읽어 내려가며 호흡이 빨라지고 심장이 뛰는 느낌이 들었다.

'누가 보면 미쳤다고 하겠지?'

그래도 한번 확인해 봐서 나쁠 건 없지 않은가.

백윤호는 수화기를 들었다.

—네, 사장님.

곧 제2관리과의 안상민 과장이 전화를 받았다.

"안 과장님이 하나 알아봐 주셨으면 하는 게 있습니다."

이 익명의 글이 올라온 날에 성진우 헌터에게 무슨 일이 있었는지 알고 싶어졌다.

—예, 알아보겠습니다.

담백한 대답과 함께 전화가 끊겼다.

안 과장은 능력 있는 직원이다.

기다리고 있으면 어떤 방법으로든 알아봐 줄 사람이었다. 그런데 결과는 생각보다 더 빨랐다.

'벌써?'

백윤호는 금방 울리는 전화를 들었다.

—남아 있는 기록이 있어서 얼마 안 걸렸습니다.

"그래요?

백윤호는 반색했다.

그러고 보니 안 과장의 지시로 제2관리과 전체가 성진우 헌터에 대해 모을 수 있는 정보를 다 모은 적이 있다고 했었지.

덕분에 기다리는 시간이 짧아졌다.

—예, 그날 성진우 헌터님은…… 아, 이때가 그때인가 보네. 왜 그 몇 달 전에 이중 던전 사건 있지 않았습니까?

"있었죠."

—성진우 헌터님이 그 이중 던전 생존자셨거든요. 아마 입원해 있는 동안 계속 의식이 없었던 걸로 알고 있습니다.

"아…… 그렇습니까."

백윤호가 실망스러운 눈빛을 했다.

의식이 없는 사람이 인터넷에 글을 올릴 수는 없는 일이다.

'능력치를 올리다니…… 그런 일이 가능할 리 없지.'

정말 웃기지도 않은 해프닝이었다. 어쩐지 피곤해졌다. 오늘은 집에 일찍 들어가서 눈이라도 좀 붙여야겠다고 마음먹었을 때.

—어? 잠깐만요. 내내 기절해 있기는 했는데…….

수화기 너머에서 신기하다는 듯 안상민의 목소리가 이어졌다.

—딱 그날 눈을 뜨셨네요.

그 소리를 듣자마자 백윤호는 편히 앉았던 자세를 바로 했다.

'하필 그날 눈을 떴다고?'

—아, 정확히는 그 전날에 깨어났다고 되어 있습니다.

이내 안상민이 대답을 정정했지만, 백윤호가 생각하기에 하루 정도의 시간 차는 크게 중요하지 않았다.

정말 중요한 것은 이 글을 올린 사람이 성진우 헌터일 가능성이 가까워졌다는 사실이었다.

"……알겠습니다. 그만하면 됐습니다. 수고하셨어요."

그렇게 전화를 끊은 백윤호는 보고서 파일들이 저장된 폴더를 찾아 문서 하나를 열었다.

제2관리과에서 성진우에 대해 조사해 보낸 보고서였다.

딸깍, 딸깍.

백윤호는 다른 것보다 진우의 최근 행적을 주의 깊게 살폈다.

그전까지 그는 별다른 모습을 보이지 않았다.

툭하면 다치고 수입도 별로인, 전형적인 E급 헌터의 삶을 살고 있었다.

그런데.

'이중 던전 사고…….'

그날 백윤호도 현장에 있었다.

협회는 가장 가까운 거리에 있는 대형 길드 백호에 급히 도움을 요청했고, 백윤호는 기꺼이 정예 공격대와 함께 그곳을 찾았다.

위용, 위용!

거기서 그는 의식을 잃은 채 구급차에 실려 가는 한 남자를 보았다.

'그때는 그 남자가 성진우인지 몰랐지만…….'

그 안에서 대체 무슨 일이 있었던 걸까?

어쨌든.

이때를 전후하여 성진우는 완전히 달라졌다.

얌전히 협회 일만 돕던 그가 일반인 공격대에 들어가는가 하면, 갑자기 C급 게이트를 하루에 몇 개씩이나 클리어하기 시작했다.

분명 그의 안에서 무언가가 변했다.

백윤호는 확신했다.

'평범한 재각성은 아니다.'

안 과장은 재각성한 성진우 헌터의 힘을 유진건설 쪽에서 테스트해 본 것이라는 가설을 세웠지만.

'아니.'

그렇다면 재각성이 끝나고 나서도 부쩍 성장해 버린 그의 힘을 설명할 길이 없었다.

'정말로 자신의 힘을 성장시킬 수 있는 헌터가 있다면?'

게다가 불과 몇 달 사이에 E급이었던 능력을 S급까지 끌어올릴 수 있을 정도로 성장 속도가 빠르다면?

"……."

백윤호는 저도 모르게 침음성을 흘렸다.

소름 돋는 일이었다.

물론 그 정체불명의 게시물을 쓴 사람과 성진우 헌터가 동일인이라는 증거는 어디에도 없었다.

하지만 그 글에서처럼 성진우 헌터가 자신의 능력치를 올릴 수 있다면, 여기서 얼마나 더 위로 올라가게 될지 상상하는 것만으로도 아찔해졌다.

그와 동시에.

'내가 어리석었다.'

성진우 헌터가 왜 그리도 길드에 관심을 가지지 않는지 이해할 수 있었다.

'입장을 바꿔 생각해 봐도…….'

자신에게 한계 없이 계속해서 성장할 수 있는 능력이 주어진다면 과연 남의 길드에 들어가고 싶을까?

백윤호는 고개를 저었다.

'차라리 길드를 만들고 말지.'

국내 1위, 2위 길드가 다 무슨 소용일까?

어차피 자기가 있는 곳이 최고가 될 텐데.

'이거 최종인 대표나 나나 완전히 헛물켜고 있었군.'

지금도 성진우 헌터를 찾아 발바닥에 땀나도록 돌아다니고 있을 최 대표를 생각하니 절로 웃음이 나왔다.

하지만.

'내 가정이 사실이라면 그냥 웃어넘길 일이 아니다.'

머지않아 그는 대한민국 헌터계를 좌지우지할 수 있는 존재가 된다. 아니, 전 세계의 헌터들이 그를 주목할지 모른다.

성진우 헌터에 대한 플랜을 완전히 다시 짜야 할 때였다.

그러나 그전에 먼저.

'일단 그를 만나서 확인을 한번 해 봐야겠어.'

백윤호는 고개를 끄덕였다.

아무리 생각해 봐도 성진우 헌터를 만나는 게 가장 급선무였다.

그런데.

'……어떻게 시간을 좀 내 달라고 하지?'

백윤호는 머리를 움켜쥐었다.

"……."

그동안 숱하게 보냈던 요청에 답장 한번 주지 않았던 사람을 만나야겠다고 마음먹으니, 벌써부터 머리가 지끈거리기 시작했다.

*　*　*

감정사는 놀란 목소리로 말했다.

"던전에서 주웠다고요?"

진우는 고개를 끄덕였다.

악마성 '던전'에서 탐욕스러운 볼칸을 잡고 '주운' 거니까 거짓말은 아니었다.

'던전에서 저런 걸 주울 수 있다고?'

'지금 제작 기술로는 만들 수 없는 물건이긴 한데…….'

물어본 감정사나 같이 대답을 들은 감정팀 두 사람이나 믿기 어렵다는 얼굴들이었지만, 당사자가 그렇다니 그리 알고 있을 수밖에.

사실 지금 붉은 마법구가 어디서 나왔는지가 중요한 문제는 아니었다.

'이걸 헌터님께서 앞으로 어떻게 하실지가 중요한 거지.'

팀장이 앞으로 나섰다.

"진품이 확실하군요."

그의 시선이 진우의 손에 들린 구슬 쪽으로 향했다.

"저희 측에서 경매를 진행하시겠습니까? 최고의 값을 받게 도와드리겠습니다."

어떡한다?

진우는 탐욕의 구슬을 어떻게 할지 결정하기에 앞서 이곳에 들른 다른 용건을 물었다.

"혹시 화속성 방어 아티팩트를 살 수 있습니까?"

팀장과 김정기가 서로를 돌아보았다. 두 사람은 조금 어색한 표정으로 진우를 바라보았다.

진우는 의아했다.

"제가 못 물을 거라도 물었나요?"

"아닙니다."

"그럼 화속성 방어구를 구하기가 상당히 어렵다든가?"

"실은……."

팀장이 웃으며 말했다.

"그 반대입니다. 너무 구하기 쉬운 거라."

"인터넷에 없던데요?"

"속성이 붙은 무기나 방어구는 워낙 고가라 인터넷으로는 잘 내놓지 않습니다. 그래도 구하려면 금방 구해지는 물건입니다. 공격 마법 중에는 화속성 마법이 가장 흔하니까요."

하긴.

여태껏 만났던 마법 계열 헌터는 대개 불이나 빛을 다루었다.

S급인 최종인 헌터도 화염계 마법이 특기라고 들었다.

심지어 진우 본인이 다루는 그림자 마법병들도 불을 썼고, 특히 어금니는 입으로 직접 불을 뿜기까지 한다.

그만큼 흔하다는 소리다.

'구하기 쉽다니 다행이네.'

고가라는 말이 마음에 걸리긴 했지만 어머니의 치료가 달려 있다. 빨리만 구할 수 있다면 가격이야 얼마든지 지불할 생각이 있었다.

여차하면 탐욕의 구슬을 팔아도 되니까.

"한번 알아봐 주시겠습니까?"

"네, 알겠습니다."

팀장은 감정실을 나가려다 말고 김정기를 돌아보았다.

"정기 씨, 여기서 기다리시는 것도 뭐하니 헌터님께 경매품들이라도 보여 주고 있는 건 어때요?"

"아, 그러겠습니다."

김정기가 앞장섰다.

"따라오시죠."

두 사람은 전시실로 갔다.

경매를 앞두고 있거나 아직 구매자가 나타나지 않은 초고가 아티팩트들을 모아 둔 VIP 전용 전시장이었다.

무기나 방어구, 룬석 등등이 투명한 상자 속에 진열되어 있었다.

진우는 그중 하나, 장검이 들어 있는 유리 상자를 보고 멈춰 섰다.

김정기가 다가왔다.

"맘에 드는 물건이라도 있으신가요?"

"아뇨, 그게 아니라."

진우는 노크하듯 유리 상자를 톡톡 쳤다.

"이렇게 얇은 상자 하나로 아티팩트를 지킬 수 있나요? 별다른 보안장치도 없는 듯한데."

그러자 김정기가 자신만만한 표정을 지었다.

"그래 보여도 최고의 제작자들이 마력을 투여한 강화유리입니다. A급 전투 계열 헌터가 전력으로 때려도 아무 이상이 없는 물건이에요."

"A급이 쳐도……?"

진우가 반신반의하자 김정기는 피식 웃으며 말했다.

"못 믿으시겠으면 한번 쳐 보시겠습니까? 만에 하나라도 부서진다면 안에 든 아티팩트를 헌터님께 드릴 수도 있습니다."

"흠……."

정말 이 강화유리란 게 그렇게 튼튼한 걸까?

'마력이 느껴지긴 하는데.'

호기심이 생긴 진우는 오른팔에 힘을 주었다.

후욱-

순간적으로 어깨와 팔뚝이 팽창하며 주변의 공기가 묵직하게 가라앉았다.

"자, 잠깐만요!"

김정기가 급하게 가로막았다.

"말이 그렇다는 거죠. 실제로 쳐 보란 얘기가 아니라."

"아, 예."

"진짜로 깨지기라도 하면 헌터스의 정예들이 달려옵니다. 저희 옥션과 헌터스는 보호 계약을 맺었거든요."

"아하."

농담 한번 진담처럼 하네.

진우는 힘을 거뒀다.

진우에게서 뿜어져 나오던 위압감이 사라지자 김정기는 안도의 한숨을 내쉬었다.

'그런데 이 사람, 마법 계열 헌터라고 하지 않았나?'

무슨 마법 계열 헌터의 기세가 이리도 무지막지한지…….

사실 쳐 보란 말은 농담이 아니었다.

S급 헌터라고 해도 마법 계열인데 근력이 대단해 봐야 얼마나 대

단하겠냐는 생각에서였다.

그런데 진우가 집중하는 순간 털이 곤두서면서 본능적으로 그를 막아야겠다는 직감이 들었다.

다행히 진우는 순순히 물러났다.

'뭐, 잘못하면 헌터님의 손이 다쳤을지도 모르니까.'

김정기는 그렇게 위안 삼으며 다른 아티팩트들을 안내했다.

내부를 한 바퀴 둘러본 진우가 물었다.

"만져 볼 수 있는 무기는 없나요? 단검 종류로."

무기에 의존하는 타입이 아니어서 그동안 별로 신경을 쓰지 않고 있었지만, 전시된 각종 장비들을 보니 돌연 관심이 생겼다.

김정기의 얼굴이 환해졌다.

헌터들에게 아티팩트들을 관람시키는 건 다른 이유에서가 아니다. 바로 이런 순간을 위해서다.

헌터는 판매자이기도 하지만, 귀한 고객이기도 하니까.

"물론 있습니다."

그렇게 대답한 뒤 목 아래에 부착된 마이크로 무기류 담당 직원을 호출했다.

그새 마음이 바뀔까 싶었는지, 담당자가 금방 뛰어왔다.

"이분이?"

담당자가 눈빛을 보내자 김정기가 고개를 끄덕였다.

"아, 반갑습니다. 무기 쪽은 제가 담당하고 있습니다. 같이 가시죠."

담당자는 진우를 데리고 VIP 전시실을 빠져나갔다.

두 사람을 보낸 김정기가 다시 한번 한숨을 쉬었다.

'성진우 헌터님은 사람을 깜짝깜짝 놀라게 만드는 재주가 있으시네.'

어느 정도 안정을 찾은 김정기가 별생각 없이 주변을 둘러보다가 아까 진우가 관심을 보였던 그 장검 앞에 섰다.

진우와 진열장 위치가 너무 가까웠기에 지문이라도 묻었는지 살펴보던 그가 고개를 갸웃거렸다.

"응?"

상자 위쪽.

"어라?"

상자 위쪽 한 모퉁이에 눈에 띄지 않을 만큼 미세하게 금이 간 부분이 있었다.

"이건 또 언제 이렇게 됐어?"

손수건을 꺼내 문질러 봤지만 지지 않았다. 때가 묻은 게 아니라 금이 간 게 맞았다.

"참 나."

김정기는 눈살을 찌푸렸다.

주요 고객이 될지도 모르는 성진우 헌터가 이걸 봤으면 얼마나 실망했을까?

잘 안 보이는 모서리 근처라 그나마 다행이었다.

쯧쯧.

혀끝을 차며 관리팀을 호출해 둔 김정기가 진우를 따라 VIP 전시실을 나섰다.

* * *

진우는 담당자가 보여 주는 단검을 들어 보았다.

솔직히 말해 형편없었다.

'입수 난이도 B급의 나이트 킬러보다도 안 좋네.'

공격력이 '나이트 킬러'의 반도 되지 않았다.

진우는 실망스러운 얼굴로 단검을 돌려주며 물었다.

"이건 얼마죠?"

"3천만 원입니다."

진우의 눈이 커졌다.

이딴 게 얼마라고?

"얼마라고요?"

"3천만 원입니다, 헌터님."

"잠시만요."

진우는 돌아서서 품속을 뒤지는 척하며 나이트 킬러를 보여 주었다.

"이런 건 얼마나 합니까?"

직원은 눈을 휘둥그레 떴다.

"헌터님 물건입니까? 이야, 섬세한 장인의 손길이 느껴지는 단검이네요!"

아니, 그거 상점표인데…….

약간 망설이던 직원이 웃음을 띠고 말했다.

"제가 전문 감정사가 아니라 정확한 평가는 힘들지만, 못해도 얼추 1억 이상은 갈 듯한 물건으로 보이네요."

진우의 표정이 굳었다.

'이거 상점에서 3백만 골드 주고 산 건데?'

정확히는 280만이었던가?

진우의 표정을 확인한 직원이 민망한 듯 뒷머리를 긁적였다.

"제가 틀렸습니까? 무기류는 제가 전문이라 주제넘게 말씀드려 본 겁니다만."

"그런 건 아닙니다."

너무 터무니없이 비싼 아티팩트 가격에 놀랐을 뿐이었다.

하긴.

처음 손에 쥐었던 공격력 10짜리 김상식의 강철검도 3백이나 한다고 들었고, 별로 쓰이지 않은 유진호의 장비들도 억대를 호가했다.

하니 시스템 상점에서 판매하는 높은 능력치의 아이템들이 고가로 거래될 수 있다는 사실은 따지고 보면 그리 놀랄 만한 일도 아니었다.

'내가 신경 쓰지 않았을 뿐이지.'

돈에 크게 관심이 없었으니까.

'잠깐만…….'

지금 골드는 창고에 넘치도록 쌓여 있었다.

그런데 골드로 살 수 있는 상점표 아이템을 이렇게 비싸게 팔 수 있다면?

진우의 머리가 빠르게 돌아가기 시작했다.

'굳이 탐욕의 구슬을 안 팔아도 되겠는데?'

생각이 거기까지 미쳤을 때.

와아아—

기분 탓일까?

발밑 그림자 속에서 마법병들의 환호성이 들린 것만 같았다.

8. 악마성, 두 번째 도전

8. 악마성, 두 번째 도전

"와! 오빠, 기자들 아직도 있어."

진아가 창밖을 내려다보며 말했다.

늦은 시간.

아직도 떠나지 않은 기자들이 아파트 입구 주변에 구름같이 모여 있었다.

"저기!"

인영을 발견한 기자들이 진우인 줄 알고 허겁지겁 셔터를 눌러 댔다.

찰칵찰칵찰칵!

갑자기 여기저기서 플래시가 터져 나오자, 진아는 화들짝 놀라 커튼을 쳤다.

촤르륵-

돌아선 동생이 작은 동물처럼 숨을 내쉬었다.

"휴-."

헌터옥션에 다녀온 뒤, 모처럼 집에서 휴식을 취하려고 했던 진우의 얼굴이 살짝 굳어졌다.

"내려가서 한마디 하고 올까?"

휴식이 방해받는 건 괜찮다.

하지만 동생의 공부에 방해가 될까 봐 걱정됐다.

진아는 고3 수험생.

좀 민감하다 싶은 애들은 방 밖에서 발소리만 들려도 거슬린다고 신경질을 부리는 시기가 아닌가?

'진아가 까탈을 부리는 성격이 아니긴 하지만…….'

그래도 주위가 이렇게 시끄러워서야 어디 집중이나 제대로 할 수가 있을까.

"하지 마, 하지 마."

진아가 손을 내저었다.

"안 그래도 오빠 지금 인터넷에서 욕먹고 있는데, 기자들까지 쫓아내면 무슨 소리를 들으려고."

"욕?"

내가 언제 욕먹을 만한 짓을 했던가?

고개를 갸웃하는 진우에게 진아가 인터넷 기사 하나를 내밀었다. 진우는 진아의 폰을 받아 들었다.

'…….'

화면 속에는 협회 문 앞에 서서 기자들에게 둘러싸인 채로 태연스럽게 전화를 받고 있는 자신의 사진이 떠 있었다.

기사를 조금 내려 보니.

'태도가 건방지다.'

'벌써부터 기자들이 안중에 없다.'

'완전 쿨하다.'

같은 댓글들이 주르르 달려 있고, 그중 가장 추천이 많은 댓글은 '엄마, 나 S급 합격했어요!'였다.

사진과 댓글이 너무 절묘하게 어울려서 진우는 피식 웃고 말았다.

진아가 그걸 보고 기막혀했다.

"오빠는 웃음이 나와?"

"웃기잖아."

"……."

진우가 베스트 댓글을 보여 주자 진아도 웃음을 터트리려다 가까스로 참아 냈다.

그 반동일까?

"아니, 지금 그게 중요한 게 아니라!"

진아는 약간 상기된 얼굴로 목소리를 높였다.

"왜 거기서 전화를 받은 거야? 기자들이 그렇게 많은데. 덕분에 내 이름까지 전국에 다 퍼졌잖아."

진우는 대수롭지 않다는 듯 담담히 말했다.

"내가 동생 전화받는 것도 기자들 눈치를 봐야 하냐?"

"윽!"

진아는 할 말이 없어졌다.

아무리 생각해 봐도 맞는 말이라 딱히 반박할 구석이 없었다.

'……말로는 못 당하겠다니까.'

진우는 폰을 넘겨주었다.

"자."

조금 분한 얼굴로 폰을 돌려받은 진아가 말했다.

"어쨌든 난 괜찮으니까, 오빠도 기자들 신경 쓰지마."

"오케이."

진우는 고개를 끄덕였다.

이런 상황이 계속 지속된다면 몰라도, 하루 이틀 뒤면 기자들에게 접근 금지 명령이 떨어질 거라는 협회의 연락을 받았다.

'그 정도는 참자.'

더 이상 일이 커지는 걸 진아가 원하지 않고 있기도 하고.

"이게 무슨 일이래."

진아가 신기하다는 듯 진우를 바라보았다.

"오빠가 S급 헌터가 되고, 기자들이 집에 몰려오고……."

누구나 마찬가지겠지만, 진아 역시 믿기 어렵다는 목소리였다.

하지만 곧 진아도 바뀐 현실에 적응해 나갈 것이다.

'내가 그랬듯이.'

진우는 아직도 놀란 가슴이 진정되지 않았을 동생을 다독여 주는 의미로, 진아의 볼을 살짝 꼬집었다.

진아는 평소처럼 즉시 발차기로 대응했지만.

"아!"

도리어 자신의 발등을 붙들고서 사방을 콩콩 뛰어다녀야 했다.

"히잉."

진아는 너무하다는 표정으로 눈을 흘겼고, 진우는 어깨를 으쓱했다.

자기 오빠가 S급 각성자라는 사실에 적응하려면 아직 많은 시간이 필요할 듯 보였다.

"오빠 이제부터 바빠지겠네?"

진아가 조심스레 물었다.

"음."

진우는 고개를 끄덕였다.

하고 싶은 일도 많고, 해야 할 일도 많지만, 일단은 악마성부터다.

상층부 공략을 위해 화속성 방어구 아티팩트들까지 구했으니까.

가진 돈으로는 한참이나 부족해서 철렁했지만, 다행히 상점표 A급 아이템들을 담보 삼아 헌터옥션에서 대출을 받을 수 있었다.

'S급 헌터가 되자마자 빚이라니…….'

왠지 웃음이 나왔다.

상점표 아이템들이 경매에서 높은 가격에 팔린다면 빚이야 금방 청산되겠지만.

"그럼 오빠 보기 더 힘들겠네."

앞으로 바빠진다는 말에 진아가 약간 아쉬운 표정을 했다.

혼자 있으려면 쓸쓸하겠지.

진우는 진아 머리 위에 말없이 손을 얹었다.

앞으로 며칠.

악마성 던전을 클리어하고 나면 이제 동생 혼자서 집을 지켜야 하는 일은 없어질 거다.

'내가 꼭 그렇게 만들 테니까.'

그때 진우의 눈매가 가늘어졌다.

시선이 문 쪽으로 향했다.

'누가 이쪽으로 온다.'

진아도 오빠의 이상을 눈치챘다. 동생이 불안한 눈초리로 물었다.

"오빠?"

"넌 들어가 있어."

"무슨 일인데?"

엘리베이터에서 내려선 기척 하나가 곧장 이리로 오고 있었다.

'헌터……?'

수상한 기척은 미약하게나마 마력을 품고 있었다.

기척에서 딱히 적의를 느끼지는 못했지만, 그래도 허락받지 않은 손님이 달갑지는 않았다.

길드에서 보낸 사람일까?

아니면 각성자의 힘을 맹신해 대담하게 움직이는 기자?

어느 쪽이든 밤 10시가 넘는 시간에 예고도 없이 남의 집을 방문하려는 불청객에게 웃으면서 대할 정도로 아량이 넓지는 않았다.

진우는 문 앞에 섰다.

'이 정도면…….'

무기를 불러낼 필요도 없다.

진우는 몸을 가볍게 풀었다.

목을 좌우로 움직이자 우두둑 소리가 났다.

예상대로.

쿵쿵.

누군가 문을 두어 번 두드렸고, 놀란 동생은 후다닥 방으로 뛰어 들어갔다.

진우는 침착하게 문을 열었다.

덜컹.

천천히 열리는 문틈 사이로 낯익은 젊은 남자의 얼굴이 보였다.

남자는 말했다.

"형니임……."

훌쩍이면서.

코까지 빨개진 유진호가 문 앞에 서서 훌쩍대고 있었다.

"……."

하도 어이가 없어서 멍하니 쳐다보고 있었더니, 유진호가 울먹이며 말했다.

"형님, 저 쫓겨났습니다. 아버지가 쫓아내셨습니다."

"……."

그러고 보니 유진호는 등에 본인의 덩치만 한 백팩을 짊어지고 있었다.

손 양쪽에도 짐이 한가득이었다.

"……너 원래 따로 살지 않았었냐?"

"그게……."

훌쩍.

"제가 살던 빌라도 아버지 이름으로 돼 있던 거였는데 뺏겼고, 제 계좌들까지 전부 다 막혀 버렸습니다."

아버지가 아들의 은행 계좌를 전부 막았다니.

영화 같은 이야기였지만, 대한민국 재계의 일인자로 일컬어지는 유명한 회장이라면 충분히 가능할 것 같긴 했다.

그런데 이 녀석은 대체 뭔 짓을 저질렀기에 그렇게 아버지의 미움을 단단히 사게 된 걸까?

진우가 빤히 바라보고 있을 때, 유진호가 간절한 목소리로 말했다.

"그래서 말인데요, 형님. 제가 당분간 신세 좀 지면 안 되겠습니까?"

끼이익-

덜컹.

진우는 차분히 문을 닫고 걸어 잠그기까지 했다.

철컥.

돌아서는 진우에게, 상황을 걱정스럽게 지켜보고 있던 진아가 쪼르르 달려와 물었다.

"오빠 방금 누구야? 아는 사람?"

진우는 고개를 저었다.

"아니. 처음 보는데."

"모르는 사람이야? 그런데 우리 집엔 왜 왔대?"

"신경 쓰지 마. 집을 잘못 찾아왔나 봐."

"……정말?"

아닌 것 같던데.

미심쩍어 하는 진아를 방으로 밀어 넣는 진우의 등 뒤로, 유진호의 서글픈 목소리가 이어졌다.

쿵쿵!

"형니이임-임! 형니임!"

* * *

"여보, 오늘 진호한테 너무 심하셨던 거 아니에요?"

"흥."

유명한은 넥타이를 거칠게 풀어헤쳤다.

고얀 녀석.

앞으로 유진건설의 주력 사업 중 하나가 될 유진 길드를 넘겨주겠다고 했는데 돌아오는 대답이 그따위라니.

"저는 형님 길드로 갈 겁니다."

뭐?

형님을 따라가?

"그 녀석은 그래도 싸다오."

유명한은 콧방귀를 꼈다.

홀로서기를 원한다면 오롯이 혼자 힘으로 서야지.

모든 선택에는 책임과 결과가 따른다는 사실을 몸으로 직접 깨닫게 해 줄 생각이었다.

흥분한 상태여서일까?

오늘따라 더 넥타이가 풀리지 않는 느낌이었다.

서툰 손놀림에 결국 넥타이가 엉키기 시작하자, 유진의 안주인이 손을 뻗었다.

"제가 해 드릴게요."

이내 넥타이가 매끄럽게 풀렸다.

유명한은 가만히 부인의 손길에 몸을 맡겼다.

그런데.

부인이 다 풀린 넥타이를 손에 쥐고서 쿡쿡하고 웃었다.

"왜 그러시오, 부인?"

유명한은 의아했다.

자기 대신 평생 매어 주고 풀어 주던 넥타이다. 이제 와서 엉킨 넥타이가 웃기지는 않을 텐데.

"당신, 정말 화가 난 거 맞아요?"

"음……?"

이 사람이 뭘 잘못 먹었나.

무슨 실없는 소리를.

유명한은 고개를 갸웃거리며 거울에 비친 자신의 모습을 응시했다.

'아니…….'

스스로 놀랐다.

입으로는 방금 전까지도 투덜대고 있었던 자기 모습이 어째서 이렇게 기분 좋은 것처럼 비춰지고 있는 걸까?

민망해진 유명한이 자신의 뺨과 턱을 만지작거렸다.

"오늘 처음이었죠?"

"뭐가 말이오?"

"진호가 당신께 대든 것."

"……."

그래서 화가 난 것이다.

기업은 위에서 아래로 물 흐르듯 지시가 전달되지 않으면 거대한 몸뚱이를 감당할 수가 없다.

가정도 그렇다고 믿어 왔다.

때문에 항상 집에서도 회사에 있을 때와 같은 태도를 고수해 왔고, 결정에 반발하는 일은 일절 용납하지 않았다.

한데 오늘은 어째서 화가 나는데도 그다지 기분이 나쁘지 않은 것일까?

'화가 나는데 기분이 나쁘지 않다?'

본인이 생각하기에도 말이 되지 않는 상황이었다.

부인은 남편의 속마음을 다 읽고 있기라도 한 것처럼, 아이를 달래듯 부드럽게 말했다.

"진호가 처음으로 하고 싶은 일을 찾아서 하려고 하잖아요. 당신도 너무 화내지 마시고 응원해 주시는 게 어때요?"

"……."

유명한은 입을 꾹 다물었다.

자신도 자기 마음을 정확히 헤아리기 힘들었다.

"일단…… 조금 더 지켜보겠소."

"그러셔야죠."

부인은 자상한 미소를 지으며 남편이 벗는 상의를 받아 들었다.

그런데 그때.

유명한이 아내의 얼굴을 빤히 바라보았다.

"참 이상하구려."

"뭐가 이상하단 말씀이신가요?"

"당신 얼굴이 두 개로 보여."

"네?"

부인이 눈을 동그랗게 뜨자 유명한이 중심을 잃고 비틀거렸다.

"여보?"

놀란 부인이 급히 유명한을 부축했다.

연신 고개를 저어 대던 유명한이 거친 숨을 토해 냈다.

"허억, 허억."

부인의 눈이 커졌다.

'무슨 식은땀을 이렇게!'

유명한은 갑자기 쏟아지는 졸음을 떨쳐 내려고 눈을 부릅떴으나, 결국 의식을 잃고 말았다.

* * *

유명한은 국내 최고의 대학 병원 VIP실에서 눈을 떴다.

순번을 정해 24시간 돌아가며 그의 병실을 지키고 있던 전담의가 다가와 유명한의 안색을 살폈다.

"정신이 드십니까, 회장님?"

"……."

잠깐 주변을 둘러본 유명한이 금세 상황을 파악했다.

"내가 얼마나 여기 있었나?"

"꼬박 이틀을 잠들어 계셨습니다."

이틀이나?

성실함의 대명사로 꼽히는 사람이 유명한이었다. 아무리 피곤해도 하루 다섯 시간 이상 눈을 붙인 적이 없었다.

"……."

입을 굳게 다물고 있던 유명한이 곧 대수롭지 않게 말했다.

"많이 지쳤었나 보군."

최근 여러 가지 일로 눈코 뜰 새 바쁘기는 했다. 갑작스러운 현기증과 떨칠 수 없었던 졸음은 그 여파이리라.

그러나 전담의는 심각한 표정을 숨기지 못했다.

유명한은 수십만 직원을 아래에 두고 있는 국내 굴지 기업의 오너. 사람의 표정을 읽는 데는 도가 튼 사람이었다.

굳어지는 의사의 얼굴을 보고 유명한은 물었다.

"……내 몸에서 무슨 이상이라도 발견된 건가?"

"혹시 가까운 사람 중에 헌터나 지금은 헌터가 아니지만 각성자 판정을 받은 분이 계십니까?"

의사가 대뜸 이상한 소리를 했다.

어디가 아픈지를 물었는데 어째서 헌터 이야기가 나오는 것일까?

유명한은 되물었다.

"그게 무슨 소린가? 갑자기 헌터라니."

"익면증에 대해서 들어 보신 적이 있습니까?"

익면증이라는 단어에 줄곧 침착함을 잃지 않고 있었던 유명한의 눈동자가 크게 흔들렸다.

익면증.

깨어날 수 없는 수면.

단순히 잠에서 헤어 나오지 못하는 것뿐만 아니라, 환자의 생명력을 빠른 속도로 소진시키기 때문에 마력을 이용한 생명 유지 장치가 필수였다.

게이트가 발생한 이후 등장하기 시작하여 생명 유지 장치를 빌릴 여력이 없는 많은 사람들을 죽음에 몰아넣은 무서운 병이었다.

"수시로 졸음이 쏟아지다가 결국 잠에서 영영 깨어나지 못하게 되는 병입니다."

의사는 착잡한 얼굴이었다.

아직까지 익면증에 걸린 환자가 잠에서 깨어난 사례는 없었다.

목숨을 연장한다고 눈을 뜰 수 없는 것은 마찬가지. 환자에겐 사형선고나 다름없었다.

"……."

유명한은 의사의 설명이 끝나길 기다렸다 물었다.

"그런데 그게 헌터와 무슨 상관인가?"

"익면증은 마력과 깊은 연관이 있다고 알려져 있습니다."

선천적으로 마력을 잘 견디지 못하는 사람들이 있다.

그런 이들이 오랜 시간 주변의 마력에 노출되어 발생하는 이상 증상 중 하나가 익면증이었다.

"환자에게 생명력을 공급하는 장치는 마력을 이용한다고 하지 않았나?"

"그렇기는 합니다만."

핵 원료는 위험한 물질이지만 거기서 나온 전기는 안전하게 쓸 수 있듯이, 마력을 이용한 마법은 해를 입히지 않는다고 의사가 설명했다.

"조심해야 할 것은 마정석이나 마석, 그리고 마력을 품은 사람들입니다."

'마력을 품은 사람들…….'

유명한은 가족 중 유일한 각성자인 유진호를 떠올렸다.

의사가 조심스럽게 말했다.

"회장님의 차남분이 헌터라고 들었습니다."

유진호의 이야기가 나오자 유명한의 얼굴이 굳어졌다.

"그래서…… 지금 나더러 내 아들을 만나지 말라는 이야기인가?"

"가급적 그렇게 하시는 편이……."

"웃기는 소리 말게!"

유명한은 딱 잘라 말하고는 거듭 강조했다.

"말도 안 되는 소리."

그러고는 귀찮다는 듯 손짓으로 의사를 물렸다.

"회장님……."

의사는 어떻게 해야 할지 주저하다가 유명한의 엄한 눈빛에 도망치듯 병실을 빠져나갔다.

유명한은 의사가 나간 문을 노기가 담긴 눈으로 노려보았다.

'병이 심해지는 것이 무서우면 아들을 멀리하라니. 그게 아버지에게 할 소리인가?'

설사 그런다고 치자.

만에 하나 그 소식을 진호가 듣게 되면 어떤 생각을 할까?

아버지로서 아들에게 그렇게 큰 짐을 물려줄 수는 없었다. 적어도 유명한은 그리 생각했다.

'게다가…….'

마력은 날이 갈수록 점점 그 쓰임새가 확장되고 있었고, 마력을 지닌 사람들의 수 또한 꾸준히 늘어나고 있었다.

그런 세상에서 마력을 견디지 못한다는 말은 이미 도태되었다는 소리가 아닌가?

유명한은 콧방귀를 꼈다.

'이 유명한이 도태되었다고?'

있을 수 없는 일이었다.

'나는 지지 않는다.'

모두가 안 될 거라며 손가락질했던 일들도 보란 듯이 해내 왔다.

재계 30위권에 간신히 들까 말까 했던 유진건설을 물려받아 국내 1위 기업으로 성장시킨 것도 그다.

'그런데 이제 와서 이까짓 병 따위에 무릎을 굽힐까.'

나는 지지 않는다.

유명한은 그렇게 몇 번이고 속으로 되뇌었다.

* * *

진우는 나가기 전에 동생의 방문을 조심히 열었다.

아직 이른 시간이라 진아는 누가 업어 가도 모를 정도로 깊이 잠들어 있었다.

문득 걱정이 들었다.

'어쩌면 내가 없는 사이 동생에게 접근하려는 사람이 있을지도 몰라.'

물론 S급 헌터의 여동생에게 해코지하려는 간 큰 놈은 없겠지만, 그래도 사람 일은 알 수 없다.

최소한의 대비책은 필요했다.

'가만, 그러고 보니 내 병사들은 그림자 속에 숨을 수 있었지?'

진우는 묻지 마 살인범이 동네에 나타날까 봐 그림자 병사들을 순찰시켰을 때를 떠올렸다.

그때 병사들은 사물의 그림자 속에 숨어들어 이동했었다.

그걸 좀 응용하면 아무에게도 들키지 않고 동생을 보호할 수 있을 듯했다.

마침 쓸 만한 녀석들도 있고.

'나와.'

진우는 살아생전 어금니의 호위를 맡고 있던 마수병들을 불러냈다.

스르르.

하이오크들 중에서도 떡대가 장난 아닌 녀석들이 동시에 셋이나 튀어나오니, 그렇지 않아도 작은 동생 방이 꽉 차는 느낌이 들었다.

그런데.

'어라? 왜 셋이지?'

분명 호위는 넷이었는데?

기억을 더듬던 진우가 소리 없이 감탄사를 내뱉었다.

'아.'

뒤늦게 호위 중 한 놈을 천장에다 꽂아 버렸다는 사실이 떠올랐다. 그놈 그림자를 추출하는 걸 그만 깜박했다.

'다음엔 신경 써야겠다.'

진우는 피식 웃고는 하이오크족 호위 출신의 마수병 셋을 보았다.

전부 정예 등급.

일반 등급이었던 보통의 하이오크 그림자들과는 급이 달랐다.

이 셋이라면 A급 헌터가 상대라도 끄떡없을 거다.

그냥 하는 말이 아니라 헌터스의 공대장이었던 A급 손기훈도 보통 하이오크 셋에게 진땀을 흘렸으니까.

하물며 이놈들은 말할 것도 없었다.

진우가 진아 쪽을 턱짓했다.

그러자.

스르르-

그림자 형태로 돌아간 호위들이 바닥을 타고 움직이더니 이내 진아의 그림자에 흡수되었다.

'좋았어.'

그렇게 얌전히 숨어 있다가 진아가 위험해지면 상대가 누구든지 봐주지 말고 해치워 버리도록.

진우는 호위들에게 지시를 내려놓고 조심히 방문을 닫았다.

'이제 안심이다.'

마음이 한결 놓였다.

문단속을 철저히 하고 아파트 입구로 내려가니, 약속대로 유진호가 기다리고 있었다.

"형님!"

유진호는 밝은 얼굴로 인사를 건넸다.

"자는 데 불편하지는 않던?"

"네, 형님. 요새는 모텔도 시설이 아주 괜찮던데요?"

집에는 동생도 있고 해서 진우는 유진호를 근처 모텔에 묵게 했다.

다행히 크게 불편하지는 않았던 모양이다.

"길드 사무실 구할 때까지만 거기서 지내."

"알겠습니다, 형님."

뭐가 그리 좋은지 유진호는 히죽히죽 웃었다.

이야기는 어제 대충 들었다.

자초지종을 들으며 설마설마했는데 정말로 길드 마스터 자리를 박차고 왔을 줄이야.

듣고서 하도 어이가 없어 물었더니, 유진호는 억울하다는 듯 대답했다.

"오란다고 진짜 오냐?"

"형님이 오라고 하셨잖아요!"

그래도 나 좋다고 사장급 직함을 박차고 나온 녀석을 욕할 수도 없고.

"가자."

"네, 형님."

유진호는 운전석에 탔고, 진우는 보조석에 올라탔다.

두 사람을 태운 봉고는 대성 타워로 향했다.

유진호가 진우를 흘깃거렸다.

'이 이른 시간에 대성 타워에 무슨 볼일이 있으시지?'

궁금했지만 형님에게 이것저것 물어보는 것이 건방지다고 생각해 차마 입이 떨어지지 않았다.

끽.

봉고가 대성 타워 앞에 섰을 때야 비로소 용기가 생겼다.

"그런데 형님, 저기 대성 타워엔 왜……."

"갔다 온다."

"네?"

유진호는 급히 고개를 돌렸다.

하지만 어느새 봉고의 문이 열려 있고, 진우의 모습은 보이지 않았다.

전에도 여기서 비슷한 일을 겪었던 거 같은데.

유진호는 뒷머리를 긁적였다.

'형님은 언제 봐도 정말 신출귀몰하시다니까.'

* * *

[악마성 던전에 입장하였습니다.]

진우는 은신 스킬을 해제했다.

'겨우 돌아왔다.'

마음껏 날뛸 수 있는 장소로 다시 돌아왔다는 생각에 가슴이 뛰었다.

성문 입구를 넘어서니 기다렸다는 듯 기계음이 들려왔다.

띠링.

[퀘스트가 도착하였습니다.]

첫 번째 방문과 달리, 진우는 놀라지 않았다.

그때 받았던 퀘스트 이름이 '악마의 영혼을 모아라 1'이었으니까.

언제가 될지는 몰라도 다음 퀘스트가 날아오리라 생각하고 있었다.

진우는 메시지 창을 열었다.

띠링.

[일반 퀘스트 : 악마의 영혼을 모아라 2]

악마성 최상층에는 악마들의 군주 '바란'이 거주하고 있습니다. 바란을 처치하고 그의 영혼을 거두십시오.

악마왕의 영혼을 봉인하는 데 성공한다면 훌륭한 보상을 받을 수 있을 것입니다.

퀘스트 발생 조건
–[일반 퀘스트 : 악마의 영혼을 모아라 1] 완료
–악마성 재입장

퀘스트 완료 조건
–악마왕 처치

보상
1. 최상급 룬석
2. 보너스 스탯 +30
3. 공개되지 않는 보상

'퀘스트의 목적이 악마왕 처치네.'

진우의 얼굴이 밝아졌다.

퀘스트를 위해 돌아갈 필요 없이 악마성 최상층까지 최대한 빨리 올라가기만 하면 되었다.

거기다 보상도 좋았다.

'보너스 스탯 플러스 30!'

저번 퀘스트는 악마의 영혼을 1만 개나 모아야 하는 노동의 극치였다.

그 고생을 하고 받은 보너스 스탯이 20개.

그런데 이번에는 악마왕 하나를 잡으면 스탯을 서른 개나 준단다.

일일 퀘스트로는 10일치, 레벨로는 여섯 번을 더 올려야 얻을 수 있는 스탯이었다.

기대하지 않았던 많은 보상에 미소가 절로 나왔다.

'그런데 최상급 룬석은 뭘까?'

진우는 1번 보상을 확인했다.

띠링.

[최상급 룬석 : 그림자 교환]

최상급 룬석을 부수면 직업 전용 스킬을 배울 수 있습니다.

'직업 전용 스킬을 배울 수 있다고?'

진우의 눈이 커졌다.

지금까지 얻은 직업 전용 스킬은 모두 세 개다.

그림자 추출.

그림자 저장.

군주의 영역.

어느 것 하나 버릴 것 없는, 대단한 스킬들이었다.

거기에 새로운 스킬을 하나 더 추가할 수 있다고 생각하니 가슴이 뛰었다.

'어떤 스킬이지?'

스킬 정보를 확인하려고 했으나 뜨는 것은 스킬 이름뿐, 자세한 설명까지는 나와 있지 않았다.

쩝.

진우는 아쉬움에 입맛을 다셨다.

'뭐, 퀘스트를 완료하고 직접 확인해 보면 되겠지.'

직업 전용 스킬과 보너스 스탯 30개.

공개되지 않는 보상을 뺀다고 해도 이미 어마어마한 수준이었다.

지금 당장이라도 최상층까지 뛰어 올라가고 싶은 충동이 들었지만.

'그래도 시작하기 전에…….'

진우는 오랜만에 상태 창을 불러냈다.

띠링.

[이름 : 성진우]

[레벨 : 80]

[직업 : 그림자 군주]

[칭호 : 역경을 이겨 낸 자 (외 1)]

[HP : 24,406]

[MP : 5,019]

[피로도 : 0]

[스탯]

근력 : 186　　체력 : 145　　민첩 : 175

지능 : 189　　감각 : 126

(분배 가능 능력치 포인트 : 0)

물리 데미지 감소 : 46%

[스킬]

-패시브 스킬 : (알 수 없음) lv.max, 근성 lv.1, 상급 단검술 lv.2

-액티브 스킬 : 질주 lv.max, 급소 찌르기 lv.max, 살기 lv.1, 단검 투척 lv.2, 은신 lv.2, 지배자의 손길 lv.2

[직업 전용 스킬]

액티브 스킬 : 그림자 추출 lv.1, 그림자 저장 lv.1, 군주의 영역 lv.1

[제작 스킬]

소모품 : 생명의 신수 (2/3)

[착용한 아이템]

붉은 기사의 투구(S), 악마 군주의 귀고리(S), 악마 군주의 목걸이(S), 상급 기사의 흉갑(B), 상급 기사의 건틀릿(B), 상급 마법사의 반지(B), 중급 자객의 신발(C)

80까지 오른 레벨.

그리고 능력치 포인트를 몰빵한 덕분에 근력 스탯을 넘어서게 된 지능 스탯이 눈에 들어왔다.

'벌써 지능 스탯이 2백에 가까워졌네.'

그 결과 최대 마나 양은 이미 5천을 넘겼다.

마나는 다른 게 아니다.

그림자 병사들을 무한히 부활시킬 수 있는 맷집이나 마찬가지.

앞으로 병사들의 수가 더 늘 걸 생각하면 5천으로도 부족한 감이 들었다.

'좋아, 시작하자.'

1초가 아깝다.

진우는 상태 창을 닫았다.

여긴 악마성 1층.

이곳에서부터 공략을 완료했던 76층까지는 시간을 들일 필요가 없었다.

때문에 곧장 층간 이동 마법진으로 들어갔다.

[1층부터 76층까지 개방되어 있습니다.]

[어디로 이동하시겠습니까?]

진우는 망설임 없이 말했다.

"76."

빛이 번쩍였다.

눈을 한 번 떴다 감은 사이, 시야가 완전히 달라져 있었다.

활활 불타고 있는 도시들.

층간 이동 마법진 안에서는 바깥의 영향을 받지 않는데도 피부가 화끈거리는 느낌이 들었다.

진우는 들고 온 짐을 내려놓고 거기서 아티팩트 두 개를 꺼냈다.

하나는 제작자가 '바람의 로브'라 이름 지은 검은 옷이었고, 나머지 하나는 수속성 마법이 걸려 있는 이름 모를 반지였다.

진우는 로브와 반지를 착용했다.

로브를 입고서 후드까지 쓰고 나니 진짜 마법 계열 헌터가 된 기분이 들었다.

'……몸이 서늘해지네.'

착용하고 있는 것만으로도 시원한 동굴 안에 서 있는 것 같았다.

'과연 악마성의 불꽃에도 통할까?'

진우는 천천히 층간 이동 마법진을 나섰다.

과연.

비싼 값을 한다고 할까.

전에 왔을 때와 달리, 바깥의 고온이 전혀 영향을 주지 못했다.

'로브라서 불편하지는 않을까?'

혹시 몰라서 몸을 이리저리 움직여 봤는데 생각보다 편했다. 바람의 로브란 이름답게 옷 자체가 공기처럼 가벼웠다.

'좋아.'

준비는 됐다.

그런데 준비가 끝난 것이 이쪽만이 아니었는지, 인간 냄새를 맡은 악마들이 떼를 지어 이리로 몰려들기 시작했다.

예전 같았으면 몸풀기 삼아 적당히 상대하거나 층 내부를 구석구석 순회하며 레벨을 올렸을 거다.

'하지만 지금은…….'

어머니의 치료가 달린 만큼 조금의 시간도 허비할 수 없었다.

진우는 평소처럼 단검을 불러내는 대신, 병사들을 소환했다.

스르르.

믿음직한 그림자 병사들이 모습을 드러냈다.

'어금니는?'

진우는 어금니를 찾았다.

계급이 높을수록 가까운 위치에서 나올 수 있는 건지, 어금니는 바로 뒤쪽에 소환되었다.

진우는 창고에서 '탐욕의 구슬'을 꺼내어 어금니의 손바닥 위에 올려 주었다.

"오늘은 네가 써라."

마법 계열이라고 해도 자신은 '탐욕의 구슬'의 증폭 효과에 전혀 영향을 받지 않지만, 어금니의 주술에는 도움이 될 거라는 생각에서였다.

'…….'

어금니는 마치 감사를 표현하려는 것처럼 고개를 깊게 숙였다.

쿵, 쿵, 쿵.

드디어 거대한 악마들이 육안으로도 보이기 시작했다.

'시작해 볼까?'

진우는 병사들에게 전투준비를 지시하고 난 뒤 '바루카의 단도'와 '나이트 킬러'를 손에 쥐었다.

악마들이 코앞에서 벌레처럼 우르르 몰려들고 있었다.

이쪽에도 숫자는 만만치 않게 많다.

저번보다 여유로운 표정으로 타이밍을 재던 진우가 소리쳤다.

"가……!"

아니, '가자'라고 소리치려 했다.

그런데 말이 채 끝나기도 전에.

쿠우우우우우우우우-

머리 위 어딘가에서부터 사선으로 떨어져 내린, 끔찍한 굵기의 불기둥이 적들을 휩쓸었다.

“뭐, 뭐야?”

쿠우우우우우-

불길이 스치는 순간, 악마고 땅이고 간에 모조리 녹아내렸다.

“키에에에에엑!”

“끼웨에엑!”

순식간에 악마들이 증발하고, 익숙한 기계음들이 이어졌다.

[레벨이 올랐습니다!]

[레벨이 올랐습니다!]

‘설마…….’

진우는 떨리는 가슴을 진정시키며 뒤를 바라보았다.

거기엔 던전 안에 있을 때보다 두 배는 더 커진 어금니가 입에서 회색 연기를 내뿜으며 서 있었다.

꿀꺽.

진우는 마른침을 삼켰다.

‘이게 탐욕의 구슬 위력인가?’

악마성에 살고 있어 화염 공격에 어느 정도 내성이 있을 몬스터들인데도 전부 태워 버렸다.

허허.

상황을 파악하고 나자 절로 실소가 흘러나왔다.

‘이거 예상보다 훨씬 빠르게 클리어할 수 있겠는데?’

진우는 아직도 불꽃이 꺼지지 않은 악마들의 사체와 새까맣게 그

올린 땅을 보면서 속으로 즐거운 비명을 질렀다.

*　*　*

아이템 '탐욕의 구슬' 버프를 받은 어금니의 힘은 대단했다.

후욱.

주위의 공기가 일순간 싸늘해질 정도로 힘껏 숨을 들이마신 어금니가.

쿠우우우우우-

거대한 불기둥을 좌우로 뿜어내며 적들을 녹이기 시작했다.

[최상급 악마를 처치하였습니다.]

[경험치 1,700을 획득합니다.]

[고위 악마를 처치하였습니다.]

[경험치 2,200을 획득합니다.]

.

.

[최상급 악마를 처치하였습니다.]

적을 처치했다는 메시지와 경험치를 획득했다는 메시지가 끝도 없이 주르륵 올라갔다.

띠링, 띠링 하는 기계음이 한참 동안 끊이지가 않았다.

진우는 미소를 지었다.

'대박이다!'

마나가 고갈됐는지 어금니가 공격을 멈추었다.

방금 한 번의 공격으로 무리 지어 덤벼들던 악마들의 대다수가 증발했지만, 운 좋게 불길을 피해 살아남은 녀석들도 있었다.

그런 놈들은 그림자 병사들을 시켜 정리했다.

두두두두-

100명이 넘는 그림자 병사들이 일사불란하게 뛰쳐나가는 모습을 뒤에서 가만히 지켜보니, 이제야 진짜 '그림자 군주'가 된 기분이었다.

[최상급 악마를 처치했습니다.]

[최상급 악마를 처치했습니다.]

기분 좋은 메시지는 다시 이어졌다.

진우는 손가락 하나 까딱하지 않고 그림자 병사들만을 이용해 몬스터들을 전멸시켰다.

그중 가장 큰 수훈자는 누가 뭐라 해도 어금니였다.

'어금니 녀석…….'

진우의 고개가 뒤로, 좀 더 정확히는 뒤쪽의 위를 향했다.

거인처럼 커진 하이오크족 주술사 출신의 마법병과 녀석의 몸집에 맞게 거대해진 '탐욕의 구슬'이 눈에 들어왔다.

탐욕의 구슬은 가지고 있는 것만으로도 시전자가 사용하는 마법의 데미지를 두 배로 끌어올려 주는 아이템.

그림자 병사가 되면서 너프되었을 어금니의 힘을 충분히 보충해 주고도 남는 것처럼 보였다.

'탐욕의 구슬은 당분간 어금니에게 맡겨야겠다.'

마법 계열이라고는 해도 증폭 효과를 볼 수 있는 스킬이 전무한 진우에게는 선택의 폭이 넓지가 않았다.

진우는 스킬 정보를 열었다.

[추출 가능한 그림자 수 : 127/820]

[저장 가능한 그림자 수 : 127/155]

그림자 추출, 그림자 저장, 군주의 영역.

전부 다 '탐욕의 구슬'의 영향을 받지 않는 스킬들이었다.

추출이나 저장할 수 있는 그림자 수를 늘리려면 현재로선 지능 스탯을 올리는 방법만이 유일했다.

진우는 스킬 정보를 닫았다.

척, 척, 척.

전투를 끝낸 병사들이 하나둘 다시 진우 앞으로 모여들었다.

수북이 쌓인 악마들의 사체를 살펴보던 진우의 입꼬리가 올라갔다.

'악마들 머릿수가 많다 보니 아이템들도 엄청 나왔네.'

띠링, 띠링, 띠링.

이번엔 아이템 획득 메시지가 끝도 없이 올라갔다.

'챙길 건 다 챙겼고.'

미소를 지으며 아이템들을 획득해 나가던 진우가 수거 작업을 끝마치고서 아이스 베어 마수병인 '탱크' 위에 올라탔다.

아직 다음 층으로 이동할 수 있게 만들어 주는 아이템인 '진입 허가서'가 나오지 않았다.

그 말은 몬스터들을 더 잡아야 한다는 뜻.

진우는 이동을 지시했다.

"이랴!"

탱크가 어슬렁어슬렁 앞으로 걷기 시작하자, 그림자 병사들이 일제히 진우의 뒤를 따랐다.

* * *

'전군을 다 같이 움직이는 건 비효율적이다.'

120명이나 되는 그림자 병사들을 한데 뭉치는 것은 효율적이지 못하다는 생각이 들었다.

개개인이 약하면 모를까 기존의 병사들은 레벨업이 잘되어 있어 악마를 상대로도 그럭저럭 전과를 올릴 수 있었다.

게다가 지금은 A급 던전의 마수들까지 그림자 병사들에 합류한 상태였다.

당연히 병사들 전체의 질이 크게 올라갔다.

"끼에에에엑!"

"키악-!"

[최상급 악마를 처치…….]

[최상급 악마를 처치…….]

병사들의 무력 수준이 이렇게 확 뛰어 버리니 몬스터를 잡는 시간보다 몬스터를 찾아 이동하는 시간이 더 많아졌다.

그런데.

문제는 악마성의 한 층이 웬만한 도시에 필적할 만큼 넓다는 거였다.

'이래서야 끝이 없겠어.'

진우는 병사들을 20명씩 여섯 개 조로 나누었다.

그러고는 사방으로 흩어져 몬스터들을 사냥하게 했다.

내린 명령은 두 가지.

'하나, 보이는 모든 적들을 처치할 것.'

'둘, 층간 진입 허가서 아이템이 나오면 알릴 것.'

병사들과 정확한 의사소통은 불가능하지만, 간단한 신호를 주고받는 것까지는 가능했다.

병사들이 아이템을 주울 수가 없으니 허가서를 획득하려면 본인이 직접 가는 수밖에.

'층간 진입 허가서' 말고 다른 아이템들은 모두 버려야 하겠지만, 지금 급선무는 최대한 빨리 최상층으로 가는 거였다.

"출발."

지시에 따라 여섯 개 조는 각자 길로 흩어졌다.

그리고 얼마 후.

[경험치 1,500을 획득했습니다.]

[경험치 1,500을 획득했습니다.]

[경험치 900을 획득했습니다.]

[경험치 1,100을 획득했습니다.]

사방에서 경험치가 쏟아져 내리기 시작했다.

'그림자들이 사냥을 시작했나 보다.'

진우는 올라가는 경험치를 보며 기분 좋은 미소를 지었다.

그런데 곧 의아한 사실 하나를 발견했다.

'들어오는 경험치가 줄었네?'

상층으로 올라오고 나서부터는 아래층에서 자주 봤던 하급이나 중급, 상급 악마를 만날 수 없었다.

가장 흔하게 보이는 몬스터는 최상급 악마고, 최상급 악마들 속에 가끔 고위 악마가 섞여 있는 수준이었다.

최상급 악마가 주는 경험치는 1,700.

그보다 한 단계 더 높은 몬스터인 고위 악마에게는 2,200의 경험치를 고정적으로 받았었다.

한데 지금 들어오는 경험치는 그에 한참 못 미쳤다.

'혹시 거리가 멀어질수록 들어오는 경험치가 줄어드는 것일까?'

진우는 쉴 새 없이 올라가는 경험치 메시지를 가만히 지켜보았다. 획득량이 조금씩이지만 착실히 줄어 갔다.

병사들과의 거리가 경험치 획득량에 영향을 주는 게 확실한 것 같았다.

'좋은 걸 알게 됐네.'

경험치 정보를 알려 주는 악마성 던전만의 독특한 시스템이 없었다면 깨닫기 어려운 사실이었다.

또 하층에서는 몬스터들과 직접 싸우며 전투 감각을 익히고, 퀘스트용 아이템이었던 '악마의 영혼'을 하나도 놓치지 않기 위해 병사들을 따로 내보내지 않았는데, 새삼 잘했다는 생각이 들었다.

그래도 줄어든 경험치가 크게 아깝지는 않았다.

개별 획득량이 줄긴 했지만, 넓은 사냥터에서 효율적인 몬스터 사냥이 이루어져 전체적인 획득량은 오히려 훨씬 더 늘었다.

지금도 경험치 메시지가 빗발치고 있었다.

상황이 이러하다 보니 첫 번째 전투 이후 정체되어 있던 레벨업에도 다시 불이 붙었다.

[레벨이 올랐습니다!]

[레벨이 올랐습니다!]

진우는 주먹을 불끈 쥐었다.

'좋았어.'

버려져야 하는 아이템들이 조금 아깝기는 해도.

'레벨업과 공략 속도, 두 마리 토끼를 동시에 잡는다.'

진우는 순식간에 두 단계나 건너뛴 레벨을 보며 흡족해 했다.

* * *

계획은 적중했다.

생각했던 것보다 훨씬 더 빠르게 80층까지 올라갈 수 있었다.

진우는 80층에 도착하자마자 다시 병사들을 불러냈다.

스르륵.

일제히 소환된 119명의 병사들.

각자 따로 흩어져서 몬스터를 잡으며 경험치를 먹다 보니, 병사들의 레벨도 가파르게 올라갔다.

'어라? 탱크는 못 보던 사이에 10업이나 했네?'

진우가 눈을 휘둥그레 떴다.

주인의 관심 어린 시선에 기분이 좋아졌는지, 어제 막 28레벨이 된 탱크가 두 발로 일어서서 하늘을 향해 '우웅' 하는 소리를 냈다.

효율적인 사냥에 이득을 보는 건 진우만이 아니었다.

진우가 씩 웃었다.

"좋다, 출발!"

하던 대로 병사들을 여섯 조로 나누어 출발시키고, 본인은 혼자 길을 나섰다.

혼자 움직이는 게 익숙하기도 했고, 병사들의 도움이 필요 없기도 했다.

'탐욕의 구슬' 아이템 버프를 받은 어금니를 제외한다면 그림자 병사들 전원과 싸워도 이길 자신이 있었다.

그런데.

'어금니를 포함하면 어떨까?'

글쎄…….

어금니까지 끼면 확실히 재미가 있을 것 같긴 한데.

어차피 실현 불가능한 상상이었다.

일주일쯤 전, 재미삼아 혹은 실험삼아 그림자 병사에게 자신을 공격해 보라고 명령한 적이 있었다.

그림자 병사는 처음으로 자신의 명령을 거부했다.

그게 충성심인지, 아니면 다른 힘의 작용인지는 알 수 없지만, 끝내 그림자는 움직이지 않았다.

뭐, 녀석들을 부하로 부리고 있는 입장으로서는 기분 나쁘지 않은 결과였다.

그런데.

'악마들이 왜 안 보이지?'

진우는 창고에서 불러온 '바루카의 단도'를 위로 던졌다, 받았다 하며 몬스터의 기척을 찾았다.

'이 근처인 거 같은데…….'

진우는 주변을 두리번거렸다.

기척은 분명히 근처에서 느껴지는데, 몬스터가 보이지 않았다.

언제였더라?

전에도 한 번 이런 경험이 있지 않았던가.

그때 땅이 몇 번 들썩거리는가 싶더니 흙더미가 확 솟아올랐다.

"킥킥."

"키히히-."

동시에 바닥에서 튀어나온 고위 악마 셋이 진우를 둘러싸고서 듣기 싫은 웃음소리를 냈다.

진우가 눈살을 찌푸렸다.

그걸 보고 먹잇감이 겁을 먹었다고 판단한 악마들이 누가 먼저랄 것 없이 먹잇감의 머리를 향해 있는 대로 벌린 아가리를 들이밀었다.

가장 맛있다는 인간의 머리를 선점하기 위해서였다.

그러나 그 먹잇감이 뛰어올라 공중에서 한 바퀴 회전하자.

쉬익!

진우의 발이 채 땅에 닿기도 전에 악마들의 머리가 먼저 바닥으로 툭, 툭 떨어져 내렸다.

[고위 악마를 처치했습니다.]

[고위 악마를 처치…….]

"아."

진우가 손을 마주쳤다.

언제인가 했더니 유진호와 마지막으로 돌았던 C급 던전에서였다.

'그때 스톤맨들이 이렇게 땅속에 숨어 있었다가 나왔었지.'

기억이 안 나서 잠깐 어두워졌었던 진우의 표정이 밝아졌다.

속이 뻥 뚫리는 기분이었다.

진우는 환한 얼굴로 몬스터 사체에서 나온 아이템을 다 챙기고는 다시 걸음을 옮겼다.

그런데 몇 발짝 안 가서 멈춰 섰다.

"……."

진우의 시선은 못 박힌 듯 아래에 고정되어 있었다.

진우가 발밑을 노려보며 말했다.

"근데 너희는 왜 안 나오냐?"

그때 떨린 것이 땅이었는지, 아니면 악마들의 동공이었는지, 이제는 그 누구도 알 수 없었다.

* * *

진우는 쉽사리 80층을 벗어나지 못했다.

'어딘가에 강한 녀석들이 있나?'

또 한 개의 조가 그림자로 변해 진우에게 돌아왔다.

마나가 감당이 안 될 정도로 파괴와 재생을 반복해서 진우가 병사들을 거두어들인 것이다.

이런 적은 이번이 처음이었다.

76층에서 80층까지.

네 개의 층을 오르는 동안 흩어져서 사냥하는 방식은 최고의 효율을 보였다.

'고위 악마라서 버거운 건가?'

확실히 80층부터는 최상급 악마 대신 고위 악마가 주를 이루었다. 고위 악마는 땅에 숨는 잔재주까지 썼다.

그래도 고위 악마에게 병사들을 이렇게까지 몰아붙일 만한 힘이 있어 보이지는 않았다.

그리고 이상한 점은 또 있었다.

습격을 받은 병사들은 전부 대장급이 없는 조였다는 사실이다.

어금니, 이그리트, 아이언, 탱크가 있는 조는 멀쩡한데, 대장급이 없는 두 개의 조만 공격을 받았다.

'설마 일부러 약한 쪽을 골라서 공격하는 건가?'

그렇다면 상대의 약점을 간파할 수 있는 수준의 지성을 지닌 몬스터가 존재한다는 얘기가 된다.

강한 데다 지성까지 있다면……?

어떤 녀석들인지 몰라도 성가신 놈들임에는 틀림없었다.

남은 조는 네 개.

굳이 자신까지 포함시킨다면 다섯 개.

'병사들의 움직임을 파악하고 있다면 다음 목표는 뻔하다.'

그렇게 생각한 순간, 진우의 신형이 사라졌다.

진우는 금세 탱크가 있는 곳 주변에 도착했다.

저 멀리 몸에서 검은색 증기가 올라오는 까만 곰들과 칠흑빛 갑옷으로 전신을 무장한 하이오크들이 반반쯤 섞인 마수병 부대가 보였다.

맨 앞에는 탱크가 의젓하게 걷고 있었다.

'아마도 다음 타깃은 이쪽이 되겠지.'

탱크는 원래 아이스 베어들의 우두머리로, 살아 있을 당시 혼자서 그림자 병사들을 압도했던 괴력의 마수였다.

그림자가 된 지금도 힘으로는 당해 낼 병사가 몇 없었다.

하지만 비교 대상이 좋지 않았다.

다른 조의 대장격인 아이언, 이그리트, 어금니는 일단 등급부터가 달랐다.

탱크가 아무리 레벨이 높다고는 해도 녀석은 일개 정예 병사 등급.

반면 이그리트, 아이언은 기사 등급이고, 어금니는 무려 정예 기사 등급이다.

게임이 안 되는 것이다.

그러니 적들에게 상대의 약점을 간파할 수 있는 지성이 있고, 병사들의 움직임을 파악하고 있다면 다음은 여기다.

'잠깐 지켜보자.'

진우는 기척을 최대한 숨기고서 일정한 거리를 유지하며 마수병들과 같이 움직였다.

마수병들조차 진우가 가까이 있다는 사실을 눈치채지 못했다.

시간이 얼마나 흘렀을까?

한참을 기다려도 적들의 모습이 보이지 않자, 진우는 고개를 갸웃거렸다.

'내가 잘못 짚은 걸까?'

강한 적들이 있었던 게 아니라 피해를 입은 병사들이 있던 곳에 하필 몬스터들이 잔뜩 몰려 있었던 게 아닐까, 하는 생각이 들었을 무렵.

진우의 눈매가 가늘어졌다.

'……온다.'

적들도 거리가 가까워질 때까지 기척을 숨기고 있었는지, 평소보다 늦게 적들의 접근을 깨달았다.

진우는 눈을 감고 감각에 집중했다.

놀랄 만큼 향상된 감각 능력이 마치 레이더처럼 일대의 모든 기척을 샅샅이 훑어 가기 시작했다.

'다가오는 기척이 넷, 내 병사들이 스물, 땅에 숨은 악마들이 다섯.'

진우가 눈을 떴다.

땅속에서 죽은 척하고 있는 악마 다섯은 이따가 손보기로 하고.

'은신.'

스르륵.

진우는 은신 스킬로 몸을 감추고 마수병들에게 다가갔다.

곧 육안으로도 적의 존재를 확인할 수 있었다.

'말을 타고 오네.'

두두두두-

'거기다 무장까지?'

놈들은 물론이거니와 타고 있는 말까지 갑옷을 걸치고 있었다.

가까이 오자 놈들의 이름이 보였다.

어쩐지 기존의 악마 몬스터들이 하급이건, 상급이건 전부 맨몸으로 다니던 것과는 너무 다르다 했더니, 이름에서부터 차이가 좀 있었다.

'악마 귀족과 악마 기사 셋.'

처음 보는 이름이 검은색으로 선명했다.

그 넷에게서 강한 적의가 느껴졌다.

'아무래도 병사들을 공격한 게 저놈들이 맞는 거 같은데?'

강한 기운에 강한 적의.

진우는 은신을 유지한 채로 잠시 상황을 관망하기로 했다.

'어떻게 하는지 보자.'

새로이 등장한 몬스터들인 만큼 실력이나 전투 방식 같은 것들을 눈으로 직접 보고 싶었기 때문이다.

'그림자 병사들을 압살하는 몬스터들이라…….'

내심 기대도 되었다.

진우는 마수병 부대와 새로운 악마들의 싸움에 방해가 되지 않을 지점에 멈춰 섰다.

그륵?

탱크가 악마들을 발견했다.

악마들은 지척까지 다가와 말에서 내렸다.

'말은 그냥 이동 수단일 뿐이네.'

진우는 흥미진진한 눈으로 악마들을 지켜보았다.

곧 적의 등장에 흥분한 마수병들이 괴성을 지르며 먼저 달려들었고; 두 집단 간의 격렬한 전투가 시작됐다.

그워어어어어!

탱크가 선두에 나섰다.

네 발로 전력을 다해 뛰쳐나간 탱크는 적들 앞에서 그 큰 몸뚱이를 일으켰다.

평범한 인간이라면 위압감만으로 실신할 것 같은 상황.

그러나 악마들은 침착했다.

탱크가 커다란 앞발을 야구방망이처럼 있는 힘껏 휘두를 때까지 미동도 하지 않았다.

부웅!

탱크의 앞발이 허공을 그었다.

육중한 체구에 어울리지 않는 민첩한 공격이었다.

그런데.

탱크가 노렸던 악마 귀족이 사뿐한 몸놀림으로 탱크의 앞발을 뛰어넘었다.

'……!'

진우의 눈이 커졌다.

놀라운 광경은 거기서 그치지 않았다.

귀족은 공중에서 회전하며 쥐고 있던 창을 탱크의 가슴에 쑤셔 박았다.

쿠앙-!

마력이 담긴 일격은 탱크의 가슴에 수박만 한 구멍을 만들었다.

작은 체구에서 뿜어져 나오는 폭발적인 기운이 느껴졌다.

게다가 깔끔하고 아름다운 동작.

진우는 흥미가 생겼다.

'평범한 몬스터가 아니야.'

귀족뿐만 아니라 녀석을 지키는 기사들 셋도 눈에 띄게 강했다.

전투는 일방적이었다.

마수병들은 새로운 악마들의 상대가 되지 못했다.

덩치만 크지 쉽게 사냥당하던 고위 악마들과 달리, 인간 형태의 귀족 악마들은 너무도 쉽게 마수병들을 유린했다.

'이래서 병사들의 재생력이 버틸 수 없었던 거군.'

진우의 얼굴이 굳어 갔다.

"그워어어!"

"크아악!"

마수병들은 재생되기가 무섭게 악마들의 창과 검에 썰려 나갔다.

진우는 미간을 구겼다.

자신의 마나가 동나지 않는 한 마수병들이 불사의 몸인 것은 알고 있었다.

마나가 떨어진다고 해도 그림자가 되어 다시 돌아올 것이다.

"크악!"

그래도 내 병사들이 몬스터들에게 두들겨 맞는 장면을 보는 것은 마음이 편치 않았다.

어디서 맞고 들어온 동생을 보는 형의 심정이라고 할까?

'그만하면 됐다.'

보다 못한 진우가 마수병들을 불러들였다.

그림자로 돌아간 마수병들이 금방 진우의 발밑으로 이동해 그림자와 합쳐졌다.

공격을 견디지 못한 마수병들이 사라지자, 귀족 악마들은 서로를 돌아보며 고개를 끄덕였다.

세 번째 승리를 자축하는 듯한 분위기였다.

그런데 그때.

스르륵.

그들 사이 한복판에서 진우가 은신을 풀었다.

흠칫!

악마들은 화들짝 놀랐으나, 실력자들답게 진우의 적의를 읽고서 즉시 공격해 들어왔다.

쾅!

쾅!

진우는 맨주먹으로 옆에 있던 기사 둘을 쳐 쓰러뜨리고, 달려오는 기사를 잡아 땅에 내리꽂았다.

콰직!

바닥에 거미줄 같은 줄이 생기며 메시지가 떠올랐다.

[악마 기사를 처치했습니다.]

[경험치 3,000을 획득합니다.]

같은 메시지가 세 번.

한 번의 공격에 한 마리씩, 1초도 안 되는 시간에 몬스터 셋의 숨통을 끊었다.

'어차피 애들은 잔챙이고, 저쪽이 진짜지.'

진우의 시선이 악마 귀족을 향했다.

눈이 마주친 악마 귀족이 움찔하더니 창끝을 겨누었다.

'전에 몬스터도 두려움을 느끼는지 궁금했었는데…….'

지금 보니 확실히 알겠다.

악마 귀족의 창끝이 마수병 부대를 상대할 때와 달리 미세하게 떨리고 있었다. 적의 기량을 파악할 수 있는 것도 실력의 일부니까.

'그렇다고 봐줄 생각은 없지만.'

진우는 몸을 날렸다.

악마 귀족이 창을 내찌른 것도 동시였다.

진우가 고개만 슥 돌려 찌르기를 피해 냈다.

하지만 놀랍게도 공중에서 몇 번이나 방향을 선회하며 끈질기게 공격해 왔다.

처음은 미간, 다음은 목, 그다음은 심장.

예사 실력이 아닌 듯 물 흐르듯 유려한 움직임이었다.

하지만 번번이 진우의 단검, '바루카의 단도'에 가로막혔다.

심장을 노린 마지막 공격이 허사로 돌아갔을 때, '바루카의 단도'가 창의 자루 부분을 스걱 잘라 냈다.

'……!'

귀족은 반토막 난 창을 보고 일순간 경직됐다.

그걸로 승부는 끝났다.

'A급 헌터라면 서넛이 한꺼번에 덤벼도 감당이 안 될 적이지만…….'

진우는 악마 귀족의 능력을 높게 평가했다.

단지 상대가 나빴을 뿐이다.

진우는 왼손으로 적의 투구를 움켜쥐었다.

"크!"

적은 놀라 당황한 나머지 황급히 목을 뒤로 빼내려고 했으나 진우의 악력에 꼼짝달싹할 수 없었다.

진우는 투구를 벗기고 목을 벨 생각으로 왼손에 힘을 주었다.

예상대로 투구는 쉽게 떨어져 나갔다.

훌렁.

진우는 '바루카의 단도'를 치켜들었다.

"항복! 항복합니다!"

진우가 눈살을 찌푸리며 동작을 멈추었다.

"여자?"

투구 속에서 드러난 얼굴은 완벽히 여성체였다.

사실 진우에게 몬스터의 성별은 관심사가 아니었기에 전혀 개의치 않았다.

그런데 항복한다며 손을 번쩍 들었던 몬스터가 대화가 통한다는 사실을 알자마자 바닥에 넙죽 엎드리며 머리를 조아린 순간.

'…….'

거기다 대놓고 단검을 내려찍기가 꺼림칙해졌다.

"죄, 죄송합니다. 저희가 잘못했습니다. 모, 목숨만 살려 주세요!"

재빠른 태세 전환도 모자라 이번엔 목숨 구걸까지?

몬스터가?

"하……?"

진우는 기가 막힌다는 표정으로 발밑에 엎드린 몬스터의 작은 등을 한참이나 쳐다보았다.

* * *

지성 있는 마수가 존재하니 지성 있는 몬스터가 나오는 것도 이상한 일은 아니었다.

그런데 얘는 분명히 이상한 놈이다.

'…….'

말문이 막혀서 뭐라고 말을 해야 할지 잠시 고민하던 진우가 어렵게 입술을 뗐다.

"내 병사들을 공격해 놓고 이제 와서 살려 달라고?"

"주, 죽을죄를 지었습니다."

악마 귀족은 이마를 바닥에 찧고서 말을 이었다.

"하지만 이곳을 지켜야 하는 저희 가문의 입장에서 악마들을 마구잡이로 사냥하는 놈…… 헉! 아니, 분들을 방관할 수가 없었습니다. 용서해 주시면 감사하겠습니다."

뭐, 악마들 입장에서는 억울할 수도 있겠다는 생각이 들었다. 다짜고짜 쳐들어와 악마들을 잡고 다닌 건 이쪽이니까.

그래서 진우는 질문을 바꿔 봤다.

"네 병사를 죽인 나에게 목숨을 구걸해도 되는 거냐?"

"기사들의 본분은 주군을 지키는 것. 저만 무사할 수 있다면 기사들도 기뻐할 겁니다."

진우는 관자놀이를 긁적거렸다. 대답이 참 어처구니가 없었다.

'이거 뻔뻔한 건지, 아니면 심하게 낙천적인 건지.'

살짝 고개를 든 악마 귀족이 진우의 눈치를 살폈다.

'헉!'

점점 상황이 자신에게 불리해지고 있다는 느낌이 왔다.

다시 머리를 조아린 그녀에게서 다급한 목소리가 이어졌다.

"목숨만 살려 주신다면 원하는 것은 뭐든지 드리겠습니다."

진우는 옆구리에 손을 얹었다.

악마 귀족은 강한 몬스터였지만, 무장이 완벽하게 해제된 지금 놈을 처치하는 건 식은 죽 먹기보다 쉬웠다.

'이걸 어쩐다?'

진우는 고민했다.

살려 줄까 말까가 아니라, 이 녀석을 잡고 얻을 경험치와 아이템보다 더 값진 것이 뭐가 있을까 하는 고민이었다.

'아.'

딱 하나가 있었다.

"층간 진입 허가서."

"네?"

휙.

악마 귀족이 놀란 눈빛으로 고개를 들었다.

아까 입을 벌렸을 때 드러난, 유난히 길고 뾰족한 송곳니만 없다면 영락없는 인간 여자의 모습이었다.

진우는 무심히 물었다.

"구할 수 있어?"

"……."

진우와 눈이 마주치자 안색이 파래진 몬스터가 이마를 바닥에 붙였다.

'하긴 몬스터가 아이템을 알 리가 없지.'

거래는 끝났다.

진우는 창고로 돌려보냈던 '바루카의 단도'를 불러냈다.

어째서 몬스터에게 지성이 있고, 그 지성으로 자비를 구하는 건지 모르겠지만 경험치를 포기할 생각은 없었다.

'악마 기사가 경험치 3천을 줬으니 이 녀석은 그 이상이겠지?'

어쩌면 이 녀석을 잡았을 때 허가서가 떨어질지도 모르는 일이니까.

그런데.

"드, 드릴게요."

"뭐를?"

"층…… 층간 진입 허가서."

고개를 든 몬스터가 진우의 손에 들린 단검을 발견하고 식은땀을 흘렸다.

"네가 허가서를 줄 수 있다고?"

악마 귀족이 급히 고개를 끄덕였다.

"저희 가문에서 보관하고 있습니다. 저를 무사히 데려다주시면 허가서를 넘겨드리겠습니다."

악마들이 허가서를 지키고 있다?

진우가 턱 끝을 만지작거렸다.

확실히 80층에 올라오고 나서 꽤 시간이 흘렀고, 잡은 악마들의 수도 적지 않은데 영 허가서 소식이 들리지 않았다.

'처음엔 그냥 층이 높아지면서 드롭률이 떨어졌거나 중간 보스가 가지고 있을 거라고 생각했는데…….'

진짜 이 녀석 말대로 몬스터들이 숨겨 두고 있는 거라면 충분히 말이 됐다.

진우가 말없이 고민하는 모습을 보고 제 발 저린 악마 귀족이 말을 덧붙였다.

"위층의 허가서가 어디 있는지도 다 알고 있습니다. 저와 저희 가문의 안전을 보장해 주신다면 전부 안내해 드리겠습니다."

진우의 눈빛이 약간 달라졌다.

그건 좀 솔깃했다.

최단 시간으로 최상층까지 올라가고 싶은 진우로서는, 허가서의 위치를 전부 안내하겠다는 제안이 꽤 매력적으로 들렸다.

한데.

'문제는 이 녀석을 신뢰할 수 있느냐 하는 거지.'

진우는 손을 뻗어 악마 귀족의 턱을 들어 올렸다. 그녀가 당황하는 것이 느껴졌으나 손에 준 힘을 빼지는 않았다.

진우는 악마 귀족과 시선을 정면으로 마주했다.

'살기.'

['스킬 : 살기'를 사용합니다.]

화악-

진우의 눈에서 소름 끼치는 기운이 뻗어 나갔다. 악마 귀족은 겁에 질려 입술을 떨었다.

"너를 믿어도 될까?"

"거…… 거짓말이 아닙니다."

처음 시스템의 힘을 얻었을 때 다짐한 게 있었다.

기브 앤 테이크.

상대가 몬스터라도 원칙은 변함없었다.

몬스터가 약속을 지킨다면, 자신 또한 약속을 지키리라.

“좋아.”

진우는 살기를 거뒀다.

“허가서만 내 손에 넘겨준다면 조용히 떠나 줄게.”

“저, 정말이십니까?”

진우는 고개를 끄덕였다.

이 녀석을 포함해서 ‘층간 진입 허가서’를 지키고 있다는 몬스터들의 경험치가 아깝기는 하지만, 그것보다 허가서를 찾아 헤매는 시간이 더 아까웠다.

80층에서 벌써 예상보다 많은 시간을 지체한 상태였다.

그리고 만약 이 녀석이 허튼수작을 부린다면 그거야말로 바라던 바였다.

이 녀석들의 본진에서 마음껏 날뛸 수 있게 되는 거니까.

“감사합니다!”

악마 귀족의 얼굴이 한눈에 알아볼 수 있을 정도로 환해졌다.

감정에 솔직한 건지, 아니면 그냥 단순한 건지.

진우는 속으로 혀를 끌끌 차면서도, 아까부터 쭉 궁금했던 것을 물었다.

“그 전에 먼저…… 너흰 대체 뭐냐?”

9. 동행

9. 동행

"저는 라디르 가문의 장녀 에실이고, 저희 가문은."

"그거 말고."

진우는 에실의 말을 끊었다.

알고 싶은 것은 몬스터의 세부 설정 따위가 아니라, 어째서 몬스터와 인던이 존재하느냐 하는 점이었다.

몬스터의 입에서 답이 나오게 하려면 어떻게 물어야 할까?

아니, 답이 아니라도 좋다.

아무거나 단서라도 하나 얻을 수 있다면 좋을 텐데.

마수에게도 같은 시도를 해 봤었지만, 알게 된 사실은 놈들의 머릿속에서는 끊임없이 '인간을 죽이라'라는 명령이 들린다는 것뿐이었다.

'그럼 이 녀석들에게도 명령 같은 게 내려오고 있을까?'

진우는 마수들과 비교할 수 있도록 질문을 조금 단순화시켜 봤다.

"너희들 머릿속에서도 계속 인간을 죽이라는 목소리가 들려?"

"예?"

에실이 고개를 들고 빤히 쳐다봤다.

아직 엎드려 있는 자세의 그녀와 시선을 맞추려면 계속 아래쪽을 내려다보는 수밖에 없는데, 이게 은근히 불편했다.

'쯧.'

진우는 혀를 가볍게 차고는 에실을 아이 다루듯 달랑 들어서 일으켰다. 그러고는 다시 그녀와 시선을 마주했다.

예고 없는 접촉이 무서웠던 것인지, 그녀의 심장박동이 빨라지는 것을 청각으로 느낄 수 있었다.

진우는 다시금 질문했다.

"머릿속에 누군가가 계속 인간을 죽이라고 속삭이느냔 말이야."

"아……."

고민하던 에실이 머뭇거리다 입을 열었다.

"아니요. 하지만 다른 목소리라면 계속해서 들려옵니다."

"어떤?"

"머물고 있는 공간을 지키라고…… 요."

에실은 진우의 눈치를 살피며 조심스럽게 말했다.

'몬스터는 존재의 목적이 마수들과 다르다.'

사람을 죽이는 것이 목적인 마수와 인던을 지키는 것이 목적인 몬스터.

둘은 방향성이 달랐다.

'가만…….'

그러고 보면 몬스터들에게는 내가 마수 같은 존재인 건가?

살기 스킬을 정면에서 마주한 뒤로 안색이 창백해진 에실을 보고 있으니 조금 불쌍하다는 생각이 들기도 했다.

아주 조금.

"목소리는 언제부터 들려왔는데?"

"저희가 여기서 눈을 뜨고 나서부터입니다."

'여기서 눈을 떴다?'

그렇다면 이 녀석들은 원래 다른 장소에서 살았다는 이야기인가?

그게 진짜 기억이든, 가짜 기억이든 이 녀석들의 머릿속에는 그렇게 각인되어 있다는 거겠지.

어쩌면 시스템의 본질에 다가갈 수 있는 실마리가 될지도 모른다.

진우는 질문을 이었다.

"그럼 여기서 눈을 뜨기 전에는 어디에 있었어?"

"악마계에요. 어느 순간 정신을 차리고 보니 이곳이었습니다."

"악마계에선 뭘 하고 있었는데?"

"전쟁을⋯⋯ 준비하고 있었습니다."

"전쟁?"

"네."

당시의 기억을 떠올린 걸까?

에실의 얼굴에는 방금 목숨을 구걸할 때와는 사뭇 다른 비장함이 맴돌았다.

"악마계에 흩어져 있는 악마들이 전부 모여야 할 정도로 끔찍하게 강한 적과의 전쟁을 앞둔 상황이었는데."

거기서 에실의 말은 끊겼다.

"⋯⋯."

아니, 정확히 말하자면 에실은 계속 말을 하고 있었다. 입술이 달싹거리는 게 보였다.

그러나 그녀의 목소리는 들리지 않았다. 대신 시스템이 내뱉는 기계적인 음성이 들려왔다.

[허용된 정보 기준치를 넘어섰으므로 대화를 차단합니다.]

[허용된 정보 기준치를 넘어섰으므로 대화를 차단합니다.]

[허용된 정보 기준치를…….]

에실의 대답이 끝날 때까지 같은 메시지가 반복됐다.

진우의 눈빛이 번뜩였다.

'훗, 가만히 있었으면 눈치채지 못했을 텐데.'

에실의 설명을 시스템이 몬스터에게 부여한 설정 정도로 치부하고 넘어갔을지도 모른다.

레벨업, 인던, 퀘스트, 임무의 보상과 페널티에 전직 과정까지.

줄곧 게임과 비슷한 상황이 이어졌으니까 몬스터에게 게임 같은 설정이 추가된다 해도 이상할 건 없었다.

그러나 시스템에 의해 강제적인 힘이 동원된 순간, 진우는 확신했다.

'이 녀석과의 대화가 단서가 될 수 있다는 거지.'

명백한 시스템의 실수였다.

"제…… 제가 무슨 실수라도 했나요?"

진우의 표정이 심각해지자 에실의 표정도 어두워졌다.

'시스템이 숨기고 싶은 것은 악마들이 싸운 대상일까, 아니면 싸

움의 이유나 결과일까?'

진우는 그걸 알아내기 위해 질문의 범위를 좁혔다.

"그 끔찍하게 강한 적들은 정체가 뭐였지?"

그런데 그 순간.

에실은 배터리가 나간 장난감처럼 그대로 굳어 버렸다.

하지만 그것도 잠시.

"아……."

얼어붙어 있던 그녀가 이내 의식을 잃고서 힘없이 쓰러졌다.

진우는 그녀를 잽싸게 낚아채서 바닥에 눕혔다. 호흡이 일정한 걸 보니 큰 문제는 없어 보였다.

하나 얼굴을 찡그리는 걸 보니 답답해 하는 듯 보였다. 숨 쉬는 데 좀 힘들어 하는 것도 같았다.

진우는 에실이 편히 쉴 수 있도록 맨손으로 그녀의 갑옷을 뜯어 냈다.

우드득.

갑옷은 쉽게 벗겨졌다.

그러고는 갑옷 뒤에 달린 망토를 잘라 내어, 돌돌 말아서 베개 대용으로 괴어 주었다.

몬스터를 위한 것치곤 번거로운 작업이었지만, 과한 친절은 아니었다.

이 녀석이 이 지경이 된 덕분에 어느 정도 힌트를 얻게 됐으니까.

'악마들이 싸운 적……'

시스템은 적들의 정체에 과민하게 반응했다.

'혹시 그들에게 뭔가가 있는 게 아닐까?'

그들이 초월적인 힘을 가지고 있고, 어떠한 이유로 지구나 나에게 영향을 미치고 있는 것이라면…….

진우는 상점을 불러냈다.

포션을 사용해 에실을 깨우려고 해 봤지만 별다른 차도가 없었다.

'기다리는 수밖에 없나?'

털썩.

진우가 에실 옆에 앉았다.

그리고 그녀가 눈을 뜰 때까지, 그녀에게서 입수한 단서의 조각들을 하나하나 차분히 머릿속에 정리했다.

* * *

"어?"

에실이 상체를 벌떡 일으켰다.

기척을 느끼고 옆을 돌아본 그녀가 말없이 앉아 있는 진우를 발견하고는 움찔 어깨를 떨었다.

'꿈이 아니었구나.'

서서히 현실을 인지하기 시작한 에실이 주변을 둘러보았다.

곳곳에 고위 악마들의 사체가 가득했다.

에실은 눈을 동그랗게 떴다.

지성이 없는 악마들은 지성이 있는 악마들을 동족으로 여기지 않는다. 의식이 없는 자신은 좋은 먹잇감에 불과했을 터다.

그런데 자신이 이렇게 멀쩡히 살아 있다는 것은…….

"저를 지켜 주신 겁니까?"

진우는 대답 대신 몸을 일으켰다. 그러고는 에실에게 손을 뻗었다.

에실은 되게 감동한 것 같은 얼굴로 진우의 손을 잡고 조심스레 자리에서 일어났다.

"감사합니다."

"허가서가 있는 곳까지는 얼마나 걸리지?"

"여기서 금방이에요. 안내하겠습니다."

에실은 양쪽 손목을 붙인 채로 진우에게 내밀었다.

"……?"

"……?"

진우와 에실 둘 다 서로에게 의아하다는 눈빛을 보냈다. 답답해진 에실이 먼저 말했다.

"저는 포로니까 손을 묶고 이동하셔야."

"됐어."

포박 같은 거 없이도 저항이나 도주쯤은 충분히 차단할 자신이 있었다. 쓸데없는 짓을 하기엔 시간이 너무 지체됐다.

진우는 에실을 돌려세우고 등을 툭 떠밀었다.

아직도 겁먹고 있는 것인지, 에실의 심박이 조금 빨라진 것이 느껴졌으나 진우는 내색하지 않았다.

진우의 시선이 몬스터들이 타고 왔던 말로 향했다.

"말은?"

"제가 데려가겠습니다."

에실은 상기된 얼굴로 말 세 마리의 고삐를 쥐고 앞장섰다.

진우는 조용히 그 뒤를 따랐다.

* * *

에실의 말대로 얼마 가지 않아 허가서가 있을 만한 장소가 나왔다.

거대한 성채였다.

'악마성 안에 또 악마성이라…….'

악마성 던전이 이름만 성이지 탑의 모습을 하고 있다면, 눈앞의 성채는 정말로 중세의 고성을 본떠 만든 듯했다.

성문을 지키는 병사들이 진우를 보고 일순간 긴장했다.

그러나.

"손님."

에실이 무심하게 말하며 턱짓하자 병사들이 금방 성문을 열어 주었다.

곧 성 안쪽에서 기사들 한 무리가 떼 지어 나왔다.

"에실 님, 기다리고 있었습니다."

"아버지는?"

"알현실에 계십니다."

"알겠어."

기사가 진우를 힐끔 보고는 물었다.

"에실 님…… 뒤의 사내는?"

"중요한 손님이시니 예의를 갖추도록."

에실의 근엄한 한마디에 기사들이 길을 터 주며 고개를 숙였다.

진우는 에실을 따라 성의 가장 깊은 곳으로 들어갔다.

복도를 한참 걸어가자, 던전의 보스 방같이 넓은 방에 이르렀다.

'여기가 알현실인가?'

진우는 주변을 둘러보았다.

측면에 듬성듬성 천장을 향해 뻗어 있는 기둥들을 빼면 휑하니 비어 있는 공간. 마치 싸우라고 만들어 둔 곳 같았다.

'만약 싸우면서 왔었다면 여기에서 보스전이 시작됐겠구나.'

그렇다는 말은 저기 알현실 깊숙한 곳 단상 위의 커다란 의자에 앉아 있는 악마 귀족이 이 건물의 보스라는 이야긴데.

에실과 진우가 보스 앞에 멈춰 섰다.

보스가 먼저 말했다.

"에실."

"아버지 이쪽은……."

에실이 설명을 하기도 전에 진우와 시선이 마주친 보스가 눈을 크게 떴다.

보스의 동공이 떨렸다.

"너, 너! 대체 누굴 데려온 게냐?"

"아버지, 이분은 손님으로……."

에실의 필사적인 설명에도 보스의 흥분은 쉽게 가라앉지 않았다.

"손님? 도대체 어떤 손님이 주인의 집에 군대를 이끌고 들이닥친다고 하더냐?"

"네?"

에실이 진우를 돌아보았다.

여기 어디에 군대가 있다는 말일까?

보스는 진우에게서 시선을 떼지 않고 떨리는 목소리를 냈다.

"에실, 네 눈에는 보이지 않느냐? 저 남자의 어둠 속에 숨어 있는 무수한 병사들이.”

진우의 눈빛이 예리해졌다.

에실은 달라진 분위기에 화들짝 놀라며 한 걸음 물러섰다.

진우는 의외라는 얼굴을 했다.

‘기감이 좋은 녀석인가?’

아마도 보스는 그림자 속에 숨어 있는 병사들을 볼 수 있는 모양이었다.

‘다행이라고 해야 할지, 불행이라고 해야 할지.’

행여나 전투가 벌어질 것을 대비해 각지에 흩어져 있던 그림자 병사들을 전원 그림자 속으로 불러들인 상태였다.

“감히 내 집에 병사들을 몰고 와?”

보스의 높아진 언성을 듣고 기사들이 우르르 안으로 몰려왔다.

“아버지!”

에실이 큰 목소리로 보스를 불렀다.

보스는 어느새 자리에서 일어나 노기 띤 시선을 보내왔다.

묵묵히 상황을 지켜보기만 하던 진우가 뒤늦게 입을 열었다.

“약속했다.”

진우에게서 전혀 긴장하는 낯빛을 찾아볼 수 없자 보스의 눈썹이 꿈틀거렸다.

“무얼 약속했단 말이냐?”

“진입 허가서.”

진우는 한 걸음 앞으로 내디뎠다.

“진입 허가서만 넘겨주면 조용히 떠나 주겠다고.”

보스는 침을 꼴깍 삼켰다.

'악마들을 무서운 속도로 잡으며 올라오고 있다는 남자가 저자인가?'

믿었던 볼칸과 메투스마저 당했다는 소식을 접했을 땐 눈앞이 캄캄했다.

비록 귀족 가문이라고 해도 라디르가는 악마 서열 20위에 불과한 최약체 중 하나.

볼칸과 메투스를 어렵지 않게 제압한 적이 상대라면 적지 않은 피해를 각오해야 했다.

그런데 그 무시무시한 적이 제 발로 떠나 주겠단다.

'이걸 믿어도 될지…….'

보스는 반신반의하며 물었다.

"요구 조건은 그것뿐이냐?"

진우는 기다렸다는 듯 말했다.

"그리고."

그럼 그렇지.

예상했던 수순에 보스의 미간이 구겨졌다.

강자의 요구는 끝이 없는 법.

또 얼마나 무리한 요구를 들먹이며 가문을 모욕하고 병사들을 도발해 올지, 듣기도 전에 벌써 가슴이 답답해졌다.

아니나 다를까.

남자는 딸아이의 어깨를 짚으며 말했다.

"이 녀석을 좀 빌리고 싶은데."

"뭐?"

보스와 기사들이 일제히 경악성을 터트렸다.

진우의 시선이 주위를 훑었다.

'음?'

에실은 상층의 허가서가 어디 있는지 다 알고 있다고 했다.

허가서의 위치를 안내받으려면 그녀가 필요하니까 잠시 빌려 가겠다고 한 것뿐인데…….

'내가 뭘 잘못 말했나?'

진우는 부들부들 떨고 있는 보스와, 경악한 표정의 기사들, 그리고 얼굴을 붉게 물들인 에실을 보며 고개를 갸웃거렸다.

* * *

"길 안내?"

에실의 설명과 진우의 동의로 보스는 겨우 흥분을 가라앉힐 수 있었다.

그가 다시 의자에 앉았다.

'허가서와 길 안내. 겨우 그 정도로 괜찮단 말인가?'

이곳에 갇히게 된 이후로 끊임없이 이 일대를 보호하라는 명령이 들려왔다.

명령에 강제성은 없었다. 하지만 배가 고프면 먹어야 하고, 졸리면 눈을 붙여야 하듯 당연한 본능처럼 따라야만 한다는 생각이 들었다.

그래서 검은 병사들이 쳐들어와 악마들을 사냥하고 있다는 소리를 들었을 땐 올 것이 왔구나, 하고 가슴이 철렁했다.

고민하던 보스는 토벌을 명령했고, 검은 병사로 이루어진 부대들은 의외로 쉽게 소탕할 수 있었다.

하지만 정찰병의 보고에 의하면 앞서 제거에 성공했던 검은 병사들과는 차원이 다른 적들이 있다고 했다.

불을 뿜는 괴물과 덩치 큰 기사, 기다란 깃이 달린 투구를 쓴 기사가 이끄는 부대는 라디르가의 총 전력으로도 승리를 장담할 수 없다고.

그래서 그들의 소탕을 위해 라디르 가문의 전군이 출전을 앞두고 있었던 상태였다.

그런데 그 보고에는 눈앞의 사내에 대한 이야기가 빠져 있었다.

한마디로 적들의 주 병력은 따로 있다는 말이었다.

'이런 괴물 같은 인간이 검은 병사들의 주인인 줄 알았다면 싸움은 시작하지도 않았을 것이다.'

보스의 눈에는 보였다.

갑자기 자취를 감춰서 좋아했던 검은 병사들이 다름 아닌 이곳, 자신의 눈앞에 모여 있었다. 남자의 어둠 속에 숨어 명령을 기다리고 있었던 것이다.

지금도 그림자 속, 무수한 병사들의 살기 어린 시선에 소름이 돋았다.

'한낱 인간과 타협하는 것은 자존심 상하는 일이지만…….'

지켜야 할 목록에는 물론 '진입 허가서'라는 이름을 가진 두루마리까지 포함되어 있다.

그러나 그 두루마리 하나를 지키기 위해 치러야 할 대가가 너무도 크지 않은가?

아니, 전군을 희생한다고 해도 이 남자의 병사들을 이길 수 있을

지 가늠이 되지 않았다.

게다가 이 남자.

'……자기 실력을 숨기고 있다.'

무엇을 노리고 있는지 모르겠지만, 고요한 수면 위 빙산의 일각처럼 자신을 철저히 숨기고 있었다.

전력을 파악할 수 없는 적과 대치하는 것은 실로 두려운 일이었다.

보스가 긴장한 낯빛으로 말했다.

"정말로…… 그 정도면 되겠는가?"

허가서 하나를 내주고 전부를 지킬 수 있다면 못 내줄 이유도 없었다. 이 일대의 보다 많은 것을 지키기 위함이니 명령에 위배되지도 않는다.

진우는 고개를 끄덕였다.

"내 딸에게 위해를 가하지는 않겠지?"

흘깃.

에실의 시선이 느껴졌다.

'딸을 걱정하는 몬스터라…….'

진우는 신기해 하면서도 다시금 고개를 끄덕였다.

잠시 고민하던 보스가 이내 미소를 지었다.

"그럼 그렇게 합시다."

일단 넘겨주기로 마음먹으니 앓던 이가 쏙 빠지는 기분이었다.

그깟 종이 쪼가리 하나로 예고된 재앙을 막을 수 있다면 그것이 경사가 아니고 무엇일까?

"아니, 그렇게 해 주시면 고맙겠소."

보스의 해맑은 미소에, 다른 쪽 방향의 전개도 생각하고 있던 진우가 몸에서 힘을 빼며 피식 웃었다.

'에실은 자기 아빠 성격을 쏙 빼닮은 거였군.'

이것도 시스템의 설정일까, 아니면 그녀의 말대로 진짜…….

상념을 떨쳐 낸 진우가 대답을 기다리고 있는 보스에게 확답을 주었다.

"약속은 지킨다."

"좋소."

보스가 손가락을 튕기자 병사가 커다란 두루마리 하나를 가져와 진우 앞에 바쳤다.

진우는 두루마리를 펴 보았다.

'진짜 진입 허가서네.'

내용을 확인하는 진우의 입가에 미소가 어렸다.

[아이템 : 진입 허가서]

입수 난이도 : ??

종류 : ??

악마성 81층으로 올라갈 수 있는 허가서입니다. 층간 이동 마법진의 80층에서만 사용 가능합니다.

대화만으로 몬스터들에게서 아이템을 얻어 낼 수 있을까 의심스러웠는데, 허가서가 맞았다.

아래층 허가서와의 차이점이라면 허가서 끝에 라디르 가문의 문장이 붉은색으로 찍혀 있다는 것.

'이 위층부터는 각 가문에서 허가서를 뺏어야 하는 구조인가?'

진우의 입꼬리가 올라갔다.

몬스터를 잡으며 언제 나올지 모르는 허가서를 마냥 기다리고 있는 것보다 이쪽이 훨씬 더 마음에 들었다.

진우는 허가서를 돌돌 말아 창고에 넣었다.

"바로 출발할 수 있지?"

에실을 독촉하며 입구 쪽으로 돌아섰는데, 대기하고 있던 기사들이 입구를 막아섰다.

'……?'

진우가 의아스런 눈길로 돌아봤더니, 에실은 싱글싱글 웃기만 했다.

이건 또 무슨 상황일까?

어느새 지척까지 다가온 보스가 진우 앞에 멈춰 섰다.

"라디르가를 방문한 손님을 이렇게 돌려보내는 법은 없네."

보스의 큰 덩치 때문에 자칫 고압적으로 느껴질 수 있는 분위기였다.

하지만 그의 얼굴에 나타난 친근한 아저씨 같은 미소를 보면 겁을 주려는 의도는 아닌 듯했다.

보스는 간곡히 부탁하는 어조로 말했다.

"협상이 잘 마무리된 기념으로 식사나 들고 가지 않겠나? 딸애도 먼 길을 떠나려면 준비가 필요할 것 같으니."

진우의 시선이 에실에게로 향했다.

에실은 진우의 눈치를 살피면서 내심 그래 주기를 바라는 것 같았다.

그녀는 약속을 지켰다.

그렇다면 이쪽도 신사적으로 나가는 게 좋지 않을까?

어차피 밥은 먹어야 하는 데다, 슬슬 시스템 상점에서 파는 빵과 고기가 질려 가던 참이었다.

"……그러지."

진우가 고민 끝에 수락하자 보스가 웃음을 터트렸다.

"고맙네!"

에실과 기사들의 얼굴도 환해졌다. 곧 보스가 부하들을 향해 소리쳤다.

"뭐 하고 있나? 어서 식사를 준비 하지 않고!"

* * *

80층에서 지체했던 시간이 길었던 만큼, 다른 층에서 시간을 허비할 생각은 없었다.

다만 안내자로 나선 에실이 이동 마법진을 이용할 수 있을지 걱정이었는데, 그 문제는 의외로 쉽게 해결되었다.

[악마 귀족이 동행을 신청했습니다.]

[수락하시겠습니까?]

[수락하면 동행은 이동 마법진을 이용할 수 있으며, 기여도에 따라 경험치를 나누는 것이 가능합니다.]

'경험치를 동행과 나눠 가진다고?'

경험치를 나눈다는 표현이 살짝 거슬렸으나, 자세히 살펴보니 기여도에 따른다는 설명이 있었다.

즉, 동행에게 싸울 기회를 주지 않으면 경험치를 나누지 않아도 된다는 소리나 마찬가지였다.

그래서 진우는 에실에게 단단히 못 박아 두었다.

"혹시 전투가 일어나더라도 넌 절대 끼어들지 마. 내가 다 알아서 할 테니."

"……네."

에실은 수줍은 듯 대답했다.

'……?'

어쨌든 동행을 수락한 진우는 걸음을 서둘렀다.

에실은 진우의 몇 걸음 뒤에서 자기 덩치의 몇 배나 되는 짐 보따리를 들고 간신히 쫓아왔다.

짐이 무겁지는 않았지만, 휙휙 나아가는 진우의 걸음을 따라잡기가 여간 힘들지 않았다.

진우는 간간이 멈춰 서서 그녀가 따라올 수 있도록 기다려 주었다.

"저기 보이네요."

81층의 지도를 살펴보던 에실이 멀리 윤곽이 보이기 시작한 성을 가리켰다. 진작 성을 발견한 진우도 고개를 끄덕였다.

"잠시만요."

에실은 커다란 짐을 바닥에 내려놓고는, 안을 뒤적거렸다.

곧 그녀의 손에 사기로 된 술병 하나가 올라왔다.

진우가 물었다.

"그건 왜?"

"가르쉬 가문의 가주가 좋아하는 술입니다. 이걸 들고 가시면 협상에 유리……."

"협상?"

진우가 씩 웃고는 그림자 병사들을 불러냈다.

'나와라.'

진우의 부름을 받은 병사들이 일제히 모습을 드러냈다.

스르르-

'이럴 수가…….'

에실은 눈을 의심했다.

상급 귀족과 맞먹는 검은 병사가 셋이나 있었다. 병사들을 불러낸 장본인의 손에도 어느새 단검 두 자루가 들렸다.

옆에 서 있는 것만으로도 피부가 베일 듯한 예리한 기세에, 에실은 눈앞의 남자가 방금 전까지 자신과 대화하던 그 사람이 맞는지 눈을 의심했다.

"혀, 협상하러 가시는 거 아닌가요?"

진우는 대답 대신 되물었다.

"혹시 너희, 가르쉬 가문과 친해?"

"아, 아니요. 귀족들끼리는 악마계에서도 항상 서열 다툼을 해오던 터라……. 그래도 말은 통하는 상대예요."

그 말에 진우는 씩 웃었다.

"그럼 됐네."

예외는 한 번이면 족하지.

허가서를 얻는 것 이상으로 레벨을 올리는 일도 중요했다.

"여기서 기다리고 있어."

진우는 그렇게 대답하곤 병사들을 이끌고서 성채로 향했다.

"자, 잠시만요!"

눈을 동그랗게 뜨고 있던 에실이 뒤늦게 진우가 사라진 방향을 향했다.

"헉!"

그 짧은 시간에 벌써 가르쉬 가문의 성이 불타올랐다.

쿠우우우우-

저 멀리서 거인 같은 괴물이 불을 뿜자 성문과 성벽이 속절없이 녹아내리고, 놀라 뛰쳐나온 가르쉬가의 기사들은 검은 병사들의 손에 차례대로 썰려 나갔다.

"맙소사……."

에실이 신음인지 침음인지 모를 소리를 흘렸다.

"크아아아악!"

"으아아-!"

라디르 성보다 몇 배는 더 견고해 보이는 가르쉬 성이 무력하게 무너져 내리고 있었다.

에실은 침을 꼴깍 삼켰다.

'아버지께서 순순히 허가서를 내주지 않았다면…….'

지금 보는 가르쉬 성의 모습이 라디르 성의 모습이었을 수도 있었다.

생각만 해도 아찔해졌다.

동시에 이야기가 잘 풀려서 천만다행이란 생각도 들었다.

쿠궁!

성벽 너머에 있던 탑 하나가 또 굉음을 내며 무너졌다.

'저런 괴물들과 어떻게 싸우라고…….'

에실은 턱밑을 흐르는 땀을 손등으로 훔치며, 자신의 가문이 재앙을 피해 가게 된 것에 안도의 한숨을 내쉬었다.

* * *

일본 헌터협회의 임원들과 일본 정부의 고관들이 한자리에 모였다.

무거운 공기가 회의장에 착 가라앉아 있는 가운데, 협회장이 조용히 입을 열었다.

"요즘 한국은 열 번째 S급의 등장으로 떠들썩한 분위기더군요."

고관들이 피식 웃었다.

일본에선 S급 헌터의 숫자가 벌써 스물을 넘었다.

고작 열 번째 S급에 기뻐하는 수준이라니.

아니, 사고와 이민으로 잃은 두 사람을 제외하면 S급 헌터가 겨우 여덟인 나라니 당연하다면 당연하다고 할까?

어쨌든 오늘 회의는 한국을 조롱하기 위한 자리가 아니었다. 그랬다면 분위기가 이렇게 무거울 이유도 없었다.

찌푸린 얼굴로 앉아 있던 방위대신이 입을 열었다.

"그게 오늘 회의와 무슨 상관입니까?"

방위대신의 불편한 심기가 목소리에 섞여 나왔다.

현재 한국의 남쪽 땅 제주도는 던전 클리어에 실패해 마수들에게 점령당한 상태였다.

그것도 보통 마수가 아니라 엄정한 집단생활과 엄청난 번식을 자랑하는 개미형 마수에게.

그뿐이라면 한국 정부를 비웃으며 좋아할 일본 정부지만, 문제는 그 피해가 일본 본토까지 오고 있다는 점이었다.

어제도 제주도에서 날아온 것으로 추정되는 개미 한 마리에 작은 마을 하나가 지도에서 사라졌다.

더 이상 피해를 무시할 수 있는 수준이 아니었다.

무엇보다 시급한 문제는 대책을 촉구하고 있는 내각총리대신의 성화를 한시라도 빨리 진정시켜야 한다는 것이었다.

이렇듯 여러 사람의 목이 달려 있는 중요한 자리에서 시시껄렁한 잡담이라니.

자연스레 눈살이 찌푸려질 수밖에.

그러나 협회장이 말을 이었다.

"사람은 들떠 있을 때 가장 실수하기 쉽지요."

협회장의 하얗게 센 머리와 얼굴 가득한 주름이 그의 연륜을 짐작하게 했다.

"저는 지금이 적기라고 생각되는군요."

의미심장한 발언에 다소 산만했던 회의장 내부의 이목이 쏠렸다.

방위대신은 언성을 높였던 방금 전과 달리 긴장한 목소리로 물었다.

"무슨…… 좋은 방법이라도 있는 겁니까?"

"좋다는 표현보다는 온당하다는 표현이 더 어울리겠지요."

방위대신을 포함한 모든 고관과 협회 관계자들이 협회장의 목소리에 귀를 기울였다.

협회장은 이 순간을 위해 일부러 뜸을 들였다는 듯 뒤늦게 입을 열었다.

"땅을 지킬 힘도 없는 이들이 그 땅을 자기 것이라 주장한다고 해서, 그들을 주인으로 인정할 수가 있겠습니까?"

"……."

좌중에 침묵이 흘렀다.

협회장은 대체 무슨 말을 하려는 것일까?

한국과 일본의 관계를 생각했을 때, 세간에 알려지면 한 노인의 망언 정도로 그칠 발언이 아니었다.

더군다나 그는 현재 일본의 헌터협회를 이끌고 있는 몸 아닌가.

"……그래서 하시고 싶은 말씀이?"

국무대신이 조심스럽게 물었다.

협회장은 좌중을 둘러보며 자신만만하게 선언했다.

"우리가 제주도의 마수들을 제거할 겁니다."

술렁술렁.

"그리고."

일순간 소란스러워졌던 내부가 협회장의 목소리에 다시 잠잠해졌다.

협회장은 말을 이었다.

"제주도를 가져올 겁니다."

10. 다가오는 위협

10. 다가오는 위협

제주도를 가져온다?

일본 헌터협회의 관계자들은 협회장으로부터 사전에 언질이 있었던 것인지 대체로 침착한 분위기였다.

하지만 일본 정부 고관들은 그러지 못했다.

"그게 대체 무슨 소립니까?"

"지금 한국을 상대로 전쟁이라도 벌이겠다는 거요?"

"전쟁만 60년 이상을 준비해 온 나라입니다."

"말이 되는 소리를 하셔야지!"

고관들의 목소리가 커졌다.

지금 개미 마물 사건으로 발등에 떨어진 불이 발목까지 옮겨붙은 상황이다.

빨리 총리와 언론에 명쾌한 답변을 내놓지 못하면 앞으로 몇 사람의 목이 날아갈지 모른다.

그래서 해결책을 제시해 달라고 헌터협회 회장을 불러왔더니, 뭐?

제주도가 어쩌고저째?

바쁜 사람들 앞에서 그따위 허무맹랑한 소리나 지껄이고 있으니 어찌 화가 나지 않을 수 있을까.

마쓰모토 시게오 협회장의 양옆을 지키고 있는 헌터들만 아니었다면, 진즉에 욕을 한 바가지 쏟아 냈을 터였다.

'어떻게 이렇게 한 치도 예상을 빗나가지가 않는가.'

마쓰모토는 자신을 향한 거센 비판들 속에서도 미소를 보였다.

그들의 반응조차 전부 그의 계산 안이었다.

'쯧쯧.'

속으로 가볍게 혀를 찬 마쓰모토가 한동안 다물고 있던 입을 다시 열었다.

"저는 한국과 전쟁을 하겠다는 게 아닙니다. 강제로 땅을 빼앗아 오자는 이야기도 아닙니다."

"뭐요?"

"그럼 대체 뭘 어떻게 하겠다는 겁니까?"

"속 시원히 말 좀 해 보시오."

마쓰모토가 한쪽 입꼬리를 올렸다.

"한국이 스스로 땅을 바치게 만들어야지요."

달아올랐던 회의장의 열기가 마쓰모토의 냉소적인 태도에 차갑게 식어 갔다.

발언의 강도나 본인의 태도를 봤을 때 아무래도 마쓰모토 협회장은 진심인 것 같았다.

'……'

냉철하기로 소문난 부총리가 오늘 처음으로 말문을 뗐다.

"마쓰모토 협회장님."

그는 현 총리의 최측근이자 대변인.

총리를 대신해 참석한 이번 회의에서 그의 발언은 총리에 준하는 힘을 가지고 있었다.

"방금 하신 말씀…… 어떻게 하면 그리되겠습니까?"

명실상부 일본 내각의 이인자라 할 수 있는 그가 마쓰모토 협회장의 계획에 관심을 보였다.

귀를 기울여 주는 사람이 생겨서일까?

마쓰모토는 진중하게 설명을 시작했다.

"한국은 S급 게이트를 처리할 힘이 없습니다. 4년 전 처음 개미들이 튀어나왔을 때도 그랬고, 지금도 여전히 그렇겠지요."

부총리는 고개를 끄덕였다.

제주도는 한국 전체 면적의 2퍼센트에 달하는 큰 섬이다.

그만한 땅을 마수들에게 빼앗기고도 손을 쓰지 못하고 있는데, 더 이상 설명이 필요할까?

세 번의 토벌 실패 끝에 한국은 비공식적으로 제주도를 포기했다.

이것이 정설이었다.

"이런 상황에서 우리 일본의 S급 헌터들이 개미 토벌을 돕겠다고 제안하면 그들이 어떻게 하겠습니까?"

일부 변종 개미들이 날아다닐 수 있게 됐다는 소식이 한국에도 전해졌다.

한국 본토가 공격받게 되는 일도 이제 시간문제.

한국의 결정권자들이 미친 것이 아니고서야 도움을 마다할 리가 있나.

하지만.

"우리가 돕는다고 한국이 제주도를 바칠 거라고 생각하십니까?"

부총리의 말처럼 협회장의 논리에는 비약이 많았다.

여기저기서 관료들이 피식거렸다.

하지만 부총리는 비웃지도, 화내지도 않고 차분히 말을 이었다.

"협회장님 말씀대로 우리가 한국을 도우면 제주도 개미들을 처리할 수 있을지도 모릅니다."

한일 양국의 헌터 전력을 가장 잘 알고 있을 마쓰모토 협회장이 개미 퇴치를 자신했다.

거기에 이견은 없었다.

"그러나 그렇게 해서 우리가 얻을 수 있는 게 뭡니까?"

일본 국민들에게 피해가 생겼다고는 해도, 제주도 개미들은 한국이 처리해야 할 문제.

한국을 도와주기 위해 자국 헌터들을 희생할 수는 없었다.

'어림도 없는 소리지.'

잇속에 밝은 부총리는 속으로 콧방귀를 뀌었다.

하나를 내주면 하나를 얻는다.

정치의 기본 중 기본.

자국의 헌터들을 내준다면 그에 상응하는 무언가를 얻어 내야 한다.

'적어도 제주도 정도는 받아 내야 수지가 맞지 않겠나.'

그 부분에서 협회장과 생각이 일치했기 때문에 관심을 보였던 것이었다.

그런데 돌아오는 대답은 뜬구름 잡는 소리.

당연히 부총리의 관심은 누구보다 빠르게 식어 갔다.

그때 협회장이 웃었다.

“누가 한국을 돕는다고 했습니까?”

부총리가 눈살을 찌푸렸다.

‘지금 나와 말장난하자는 건가?’

시간 낭비는 그만하자고 점잖게 협회장을 타이르려는 찰나.

‘잠깐…….’

부총리의 눈이 커졌다.

협회장은 도움의 손길을 제안한다고 했지 돕는다고는 하지 않았다.

“당신, 설마……?”

“생각하시는 대로입니다.”

협회장은 순순히 인정했다.

경악에 가득 찬 부총리의 표정을 발견한 순간, 협회장은 그가 자신과 같은 결론에 도달했다는 사실을 직감할 수 있었다.

“한국의 헌터들을…… 개미굴에 집어넣을 작정이오?”

역시나.

‘똑똑한 양반이라는 말이 많이 들려오는 이유가 있었군.’

협회장은 말귀가 밝은 부총리에게 만족스러운 미소를 보냈다.

“한국의 최상급 헌터들이 우리의 지원을 믿고 여왕을 잡으러 들어가면 우리는 헌터들을 철수시킬 겁니다.”

이미 한국은 세 번의 실패를 겪었다.

그것이 네 번째가 된다고 해도 누가 일본 헌터들의 배신을 의심

할까?

아니, 의심해도 상관없다.

그때는 이미 모든 것이 끝나고 난 뒤일 테니까.

부총리의 목소리가 떨렸다.

"한국의…… 한국의 최상급 헌터들을 전멸시킬 작정입니까?"

"제주도에 그들의 힘으로 감당할 수 없는 게이트가 열렸을 때, 그들의 운명은 그렇게 정해진 것입니다."

협회장은 다시 한번 자신의 운명론을 강조했다.

"오히려 지금까지 구차한 목숨을 연명해 왔던 거지요."

"그런……."

"그렇게 최상급 헌터들이 전부 사라지고 나면 더 이상 한국은 여유를 부리지 못할 겁니다."

S급이 전멸한 한국에 비행 가능한 변종 개미들이 하나둘 날아들기 시작한다면?

그때도 한국이 지금처럼 모르쇠로 일관할 수 있을까.

개미가 한두 마리라면 길드들이 어찌어찌 막을 수 있을지도 모른다.

하지만 통계가 보여 주듯 시간이 지날수록 변종 개미들의 수는 점점 가파르게 늘어날 테고, 결국은 한국 전체가 흔들릴 수밖에 없다.

'아마 울며불며 타국의 헌터들에게 도움을 요청해야 하겠지.'

그런데 누가 한국을 도와줄까?

헌터들은 많지만 그만큼 지켜야 할 땅덩이도 어마어마한 중국이나 러시아?

처음 S급 게이트가 열렸을 때도 도움을 거절한 미국?

S급 헌터들을 이끌고 와 서울을 점령해 버릴지도 모르는 북한?

'아니, 우리 일본뿐이지.'

변종 개미가 많아지면 곤란해지는 것은 일본도 마찬가지니까.

어쩔 수 없이 한국은 일본에 매달려야 하고, 일본은 한국에 무엇이든 요구할 수가 있다.

'그때가 되면 정말로 한국이 알아서 제주도를 바치겠다고 할지도…….'

과연 협회장의 말 그대로였다.

순간 소름이 돋았다.

자신의 계획을 실행시키기 위해 일국의 최상급 헌터들을 모두 죽음으로 몰아넣겠다니.

자칫하면 그로 인해 한 나라가 무너질지도 모르는 일 아닌가?

'정말로 무서운 인간이다, 마쓰모토 시게오 협회장.'

부총리는 협회장의 끔찍한 계획에 몸서리쳤다.

하지만 그게 끝이 아니었다.

협회장은 말을 이었다.

"제주도는 시작일 뿐입니다."

하나씩 하나씩.

한국이 S급 헌터들의 힘을 필요로 할 때마다 한국은 일본의 밑으로 기어들어 와야 하리라.

그리되면 총알 한 발 쏘지 않고 한국을 집어삼키는 일이 실현 가능해질 터.

"……라는 것이 제 생각입니다만."

협회장의 긴 설명이 끝나고 나서야 각료들은 참고 있던 숨을 간신히 내쉴 수 있었다.

그를 반쯤 미치광이 취급했던 이들이 이제는 식은땀을 흘려 가며 경청하고 있었다.

협회장은 조용히 물었다.

"어떻게 하실 겁니까, 부총리 각하."

모두의 시선이 협회장에게서 부총리로 향했다.

"……."

부총리는 침을 꼴깍 삼켰다.

현재 자신의 발언은 총리의 의사를 대변한다.

물론 자신을 신임하고 있는 총리 또한 이 자리에서 내려진 결론을 번복하지 않을 터였다.

신중히, 또 신중히.

'……'

부총리는 거듭 고민한 끝에 숙이고 있던 고개를 들었다.

"정부가 어떻게 도와드리면 되겠습니까?"

* * *

[악마 기사를 처치했습니다.]

[경험치 3,000을 획득했습니다.]

[악마 기사를 처치했습니다.]

[경험치 3,000을 획득했습니다.]

[악마 귀족을 처치했습니다.]

[경험치 4,500을 획득했습니다.]

그림자 병사들이 성안의 악마들을 처치할 때마다 경험치 획득 메시지가 쉴 틈 없이 쏟아졌다.

진우는 최상층에서의 결전에 대비해 착실히 레벨을 올려 갔다.

보상이 크면 위험도 크다.

'생명의 신수, 보너스 스탯, 최상급 룬석 등등…….'

악마왕을 잡아서 얻을 수 있는 보상을 생각하면 한시도 레벨업을 게을리할 수 없었다.

[레벨이 올랐습니다!]

마침 주변의 악마들도 거의 다 정리됐겠다, 진우는 상태 창을 불러와 레벨을 확인했다.

[레벨 : 87]

악마성에 들어오기 전까지만 해도 80이었던 레벨이 어느새 87까지 올라와 있었다.

늘어난 스탯들을 보고 있자니 미소가 흘러나왔다.

'좋아.'

진우는 주먹을 불끈 쥐었다.

[악마 귀족을 처치했습니다.]

[악마 귀족을 처치했습니다.]

그사이 그림자 병사들이 남아 있던 악마들을 잡아냈다.

깔끔한 승리였다.

전투가 끝나자 병사들이 평소처럼 진우 앞으로 몰려들었다. 그중에서도 아이언이 가장 빨랐다.

척.

아이언은 마치 칭찬이라도 기대하고 있는 것처럼 가슴을 쭉 펴고서 차렷 자세를 유지했다.

진우는 시야를 가로막고 있는, 산만 한 덩치를 보고 피식 웃었다.

"다 끝냈어?"

아이언이 고개를 끄덕였다.

"확실해?"

아이언이 힘차게 다시금 고개를 끄덕거렸다.

진우가 씩 웃으며 기감을 확대시켰다.

그리고 뒤쪽으로 돌아서는 동시에 '바루카의 단도'를 던졌다.

'단검 투척!'

단도는 눈 깜짝할 사이에 벽면까지 쇄도했다.

그러나.

"커헉!"

단도는 벽이 아니라, 벽면에 붙어서 은신한 채 진우가 병사들과 떨어지는 순간만을 숨죽이며 기다리고 있던 악마에게 박혔다.

"으윽."

악마는 왼쪽 가슴 위에 박힌 단도를 보고 경악했다.

'어떻게 알았지?'

인간이었다면 심장이 있었을 위치.

상급 귀족인 자신이 사용한 은신 마법을 완전히 꿰뚫어 보고 있었다는 뜻이다.

'인간 따위가.'

상처를 바라보던 악마가 놀란 시선을 들어 올렸을 때, 진우는 이미 코앞에 서 있었다.

악마의 동공에 지진이 일었다.

"어떻게……?"

진우는 '바루카의 단도'를 빼내 유일한 근접 공격 스킬을 사용했다.

'급소 찌르기!'

푹!

간신히 단검 투척 데미지를 버텨 냈던 악마가 스킬 레벨이 한계치에 도달한 '급소 찌르기' 한 방에 절명했다.

[악마 귀족을 처치했습니다.]

진우는 '바루카의 단도'를 창고로 돌려보내고서 다시 아이언 앞에 섰다.

"이건 어떻게 설명할래?"

'…….'

아이언은 무안했는지 눈을 내리깔고서 뒷머리를 긁적거렸다.

뒷머리라고 해 봐야 투구 뒷면이지만.

곧 성 안쪽 깊숙한 곳까지 들어가서 숨어 있던 악마들을 잡아낸 이그리트가 돌아왔다.

그런데.

'응?'

이그리트에게서 이질적인 기운이 느껴졌다.

'무슨 일이지?'

진우가 이그리트를 바라보며 고개를 갸웃거렸다.

아니나 다를까.

빠르게 다가온 이그리트가 진우의 앞에서 무릎을 꿇고 고개를 숙였다.

여기까지라면 그다지 낯설지 않은 모습이었다.

한데 여느 때와 다르게 '띠링'하고 기계음이 울렸다.

'시스템 메시지?'

진우는 침을 꼴깍 삼켰다.

[기사 '이그리트'가 승급 허가를 요청합니다.]

[승급을 허락하시겠습니까?]

'승급 허가?'

처음 보는 형태의 시스템 메시지에 놀란 진우가 급히 이그리트의 정보를 확인했다.

[이그리트 Lv.Max]

기사 등급.

요구 레벨을 충족하여 승급이 가능해졌습니다. 군주의 허가를 받으면 다음 단계로 승급합니다.

'이그리트의 레벨이……?'

삼십 후반이었던 레벨이 맥스로 바뀌어 있었다.

레벨이 한계치에 도달하면 더 이상 올릴 수 없는 대신 다음 단계로 승급이 가능한 모양이었다.

'승급 포인트는 삼십 후반에서 사십 초반 사이인가?'

전투 한 번으로 올릴 수 있는 레벨을 생각해 봤을 때, 아마도 요구 레벨은 그쯤이 아닐까 싶었다.

아직 병사들의 평균 레벨이 이십 초반인 걸 생각하면 꽤 까다로운 조건이었다.

'거기다 내 동의까지 필요하네.'

어쩐지 아까 이쪽으로 달려오던 이그리트의 눈빛에서 뭔가 간절함이 엿보인다 했더니.

'…….'

이그리트는 숙인 고개를 여전히 들지 않고 있었다.

미동 하나 없이 주인의 결정을 기다리고 있는 녀석의 자세에서는 비장함마저 느껴졌다.

그동안 잘해 왔다고 어깨라도 두들겨 주고 싶은 마음이 들었다.

'녀석…….'

진우의 시선이 다시 시스템 메시지로 옮겨 갔다.

[승급을 허락하시겠습니까?]

메시지는 대답을 독촉하듯 천천히 깜박이고 있었다.

가장 먼저 병사가 되어 제일 열심히 싸워 왔던 이그리트다.

승급을 허락하지 않을 이유가 있을까?

진우는 조금의 망설임도 없이 시스템에 대답했다.

"허락한다."

[명령어를 지정하십시오.]

'이런 것까지 명령어가 필요한가?'

진우는 잠깐 눈살을 찌푸렸으나 곧 생각을 바꾸었다.

'하긴.'

한날한시에 그림자 병사가 된 녀석들이 꽤 있다.

지금은 이그리트 하나지만, 후에 병사들이 한꺼번에 승급 허가를 요청한다면 일일이 답해 주기가 힘들지도 모른다.

그게 전투 중이라면 더욱더.

그럴 때 명령어가 요긴하게 쓰일 수 있으리라.

잠시 고민 끝에 진우가 말했다.

"허가."

심플 이즈 베스트.

명령어가 결정되자마자 변화가 시작되었다. 변화는 이그리트의 발밑에서부터 일어났다.

으아아아아아―

어디선가 들려오는 비명 소리와 함께 이그리트의 발아래 그림자 속에서 무수히 많은 검은 손들이 튀어나왔다.

검은 손들은 이그리트의 몸 여기저기를 붙잡았다.

'뭐지?'

진우는 흥미롭게 승급 과정을 지켜보았다.

처음엔 검은 손들이 이그리트를 그림자 아래로 끌고 들어갈 것처럼 보였는데, 오히려 그 반대였다.

이그리트를 잡고 있던 손들이 검은 연기로 변해 주변을 맹렬하게 맴돌더니, 이내 이그리트의 안으로 스며들어 갔다.

마치 이그리트가 검은 연기를 다 흡수해 버린 것처럼.

슈아아악-

연기가 걷히고 나자 이그리트에게서 예전과는 격이 다른 기운이 뿜어져 나왔다.

띠링.

시스템 메시지가 변화의 결과를 알려 주었다.

[기사 '이그리트'가 '기사 등급'에서 '정예 기사 등급'으로 승급하였습니다.]

'좋았어!'

진우는 떨리는 가슴을 진정시키려 애쓰며 다시금 이그리트의 정보 창을 확인했다.

[이그리트 Lv.1]

정예 기사 등급

'레벨은 초기화됐지만 등급이 어금니와 같아졌다.'

최근 그림자 병사에 합류한 어금니는 원래 A급 던전의 보스였던 마수.

그런 무시무시한 녀석과 같은 등급이 됐다는 것은 그만큼 이그리트의 능력치가 상승했다는 뜻이었다.

두근.

진우는 가슴이 뛰었다.

처음 그림자 군주가 되었을 때 생각했던 것이 맞았다.

'나만 성장하는 게 아니야.'

진우의 시선이 그림자 병사들을 하나하나 훑고 지나갔다.

'이 녀석들 모두가 나와 같이 성장하고 있는 거다.'

이번 승급으로 확 달라진 이그리트를 보고서 병사들이 성장하고 있다는 사실을 실감했다.

다른 병사들도 어서 키워 승급시키고 싶다는 욕심이 들었다.

'해야 할 일이 하나 늘었네.'

그렇게 병사들을 둘러보며 뿌듯해 하고 있을 때.

저 멀리서 도망갔던 악마의 사체를 물어 오는 탱크가 보였다.

'어?'

그런데 허겁지겁 달려오는 탱크의 눈빛도 심상치가 않았다.

저 눈빛, 이 기운.

가만히 지켜보던 진우가 기막히다는 얼굴로 말했다.

"설마 너까지?"

진우의 코앞에서 멈춰 선 탱크가 기껏 물어 온 사체를 옆으로 던져 버리고는 앞발 두 개를 모아 넙죽 엎드렸다.

"우웅."

이번에도 역시 메시지가 떴다.

띠링.

[정예 '그림자 마수병'이 승급 허가를 요청합니다.]
[승급을 허락하시겠습니까?]

맙소사.
진우는 이마를 짚었다.
탱크의 정보를 확인해 보니 녀석의 레벨도 한계치에 도달해 있었다.

[그림자 마수병 Lv.Max]
정예 등급.
요구 레벨을 충족하여 승급이 가능해졌습니다. 군주의 허가를 받으면 다음 단계로 승급합니다.

'가만…….'
진우는 이상하다는 생각이 들었다.
그림자 강화 성공으로 처음부터 7레벨에서 시작해 줄곧 최고 레벨을 유지해 왔던 전투 기계 이그리트와 달리, 탱크는 아직 승급 포인트로 추정되는 레벨까지 한참 남았던 상태였다.
그런데 이그리트와 탱크가 거의 비슷한 시기에 승급이라니.
두 녀석의 레벨 격차는 이번 전투 한 번으로 어떻게 극복해 볼 수준이 아니었다.
'설마…… 등급마다 요구 레벨이 다른 건가?'
그렇게 생각하면 말이 된다.

정예 등급인 탱크는 요구 레벨이 낮아 승급이 좀 더 빨라졌고, 기사 등급인 이그리트는 그 반대로 승급이 늦추어졌다고 보면.

공교롭게 둘의 승급 타이밍이 겹치는 일도 가능한 것이다.

생각이 거기까지 미치자 문득 어떤 가능성이 뇌리를 스치고 지나갔다.

'혹시 내게도 승급 포인트 같은 게 있는 걸까?'

요구 레벨이 너무 높아서 아직 도달하지 못했다고 한다면.

에이, 설마.

진우는 피식 웃고 말았다.

동시에 승급을 허락했다.

"허가."

명령이 떨어지자마자 탱크에게도 이그리트 때와 같은 변화가 일어났다.

그림자에서 튀어나오는 손들, 곧 손들이 검은 연기로 변하고, 연기는 탱크에게 흡수되었다.

슈아아악-

탱크도 이그리트와 마찬가지로 한층 더 강해졌다.

[정예 '그림자 마수병'이 '정예 등급'에서 '기사 등급'으로 승급하였습니다.]

하지만 차이점도 있었다.

띠링, 띠링, 띠링.

기계음이 연속적으로 울리며 시스템 메시지가 연달아 떴다.

[기사급 이상의 병사에는 이름을 부여할 수 있습니다.]
[부여한 이름은 그림자가 소멸될 때까지 계속해서 유지됩니다.]
[병사의 이름을 정해 주십시오.]

탱크는 임시로 붙여 둔 이름.
기사급 미만에게는 이름을 부여할 수 없기 때문에 탱크의 정식 명칭은 아직 '그림자 마수병'이었다.
다른 곰탱이들보다 두 배는 더 큰 덩치가 아니면 탱크를 구별할 방법이 없었다.
그런데 이제 녀석에게도 이름을 지어 줄 수 있게 됐다.
진우가 씩 웃었다.
"탱크."

['탱크'로 하시겠습니까?]

"그래."
진우가 확답하자 '그림자 마수병'의 정보에 변화가 생겼다.

[탱크 Lv.1]
기사 등급.

승급 과정이 끝났다는 사실을 알고 있는 건지 탱크가 몸을 일으켰다.
뒷발로 몸을 지탱하고서 앞발을 들어 올리니, 어지간한 2층 주택만 한 높이가 되었다.

진우가 대견해 하며 말했다.

"드디어 진짜 이름이 생겼구나, 탱크."

기분 좋아진 탱크가 고개를 쳐들고 우웅 하고 울었다.

"다들 수고했다."

이제 다음 층까지 푹 쉬도록.

진우는 병사들을 그림자 안으로 불러들였다.

올드 멤버 중 유일하게 승진에서 밀려난 아이언의 축 늘어진 어깨가 유독 눈에 들어왔다.

스르르-

병사들이 모두 그림자가 되어 사라지고 난 뒤, 진우는 성을 빠져나갔다.

밖에서는 에실이 핼쑥해 보이는 얼굴로 기다리고 있었다.

"저기, 진우 님."

"님 자는 안 붙여도 된다니까."

"네."

진우의 지적에 주저하던 에실이 다시 입을 열었다.

"저기, 진우…… 님."

아무래도 악마족은 서열에 너무 민감한 듯했다.

"왜?"

"지금까지 가문 몇 개가 사라졌는지 아시나요?"

여기가 지금 89층.

에실이 있었던 80층은 걸렀으니까, 아홉 개인가?

가는 층마다 가문이 하나씩 사라지니 에실도 슬슬 걱정되는 모양이었다.

"90층부터는 고위 귀족들 가문이 관리하고 있습니다. 상급 귀족들하고는 수준이 달라요."

진우는 걸음을 늦추지 않으며 물었다.

"그래서?"

"이제부터라도 대화로 풀어 보시면 안 될까요? 좋게 말로 타이르시면 저희 가문에서처럼 허가서를 내줄지도……."

진우가 말을 잘랐다.

"내가 너희들보다 약했다면 그때도 너희가 대화를 시도했을까?"

그러자 에실은 입을 다물었다.

하찮은 인간이 감히 악마가 사는 성에 초대도 없이 찾아오는 것도 모자라 성에 있는 무언가를 요구한다?

살아 돌아갈 수 없는 일이었다.

"그런 거야."

진우는 씩 웃었다.

마수가 됐든, 몬스터가 됐든 사람과의 관계는 딱 이 정도다.

'약한 쪽이 먹힌다.'

진우도 거기에 동의했다.

그리고 허가서와 레벨업 모두 시급한 진우는 어느 한쪽도 양보할 생각이 전혀 없었다.

'……'

진우가 에실을 곁눈으로 보았다.

아까부터 한마디도 없이 의기소침해 있는 모습이 의아해 물었다.

"다른 가문이 줄어드는 건 좋은 일 아냐?"

"옛?"

"악마 가문들끼리는 항상 서열 경쟁이 치열하다며."

"아…… 그렇기는 해요. 하지만."

이 위부터는 강력한 고위 귀족 가문들의 영역이었다.

만에 하나 진우가 공략에 실패하면 당연히 고위 귀족의 분노는 자신과 자신의 가문에까지 향하게 된다.

에실은 그게 걱정이었다.

진우가 말했다.

"라디스 가문이 서열 1위가 되게 해 줄게."

'……저희 가문은 라디르인데요.'

에실은 소심하게 마음속으로만 따져 보았다.

곧 위층으로 올라가게 된다.

겨우 한 사람이서 고위 가문들까지 모두 박살 낼 수 있을까?

'……에이, 모르겠다.'

길 안내를 맡았으니 길 안내만 잘하면 되지, 뭐.

에실은 생각을 포기했다.

'참…….'

하지만 묻고 싶은 게 아직 하나 더 남아 있었다.

"저기 진우…… 님."

"응?"

진우가 돌아보았다.

왠지 그가 악마 가문들을 차례로 무너뜨리는 것을 목격한 이후로 눈이 마주치는 것은 겁이 나, 에실은 시선을 발끝으로 모으며 물었다.

"저희 가문은 왜 봐주신 건가요?"

분명히 라디르가는 이 남자의 상대가 될 수 없었다.

누구보다 가문의 전력에 대해 잘 알고 있고, 진우의 힘을 봤기 때문에 확신할 수 있었다.

그런데도 이 무자비한 남자로부터 라디르 가문은 무사했다.

왜일까?

그것이 궁금했다.

층간 이동 마법진 위로 올라간 진우가 돌아서서 에실을 바라보았다.

"네가 마음에 들어서."

몬스터 주제에 항복할 줄도 알고, 거래를 할 줄도 알고, 무엇보다 많은 정보를 제공했다.

"예에?"

화들짝 놀란 에실은 목덜미까지 붉어졌다. 그러고는 제자리에서 손가락 꼼지락거리며 우물쭈물했다.

에실이 움직이지 못하는 동안 시간이 정체되자 진우가 물었다.

"안 타?"

그러면서 어디로 가겠느냐는 시스템 메시지를 힐끔 쳐다보았다.

"안 타면 80층부터 다시 갔다 온다?"

"죄, 죄송합니다."

에실은 붉게 익어 버린 얼굴로 재빨리 마법진에 올라탔다.

'……'

하지만 푹 떨군 고개는 다음 층에 올라가서도 좀처럼 들지 못했다.

* * *

인천 공항.

일본 헌터협회 관계자들이 제주도 개미 일을 논하기 위해 한국을 찾았다.

이미 한국의 주요 인사들과 회의가 약속되어 있었다.

마쓰모토 시게오 일본 헌터협회 협회장과 일본 제일로 일컬어지는 S급 헌터 고토 류지가 공항 안으로 들어섰다.

어쩐지 어수선한 공항 분위기에 마쓰모토가 주위를 둘러보았다.

"무슨 일이지?"

"……주변에 강한 자가 한 사람 있습니다."

"설마 자네보다 더?"

고토는 피식 웃었다.

자신감 넘치는 고토의 표정을 보고 마쓰모토도 더 이상 묻지 않았다.

'한국에 그런 인물이 있을 리 없지.'

곧 마중을 나오기로 했던 한국 헌터협회의 직원이 달려왔다.

"죄송합니다, 안이 너무 혼잡해서 헤매다 보니 조금 늦었습니다."

직원은 고개를 숙였다.

마쓰모토는 불쾌한 감정을 감추고 미소를 지었다.

"괜찮습니다. 한데, 공항에 무슨 일이 있는 겁니까?"

"아…… 별일은 아니고 미국에서 헌터 하나가 왔답니다."

"미국의 헌터가 한국엔 어쩐 일로?"

"개인적인 볼일이랍니다. 걱정하실 필요 없습니다."

직원은 마쓰모토 협회장이 던전 브레이크라도 걱정하는 줄 알고 그를 안심시키기 위해 노력했다.

하지만 마쓰모토의 표정은 여전히 어두웠다.

'미국의 헌터라…… 이번 일과는 연관이 없겠지?'

고토의 시선은 아까부터 사람들이 북적거리는 방향을 향하고 있었다.

아마도 거기에 그 미국인 헌터가 있으리라.

마쓰모토는 시간을 확인했다.

회의에 늦지 않게 참석하려면 지금 출발해도 빠듯할 듯했다.

마쓰모토가 말했다.

"가세."

* * *

고건희 협회장과 마쓰모토 협회장이 서로를 마주 보고 앉았다.

두 사람의 양옆으로는 한일 양국의 헌터협회 관계자들과 각계 부처의 인사들이 길게 늘어앉아 있었다.

사안이 사안인 만큼 회담은 빠르게 진행되었다.

"최상급 헌터들로 구성된 일한(日韓) 연합 공격대를 만드는 것이 어떻겠습니까?"

마쓰모토 협회장의 파격적인 제안에 한국 관계자들이 놀란 낯빛을 띠었다.

이번 회담은 당연히 일본이 받은 피해를 어떻게 보상할 것인지 논하는 자리가 될 줄 알았다.

그런데 저쪽에서 먼저 골칫덩이를 제거해 주겠다니?

이게 웬 떡인가.

놀람도 잠시, 한국 측 참석자들의 얼굴이 환해졌다.

그중에서 단 한 명.

고건희 협회장만이 예리한 시선으로 마쓰모토 협회장을 응시했다.

"연합팀을 구성해 개미들의 본진을 치겠다는 말씀이십니까?"

"그렇습니다."

"일본의 최상급 헌터들이 우수하다는 사실은 알고 있습니다. 하지만 제주도로 직접 쳐들어가는 것은 너무 위험합니다."

더욱이 한국에서 실시했던 토벌 작전이 실패로 돌아갔던 2년 전보다 놈들의 숫자가 몇 배로 더 불었다고, 고건희 협회장은 설명을 덧붙였다.

마쓰모토 협회장이 음침해 보이는 미소를 지었다.

"아무런 작전도 없이 적진에 쳐들어간다면 당연히 위험할 수밖에 없겠지요."

선뜻 도와주겠다고 나서는 일본의 말에 혹해 있던 한국 정치인 하나가 기쁜 기색으로 물었다.

"좋은 생각이라도 있으십니까?"

"예."

즉답으로 모두의 시선을 끌어모은 마쓰모토 협회장은 조금 뜸을 들인 뒤 말을 이었다.

"물론입니다."

그가 지시하자 사람 수에 맞게 준비된 파일들이 한국 측 참석자들의 앞에 하나씩 놓였다.

"저희가 개미 마수들을 관찰한 자료입니다."

한국 측 참석자들이 파일을 뒤적이는 사이, 마쓰모토 협회장이 차근차근 설명을 시작했다.

"개미들은 하나하나가 상급 헌터와 비견될 정도로 강하지만 그들에게도 약점이 있습니다. 바로 수명."

개미들이 1년밖에 살지 못한다는 점이었다.

"즉 개미들의 여왕만 제거하면 1년 후에는 자연스럽게 제주도 안의 모든 개미들이 박멸될 것입니다."

과연.

한국 측 참석자들이 꼼꼼하게 작성된 연구 자료를 읽어 보며 고개를 끄덕였다.

여왕만 제거하면 된다.

S급 게이트에서 튀어나온 수천 마리의 특급 마수들을 전부 다 처치하는 쪽보다 훨씬 더 현실적으로 들렸다.

하지만 고건희 협회장의 시선은 싸늘했다.

'말도 안 되는 소리…….'

그는 알고 있었다.

여왕 하나를 제거하는 일은 수천 마리의 특급 마수들을 전부 다 처치해야 하는 것과 별반 다르지 않음을.

"개미들이 자기들 여왕을 위해서 목숨도 불사하는 것을 모르고 하시는 말씀이십니까?"

고건희 협회장의 지적을 마쓰모토 협회장이 웃으며 받아넘겼다.

"예. 여왕을 잡으려면 수천 개미들의 방어진을 돌파해야겠지요."

마쓰모토의 여유로운 태도에 고건희 협회장이 의아한 시선을 보냈다.

'대체 뭘 어쩔 생각이지?'

마쓰모토가 입꼬리를 올렸다.

"하지만 개미들이 전부 굴을 비우는 때가 있다면?"

개미굴의 가장 깊숙한 곳에 개미 여왕이 산다.

여왕과 알을 지켜야 할 개미들이 동시에 굴을 비우는 경우는 있을 수가 없을 터인데?

고건희와 한국 측 참석자들의 얼굴에 강한 의문이 떠올랐을 때, 마쓰모토가 입을 열었다.

"있었습니다. 딱 세 번."

세 번?

세 번이나 그런 일이 있었단 말인가?

아니, 있었다고 한들 어떻게 일본이 그리 자세히 알고 있는 것일까?

대답은 금방 나왔다.

"토벌을 위해 한국의 헌터들이 제주도에 상륙했을 때, 개미들은 세 번 다 굴을 비우고 전부 그쪽으로 몰려 나갔었지요."

크윽.

고건희 협회장은 무릎 위에 올려 둔 주먹을 움켜쥐었다.

한국의 헌터들이 목숨을 걸고 마수들과 싸우는 동안 일본은 은밀하게 관찰하고 있었던 것이다.

누구도 일본이 한국을 돕지 않았다고 욕하지 않았다.

하지만 적어도 이웃 나라의 불행을 자신들의 연구 자료로 삼고, 그것을 당사자에게 자랑스럽게 공개해서는 안 되는 것 아닌가?

S급 하나가 세 번째 토벌에서 목숨을 잃고, 그 외에도 수많은 헌터들이 목숨을 잃었다.

고건희 협회장은 가장 가까운 곳에서 그들의 죽음을 지켜봐 왔다. 그의 주먹 쥔 손이 파르르 떨렸다.

'음……?'

고건희 협회장의 안색이 심상치 않자 일본 최강의 헌터 고토 류지가 마력을 개방했다.

수상한 짓을 하면 이쪽도 움직이겠다, 그런 경고였다.

고건희의 경호원 자격으로 회의에 참석한 우진철이 급하게 고건희 곁으로 다가왔다.

"협회장님?"

"……이제 괜찮네."

고건희는 우진철을 물렸고, 우진철은 얌전히 물러났다.

일본의 태도야 어쨌든 간에 그들의 연구 결과가 정확하다면 개미 마수들을 일망타진할 기회였다.

'그런 기회를 사사로운 감정으로 깨트릴 수 없지.'

고건희는 속으로 분을 삭였다.

팽팽했던 긴장감이 흐트러지자 마쓰모토는 드디어 본론을 꺼냈다.

"그 역할을 우리 일본의 헌터들이 맡겠습니다."

일본의 S급 헌터들이 조를 나누어 제주도의 사방을 습격한다.

개미들은 공격을 받는 곳으로 모조리 달려 나갈 테고, 여태껏 그래 왔던 것처럼 여왕이 있는 굴은 비게 된다.

"여왕을 처치하는 일은 한국의 최상급 헌터들이 맡아 주십시오."

헬기로 잠입한 한국의 S급 헌터들이 여왕을 제거한 뒤, 다시 헬기를 타고 섬을 빠져나간다.

웅성웅성.

제법 구체적이고 실현 가능성 높은 일본의 계획에 한국 관계자들이 흥분하기 시작했다.

"일본 말대로 하면 제주도를 되찾을 수 있는 것 아니오?"

"일본 놈들, 자기네들이 피해를 입기 시작하니까 드디어 움직이는구먼."

"이거 기회군요."

"이참에 일본 헌터들을 이용해 제주도를 수복합시다."

고건희는 관계자들의 대화에 끼지 않고 혼자 조용히 마쓰모토가 제안한 계획을 머릿속으로 검토해 보았다.

'확실히 가능성은 있다.'

일본의 S급 헌터 숫자는 21명.

그에 비해 한국은 8명.

움직이기 힘든 자신이나 은퇴한 다른 한 명을 제외하면 실제로 대동할 수 있는 인원은 여섯 명이 전부였다.

'고작 여섯 명으로 수천 개미들의 시선을 분산시킬 수는 없어.'

그렇기에 스물이 넘는 일본의 최상급 헌터들이 필요했다.

다섯 명씩 나누어 조를 짜도 네 개의 공격대가 되고, 그 정도면 충분히 시간을 벌어 줄 수 있었다.

문제는 한국의 최상급 헌터들이 S급 던전의 보스인 여왕을 잡을 수 있는가, 하는 것.

'가능할까?'

그때 문득 고건희의 머릿속에 성진우라는 이름이 떠올랐다.

A급 게이트의 보스를 혼자서 잡았던 성진우가 다른 S급 헌터들과 함께 호흡을 맞춘다면?

두근, 두근.

고건희의 심장이 뛰었다.

'더 이상 미룰 수 없다.'

개미 마수들은 빠른 속도로 진화를 거듭하고 있었다.

언제 개미 군단 전체가 비행이 가능해질지 모른다.

10년 후일 수도 있고, 5년 후일 수도 있고, 당장 내년일 수도 있다.

그런 일이 벌어지기 전에 타국의 손을 빌려서라도 저 지긋지긋한 개미들을 제거해 놓아야 했다.

그전에 먼저.

"그 대가로 일본이 원하는 조건은 무엇입니까?"

고건희 협회장은 중요한 것을 놓치지 않았다.

마쓰모토 협회장은 최대한 인자해 보이는 미소를 지으려고 노력했다.

"1년이 지난 뒤 개미들이 전부 죽으면 놈들의 마정석을 반 나누어 주십시오."

겨우 그 정도로?

고건희 협회장은 고개를 갸웃거렸다.

"그 정도로 되겠습니까?"

고건희의 발언에 근처에 있던 정부 인사들이나 정치인들이 눈살을 찌푸렸다.

'적은 대가로 도와주겠다면 감사히 받을 일이지 뭘 또 일일이 따지나?'

'저러다 일본이 마음을 바꾸기라도 하면 어쩌려고…….'

'고건희 협회장, 기업체를 운영하던 양반이라 그런지 의심이 지나치구먼.'

그들의 따가운 시선이 고건희에게 날아와 박혔다. 하는 수 없이 고건희는 입을 다물었다.

잠깐 한국 측 참석자들끼리 의견을 나누었으나 아무도 반대하는 사람은 없었다.

결국 일본의 제안은 만장일치로 통과되었다.

회의가 끝나자 마쓰모토 협회장이 웃으며 다가와 고건희 협회장에게 오른손을 내밀었다.

"양국의 미래가 달린 중요한 일입니다. 서로 힘을 합쳐 잘해 봅시다."

* * *

호텔로 돌아온 마쓰모토 시게오 협회장이 담배를 입에 물었다.

곁에 있던 고토 류지가 담배에 불을 붙였다.

"오늘 수고하셨습니다."

"고토, 자네야말로 수고가 많았지."

"별말씀을 다."

"별말씀이 아니네. 그때 고건희의 얼굴을 보지 못했나?"

마쓰모토가 씩 웃었다.

고건희의 얼굴을 스치고 간 감정.

그건 분명 분노였다.

대한민국 최강의 능력을 가졌다는 S급 헌터의 분노 앞에서도 여유를 보일 수 있었던 것은, 뒤에 강력한 아군이 있었기 때문이다.

고토 류지.

일본 제일의 전투 계열 헌터.

마쓰모토 일본 헌터협회장의 든든한 오른팔이었다.

마쓰모토는 고건희의 표정을 떠올리며 조소했다.

"상대하기 싫은 대상의 손이라도 빌려야 한다니. 약자의 입장이라는 건 참 견디기 어려운 것이지."

고토도 피식 웃었다.

결국 마쓰모토 협회장의 계획대로 한국은 일본의 손을 잡았다.

모든 것은 순조로웠다.

"한국은 시작일 뿐일세."

마쓰모토가 말했다.

"헌터는 새로운 힘, 새로운 권력이야. 나는 우리 일본에 내려진 이 힘으로 새로운 제국을 건설할 걸세."

그의 시선이 고토에게 향했다.

"그리고 다음 황제는 자네가 되겠지."

마쓰모토가 지략으로 제국을 건설한 1대라면, 고토는 힘으로 제국을 이어받는 2대가 된다.

고토가 마쓰모토를 상관처럼 깍듯이 모시는 데는 그런 이유가 있었다.

그때.

"참."

뭔가를 떠올린 마쓰모토가 담배를 비벼 끄며 물었다.

"한국의 새로운 S급에 대한 정보는 아직인가?"

"그 남자에 대해서는 아직 한국도 별로 아는 게 없는 모양입니다."

"……그렇구먼."

한국 최상급 헌터들의 정보야 이미 빠삭하게 알고 있었다.

그런데 단 하나.

가장 최근에 S급으로 등록된 헌터에 대한 정보가 전무했다.

알지 못하는 것은 변수가 될 수 있다.

이번 작전으로 야심을 드러낸 마쓰모토 입장에서 변수의 존재는 그리 달갑지 않았다.

'한 사람의 힘으로 뭘 할 수 있겠느냐마는…….'

전 세계에 다섯 명.

S급조차 범접하지 못한다는 최강의 헌터들이 있다.

한 사람의 힘이 국가 하나의 권력과 맞먹는다는 의미로, '국가 권력'급 헌터라 불리는 이들.

그들의 공통점은 모두가 S급 게이트를 한 번씩은 클리어해 본 경험이 있다는 것이었다.

확실히 그 정도의 능력을 지닌 헌터라면 방해가 될 수 있다.

'하나 그럴 확률은 지극히 낮다.'

전 세계 인구를 70억으로 잡으면 10억분지 1도 되지 않을 확률.

그만한 힘을 가진 헌터가 나왔다면 한국 쪽에서 이리 잠잠할 리가 없을 텐데, 최근 분위기를 봐서는 걱정할 필요가 없을 듯했다.

'쓸데없는 노파심에 일을 그르칠 수는 없지.'

마쓰모토는 전화를 들었다.

그러고는 자신의 연락을 목 빼고 기다리고 있을 협회에 지시를 내렸다.

"한국이 우리 손을 잡았으니 예정대로 S급들을 전원 소집하도록."

* * *

고건희 협회장도 한국 헌터들에게 연락을 돌렸다.

일단은 그들에게 상황의 심각성을 설명하는 것이 우선이었다.

그래서 회의의 일정을 조율하려고 했는데.

"뭐?"

청천벽력 같은 소식이 들어왔다.

"성진우 헌터에게 연락이 되지 않는다고?"

유일하게 성진우만이 연락되지 않고 있었다.

"며칠째 폰이 꺼져 있어 위치도 파악할 수가 없었습니다."

'…….'

입을 꾹 다물고 있던 고건희가 하는 수 없다는 듯 말했다.

"그럼 그를 제외한 헌터들이라도 최대한 빠르게 모아 보게."

"알겠습니다, 협회장님."

직원은 꾸벅 고개를 숙이고 후다닥 뛰쳐나갔다.

고건희가 굳은 얼굴로 생각에 잠겼다.

'그는 어디에 있는 걸까?'

성진우의 행방을 알 수 없다는 보고를 들은 후로부터 고건희는 문득 불길한 예감이 들기 시작했다.

* * *

에실의 언급처럼 90층부터 공략 난이도가 급격하게 올라갔다.

성채를 지키는 몬스터들의 레벨과 숫자가 아래층들과는 비교하기 힘든 수준이었다.

지능을 올린 보람도 없이 거의 항상 최대치를 유지해 왔었던 마나 양이 전투가 생길 때마다 큰 폭으로 요동치기 시작했다.

그만큼 많은 그림자 병사들이 파괴와 재생을 반복하고 있다는 뜻이었다.

하지만 진우도 요행으로 90층을 넘어선 게 아니었다.

최하층에서 여기까지 오는 동안 달군 쇠를 망치로 두드리듯 오랜 시간 자신을 연마해 왔다.

90까지 다다른 레벨이 그 증거였다.

고위 귀족들의 저항이 거세질수록 그들의 방어를 뚫는 진우와 그림자 병사들의 공격은 더 강력해졌다.

[레벨이 올랐습니다!]

97층의 진입 허가서를 들고 나오는 진우의 몸에서 아지랑이 같은 것이 피어올랐다.

한계를 넘어선 움직임이 만들어 낸 열기가 땀방울을 증발시키며 생긴 수증기였다.

그만큼 이번도 격전이었다.

진우의 얼굴에 승리의 만족감이 떠올랐다.

숨어서 기다리고 있던 에실이 진우를 발견하고 달려왔다.

진우 뒤로 불타는 성과 그의 손에 들린 허가서.

'서열 5위 리카도 가문에 이어 서열 4위인 페이토스 가문까지…….'

에실은 더 이상 놀랄 기운도 없었다.

모든 침입자가 다 이런 식이라면 자기 구역을 지키기는커녕 침입자를 피해 살아남기도 힘들 것 같았다.

"다른 인간들도 다 당신처럼 강한가요?"

에실이 걱정스레 물었다.

진우는 잠깐 기억을 더듬어 보다 적당히 대답했다.

"두 명 정도는?"

고건희와 차해인.

그 두 사람은 확실히 다른 S급들보다도 강하다는 느낌이 있었다.

하지만 그 외 나머지 S급 헌터들, 그러니까 백윤호나 최종인, 임태규는 크게 강하다는 생각이 들지 않았다.

특히 최종 병기라 불리는 최종인은 국내 최고의 길드 '헌터스'를 소유하고 있기 때문에 실력보다 더 높은 평가를 받고 있는 듯했다.

'기운으로만 평가하자면 최종인보다 차해인 쪽이 몇 수 위였지.'

이렇듯 같은 S급들 사이에서도 격차는 존재했다.

아니, 오히려 측정이 불가능한 등급 외 등급인 만큼 그 격차가 다른 등급보다 더 심한지도 몰랐다.

진우는 피식 웃었다.

'여기서 나가면 또 어떻게 느껴질까?'

처음 백윤호를 만났을 때와 그다음 그를 만났을 때의 느낌이 달랐던 것처럼, 고건희 협회장을 바라보는 자신의 시선에도 변화가 생길까?

진우는 달라진 자신의 모습을 확인할 생각에 가슴이 뛰었다.

'그러려면 우선…….'

악마성 던전의 마무리부터.

남은 층은 이제 네 개에 불과했다. 던전 클리어가 얼마 남지 않았다.

진우가 에실에게 말했다.

"넌 이제 내려가."

진우만큼 강한 인간이 두 명이나 더 있다는 소리에 풀 죽어 있던 에실이 놀라 고개를 들었다.

"네?"

"이 위층부터는 알아서 찾아갈게."

에실이 길을 찾아 준 덕분에 빠르게 귀족들의 성채를 공략할 수 있었다. 그러나 이제는 그녀의 도움이 필요하지 않았다.

이전보다 더 올라간 감각 스탯 영향도 있겠지만, 고위 귀족들의 기운이 워낙에 강력해서 멀리 떨어진 곳에서도 쉽게 찾아갈 수 있었다.

길 안내 외에는 그녀의 역할이 없었으니 굳이 짐 하나를 더 붙이고 돌아다닐 이유가 없는 것이다.

그렇게 설명을 했더니.

"저, 저는 이제 쓸모가 없어진 건가요?"

에실의 얼굴이 하얗게 질려 갔다.

'끝까지 재미난 녀석이네.'

진우는 항상 예상을 뛰어넘는 에실의 리액션을 보며 웃음을 삼켰다. 그러고는 그녀의 코앞까지 다가갔다.

'헉!'

에실은 가까워지는 진우를 보고 눈을 동그랗게 떴다.

'나, 나도 제거당하는 걸까?'

쿵쾅쿵쾅.

심장 뛰는 소리가 마치 천둥소리처럼 크게 울렸다.

그때 진우가 손을 슥 들어 올리는 것이 보였다. 자신의 얼굴을 향해 천천히 다가오는 그 손끝에 에실은 공포에 질린 눈을 질끈 감았다.

그런데.

'어?'

손은 어깨 위에 가볍게 놓였다.

어깨를 감싸는 온기에 에실이 슬쩍 눈을 떴다. 진우의 얼굴이 무척이나 가까웠다.

눈을 뜨기를 기다렸다는 듯 진우가 타이밍 좋게 미소를 지었다.

"그동안 수고했어. 고마웠다."

이걸로 됐다.

나름대로 작별 인사를 마쳤다고 생각한 진우는 성큼성큼 이동 마법진 안으로 걸어 들어갔다.

띠링.

[1층부터 96층까지 개방되어 있습니다.]

[어디로 이동하시겠습니까?]

돌아서서 에실의 얼굴을 보니 표정에 놀라움과 아쉬움이 반반씩 섞여 있었다.

공포, 걱정, 놀라움, 아쉬움…….

지성 있는 몬스터들이 보여 준 감정의 표현들.

에실의 말대로 그들은 진짜 다른 세계의 주민들일까, 아니면 시스템이 의도를 가지고 만들어 낸 허상일까?

'아직은 알 수 없지만.'

이렇게 조금씩이라도 단서를 모으다 보면 언젠가 시스템의 정체와 의도를 알 수 있으리라.

망설이던 에실이 진우를 불렀다.

"저기……."

거의 동시에 고개를 든 진우가 시스템 메시지를 향해 대답했다.

"97층."

* * *

97, 98, 99.

진우는 드디어 악마왕의 거처로 들어갈 수 있는 열쇠를 손에 넣었다.

[아이템 : 진입 허가서]

입수 난이도 : ??

종류 : ??

악마성 100층으로 올라갈 수 있는 허가서입니다. 층간 이동 마법진의 99층에서만 사용 가능합니다.

이걸 위해서 얼마나 고생했는지.

진우는 악마왕이 기다리고 있는 100층으로 올라가기 전에 앞서 상태를 점검했다.

[레벨 : 93]

레벨은 어느덧 100을 바라보고 있었다.

늘어난 스탯이 온몸으로 느껴졌다. 전신에 힘이 넘쳐흘렀고, 감각도 더욱 예민해졌다.

컨디션은 최상이었다.

'좋아.'

진우는 상점을 불러냈다.

구매한 포션으로 체력과 마나를 풀로 채웠다.

그리고 추가로 붕대를 구입했다.

전에 한번 그랬었던 것처럼 단검 쥔 손을 붕대로 감았다.

이런 긴장감은 오랜만이었다.

작업이 끝나고 몸을 천천히 움직여 보았다.

스윽.

슉.

'괜찮은데?'

그러다 조금씩 조금씩 더 빠르게 움직였다. 몸은 생각한 대로 정확하게 움직여 주었다.

더, 더 빠르게!

사방에 잔상을 만들며 맹렬하게 움직이던 진우가 딱 멈췄다.

착.

그의 어깨에서 김이 올라왔다.

예열 작업이라고 할까.

준비는 끝났다.

"후-."

크게 숨을 들이마셨다가 내쉰 진우가 이동 마법진 위로 올라갔다.

언제나처럼 이동 마법진은 목적지를 물었고, 진우는 담담하게 얘기했다.

"100층."

눈을 깜빡였을 땐 이미 배경이 바뀌어 있었다.

진우가 주위를 둘러보았다.

'불이 없어?'

아래층까지 활활 타오르고 있던 끔찍한 불꽃들이 전부 사라지고, 주변에는 타고 남은 찌꺼기들만 남아 있었다.

문득 고개를 들어 보니 하늘에서 눈이 떨어졌다.

'눈?'

눈치고는 색이 이상해 손을 내밀었다. 하지만 손바닥에 떨어진 눈은 이상하게도 녹지 않았다.

자세히 보니 재였다.

하늘에서 재가 눈처럼 하나둘 떨어지고 있었다.

그때.

'띠링' 하고 기계음이 울렸다.

예리해진 진우의 시선이 머리 위 먼 하늘을 향했다.

'위인가…….'

곧 시스템 메시지가 적의 등장을 알려 왔다.

[악마왕 바란이 침입자를 발견했습니다!]

상공을 부유하던 검은 점.

점점 땅에 가까워지던 검은 점은 꽤 멀찍이 떨어진 장소에 내려앉았다.

날개 달린 도마뱀 같은 동물이었다.

지상에 착지하는 데 성공한 도마뱀은 큰 날개를 푸드덕거리며 괴성을 내었다.

키에에엑-!

도마뱀의 머리 뒤로 푸른빛이 감도는 악마의 얼굴 하나가 보였다.

왕족이나 입을 법한 호화스러운 갑주를 걸치고서, 날개가 있는 커다란 도마뱀을 타고 있는 사내.

사내의 머리 위에 다섯 글자가 선명했다.

[악마왕 바란]

범상치 않은 기운이 놈에게서 흘러나오고 있었다.

진우의 이마에 식은땀이 맺혔다.

과연 이런 거대한 던전의 최상층을 지키고 있는 보스다운 위엄이었다.

그러다 진우의 시선이 앞으로 옮겨 갔다.

'음?'

놈이 타고 있는 도마뱀에도 따로 이름이 있었다.

[비룡 카이셀린]

'비룡?'

이름으로 보나 생김으로 보나 아무래도 악마족은 아닌 것 같았다.

'가만…… 악마족이 아니라면 혹시?'

악마족들은 애써 처치에 성공해도 그림자 추출이 불가능했다. 그래서 쓸 만한 그림자를 얻겠다는 생각조차 안 하고 있었다.

한데 날아다니는 몬스터라.

'……가지고 싶다.'

그림자 추출이 가능하다면 꼭.

백귀들의 수장이었던 바루카 이후로 간만에 얻고 싶은 그림자를 만난 진우가 마른침을 꼴깍 삼켰다.

그때, 바란이 한 손을 하늘로 치켜들었다.

띠링.

[악마왕 바란이 '스킬 : 지옥의 군세'를 사용합니다.]

'지옥의 군세?'

띠링, 띠링, 띠링.

경고음이 연달아 터져 나왔다.

[악마 병사들이 소환되었습니다!]

[악마 기사들이 소환되었습니다!]

[악마 장군들이 소환되었습니다!]

주르륵 올라가는 메시지와 함께 놈의 주변에 악마들로 이루어진 군대가 나타났다.

그 숫자는 척 봐도 천 이상에 이르렀다.

'시작인가?'

진우도 마력을 개방했다.

하늘로 향해 있던 바란의 손이 거만하게 이쪽을 가리키자, 악마들의 군대가 새까맣게 몰려들었다.

두두두두-

악마들의 기세에 땅이 진동했다.

진우가 악마왕의 군대를 응시하며 한쪽 입꼬리를 올렸다.

'병사라면 이쪽에도 있다.'

진우의 입술이 움직였다.

"그림자들."

일순간 진우의 그림자가 주위로 번져 나가기 시작했다.

스킬 '군주의 영역'.

악마왕의 병사들이 검게 물든 대지 위에 발을 들였을 때, 진우가 그림자 병사들을 불러냈다.

"집합."

그림자들이 일제히 솟아올랐다.

'……!'

적들이 당황하는 게 느껴졌다.

우워어어어어!

그워어어어!

그 틈을 놓치지 않고 아이언과 탱크 두 육체파 기사들이 전력으로 달려가 몸을 부딪쳤다.

투쾅!

"크아아악!"

"케겍!"

두 녀석의 괴력에 앞서 오던 수십의 악마들이 비명을 지르며 나가떨어졌다.

그 뒤로 백이 넘는 그림자 병사들이 파도처럼 밀려들었다.

그중 압권은 단연 이그리트!

아이언의 머리를 폴짝 뛰어넘어 바닥에 내려선 녀석은 양손에 든 검을 자유자재로 움직이며 악마들을 도륙해 나갔다.

"키에에에엑!"

"크학!"

정예 기사라는 이름에 걸맞은 활약상이었다.

'그런데 정예 기사는 이그리트 하나가 아니거든.'

진우의 시선이 옆을 향했다.

이미 거대화를 끝낸 어금니가 자신의 차례라는 듯 쿵쿵거리며 앞으로 나섰다.

진우는 어금니의 뒷모습을 흐뭇하게 바라보았다.

후우욱.

어금니가 깊게 숨을 들이마셨다. 어금니의 가슴이 부풀어 올랐다.

진우는 어금니가 마음껏 공격에 전념할 수 있도록, 어금니의 전방에 있는 그림자 병사들을 불러들였다.

그림자 상태로 돌아간 병사들은 진우의 손끝이 가리키는 방향으로 옮겨졌다.

그리고.

쿠우우우우우우우우우-

어금니의 입에서 뿜어져 나온 거센 불기둥이 악마들을 증발시켰다.

불길은 한 번으로 그치지 않았다.

쿠우우우우우우우-

어금니가 고개를 좌우로 움직이며 악마들을 산 채로 태워 갔다. 어금니의 불꽃에 삼켜진 악마들은 비명조차 지를 수 없었다.

그 과정에서 그림자 병사들도 다수 공격에 말려들기는 했지만, 군주의 권능하에 있는 병사들은 얼마든지 재생이 가능했다.

'좋았어!'

진우는 주먹을 불끈 쥐었다.

백이 조금 넘는 그림자 병사들이 열 배에 달하는 적군을 압도하고 있었다.

악마군은 처참하게 무너져갔다.

그런데 바로 그때.

잠자코 있던 바란이 나섰다.

크게 벌어진 바란의 입 안쪽에서 푸른색 스파크가 수없이 번쩍였다.

가아아아아악—

그와 동시에 섬뜩하리만큼 푸른빛의 섬광이 그림자 병사들을 뒤덮었다.

콰지지지지지지지직!

'번개?'

진우의 눈이 커졌다.

청색 폭풍에 휩쓸린 병사들은 순식간에 타 버렸다. 즉사를 면한 병사들도 얼어붙은 것처럼 경직됐다.

'평범한 번개가 아니다.'

끔찍한 살상력에 스턴 효과까지 갖춘 무시무시한 번개가 사방에서 떨어졌다. 당연히 진우에게도 청색 폭풍이 몰아쳤다.

번—쩍!

하지만 그림자 병사들과 달리 진우는 어떠한 데미지도 받지 않았다.

화 속성 데미지는 현재 착용 중인 '바람의 로브'가 모두 흡수했고.

['버프 : 면역'의 효과로 이상 상태에 저항합니다.]

['버프 : 면역'의 효과로 이상 상태에 저항합니다.]

['버프 : 면역'의 효과로 이상 상태에 저항합니다.]

번개의 스턴 효과는 이상 상태 면역 버프에 가로막혔다.

진우는 바란에게 돌진했다.

놈의 광역 마법을 막지 않으면 전세가 뒤바뀔 가능성이 있었다.

바란의 시선이 진우에게 향했다.

가아아아아악—

벌어진 놈의 입에서 괴성이 울리더니 주위에서 푸른 섬광이 빗발처럼 쏟아졌다.

번쩍- 번쩍- 번쩍-

집중된 공격에도 전혀 타격이 없는 진우를 보고, 바란은 움찔했다.

'……!'

놈의 동요가 느껴졌다.

스킬 레벨이 한계치에 도달한 '질주'로 눈 깜짝할 사이에 거리를 좁힌 진우가 땅을 박차고 뛰어올랐다.

바란도 검을 뽑아 들었다.

진우가 역수로 쥔 '바루카의 단도'와 푸른 불꽃을 머금은 악마왕의 검이 정면으로 부딪쳤다.

쾅-!

폭음과 함께 바란은 비룡 위에서 나가떨어지고, 진우도 반동으로 멀찍이 밀려났다.

바닥을 구르던 진우와 바란이 동시에 일어섰다.

서로를 노려보는 것도 잠시.

둘 다 본능적으로 서로를 향해 전속력으로 달리기 시작했다.

가아아아아아아아악-

바란의 입안에서 다시 스파크가 튀었다.

콰지지직-! 콰지지직직!

청색 빛줄기가 무수히 덮쳐 왔다.

로브의 힘을 믿고 일직선으로 내달리던 진우가 뭔가 이상함을 느꼈다.

'……점점 뜨거워진다?'

뒤를 돌아보니 로브 끝에 불이 붙어 있었다.

진우는 로브를 벗어던졌다.

'로브로 막을 수 있는 건 여기까지인가.'

고작해야 사람 손으로 만든 아티팩트다. 오히려 이 정도면 정말 충분히 버텨 준 셈이었다.

나머지는 이제 진우 본인의 몫.

진우는 침을 꼴깍 삼켰다.

가아아아아아아아아악–!

기회가 왔음을 직감했는지 바란의 입에서 번쩍이는 불꽃이 한층 더 강렬해졌다.

진우는 기감을 최대로 확장했다.

'할 수 있다.'

아니, 해야만 한다.

극도로 느려진 시간 속에서 진우는 자신을 노리고 날아드는 푸른 섬광을 하나씩 하나씩 피해 나갔다.

왜일까?

번–쩍!

차츰차츰 가까워지는 바란을 응시하며 진우는 악마성에서의 기억들을 하나하나 떠올렸다. 그러면서도 또 한 차례 섬광을 피해 냈다.

번–쩍!

심장이 고요히 뛰었다.

두근, 두근, 두근.

아슬아슬하게, 정말 종이 한 장 차이로 바란의 공격을 모두 피해 내며 진우는 바란 앞에 섰다.

'아.'

그제야 진우는 왜 방금 악마성에서의 기억들이 머릿속을 스치고 지나갔는지 깨달을 수 있었다.

그건 분명 감사의 마음이었다.

'고맙다.'

이렇게 강한 몬스터와 대등하게 싸울 수 있는 힘을 준 것이.

한 층 한 층 오를 때마다 진우의 능력은 정교하게 다듬어졌다. 마치 이 순간을 위해서 단련해 온 것처럼.

덕분에 이전에는 불가능했을 일들이 가능해졌다.

그러니 어찌 감사하지 않을 수 있을까?

쉬익-!

바란이 사선으로 내리그은 검을 오른쪽 '바루카의 단도'로 막아낸 진우가, 왼손에 들린 '나이트 킬러'로 바란의 어깨를 찍었다.

콰직!

갑옷을 찢는 데 특화된 무기가 바란의 어깨를 깊게 파고들어 갔다.

'……!'

바란의 소리 없는 비명이 들려오는 듯했다.

진우는 '나이트 킬러'를 뽑아 냈다. 바란의 눈에서 불꽃이 튀었다. 녀석은 거칠어진 숨을 훅 내뱉었다.

바란이 움직였다.

진우의 단검들과 바란의 검이 헤아릴 수 없이 교차하며 서로의 몸에 상처를 남겼다.

캉! 카가가가강! 카강! 캉!

검이 부딪힐 때마다 마력의 충돌로 주변의 땅이 움푹움푹 파여

갔다.

진우의 미간에 주름이 생겼다.

'어깨에 그만한 상처를 입고도…….'

악마왕이라는 이름에 걸맞게 바란의 힘은 만만치 않았다.

진우는 손목에서 통증을 느끼기 시작했다. 시간을 끌면 서서히 힘들어질 터였다.

'균형을 깨야 한다.'

진우도, 바란도 손은 두 개.

하지만 진우에겐 숨겨 둔 또 하나의 손이 있었다.

'지배자의 손길!'

난데없이 위에서 가해진 강한 충격에 바란의 한쪽 무릎이 땅에 닿았다.

털썩.

'……?'

바란의 동요가 끝나기 전에 진우의 주먹이 먼저 놈의 얼굴에 꽂혔다.

투콰!

바란은 수십 미터 이상을 구르고 나서야 겨우 회전을 멈추었다.

하지만 일어설 수는 없었다.

어느새 진우가 상체에 올라타 있었기 때문이다.

바란이 진우를 향해 입을 쩍 벌렸다.

카악.

그러나 바란은 섬광을 부를 수가 없었다.

입안에 박힌 진우의 왼쪽 주먹이 주문을 완전히 봉쇄하고 있었다.

'……!'

바란의 눈동자가 흔들렸다.

진우는 손에 묶인 단검을 쓰는 대신 주먹을 높이 치켜들었다.

쾅!

쾅!

쾅!

쾅!

2백을 넘어선 근력 스탯에서 나온 괴력이 보스급 몬스터의 체력을 급격하게 깎아 내려갔다.

그리고 마침내.

진우는 치켜든 오른손에 모든 힘을 불어넣기 시작했다.

후욱-

순간적으로 어깨와 팔뚝이 팽창하며 주변의 공기가 묵직하게 가라앉았다. 오른팔에 몰린 강한 마력이 소리를 밀어내어 일순간 주변이 고요해졌다.

'…….'

잠깐 찾아온 정적 속에서 진우가 아래를 향해 나직이 말했다.

"고마웠다."

물론 대답은 돌아오지 않았다.

악마왕은 증오가 담긴 눈으로 진우를 노려보고 있을 뿐이었다.

'지금 이 말의 의미를 너는 영영 모르겠지.'

그래도 가슴에 벅차오르는 이 감정만큼은 꼭 전해 주고 싶었다.

진심 어린 인사를 끝내고서.

진우는 악마성의 주인에게 마지막 일격을 내리꽂았다.

투쾅!

그러자 '띠링' 하는 소리와 함께 반가운 메시지들이 떠올랐다.

[악마왕 바란을 처치하였습니다.]

[바란의 영혼을 획득하였습니다.]

['일반 퀘스트 : 악마의 영혼을 모아라 2'를 완료하셨습니다.]

[레벨이 올랐습니다!]

[레벨이 올랐습니다!]

[레벨이 올랐습니다!]

[레벨이 올랐습니다!]

– 나 혼자만 레벨업 Ⅳ권에서 계속됩니다

나 혼자만 레벨업 3

1판 1쇄 발행 2019년 8월 19일
1판 23쇄 발행 2024년 8월 1일

지은이_ 추공
발행인_ 최원영
편집장_ 이호준
편집디자인_ 최은아
영업_ 김민원 조은걸

펴낸곳_ (주) 디앤씨미디어
등록_ 2002년 4월 25일 제 20-260호
주소_ 서울시 구로구 디지털로32길 30 코오롱디지털타워빌란트 1301-1308호
전화_ 02-333-2513(대표)
팩시밀리_ 02-333-2514
E-mail_ papy_dnc@dncmedia.co.kr
블로그_ blog.naver.com/gnpdl7

값 12,000원

ISBN 979-11-364-0123-6 (04810)
ISBN 979-11-364-0120-5 (set)